A FILHA
DO REI DO
PÂNTANO

KAREN DIONNE

A FILHA
DO REI DO
PÂNTANO

Tradução
Cecília Camargo Bartalotti

1ª edição
Rio de Janeiro-RJ / Campinas-SP, 2019

VERUS
EDITORA

Editora executiva
Raïssa Castro

Coordenadora editorial
Ana Paula Gomes

Copidesque
Lígia Alves

Revisão
Maria Lúcia A. Maier

Fotos da capa
Iphoto/Shutterstock (paisagem)
arslan production/Shutterstock
(lago com ondulações)

Diagramação
Juliana Brandt

Título original
The Marsh King's Daughter

ISBN: 978-85-7686-779-1

Copyright © K Dionne Enterprises LLC, 2017
Todos os direitos reservados.
Edição publicada mediante acordo com Folio Literary Management,
LLC e Agência Literária Riff.

Tradução © Verus Editora, 2019
Direitos reservados em língua portuguesa, no Brasil, por Verus Editora. Nenhuma parte desta obra pode ser reproduzida ou transmitida por qualquer forma e/ou quaisquer meios (eletrônico ou mecânico, incluindo fotocópia e gravação) ou arquivada em qualquer sistema ou banco de dados sem permissão escrita da editora.

Verus Editora Ltda.
Rua Benedicto Aristides Ribeiro, 41, Jd. Santa Genebra II, Campinas/SP, 13084-753
Fone/Fax: (19) 3249-0001 | www.veruseditora.com.br

CIP-BRASIL. CATALOGAÇÃO NA FONTE
SINDICATO NACIONAL DOS EDITORES DE LIVROS, RJ

D624f

Dionne, Karen
   A filha do Rei do Pântano / Karen Dionne : tradução Cecília Camargo Bartalotti. - 1. ed. - Campinas [SP] : Verus, 2019.
   ; 23 cm.

   Tradução de: The Marsh King's Daughter
   ISBN 978-85-7686-779-1

   1. Ficção americana. I. Bartalotti, Cecília Camargo. II. Título.

19-56852   CDD: 813
                                 CDU: 82-3(73)

Vanessa Mafra Xavier Salgado - Bibliotecária - CRB-7/6644

Revisado conforme o novo acordo ortográfico.

Seja um leitor preferencial Record.
Cadastre-se no site www.record.com.br e receba
informações sobre nossos lançamentos e nossas promoções.

Atendimento e venda direta ao leitor:
sac@record.com.br

Para Roger,
por tudo

Ser fecundo provoca nossa queda; na ascensão da geração seguinte, a anterior já ultrapassou o auge. Nossos descendentes se tornam nossos inimigos mais perigosos, para os quais não estamos preparados. Eles sobreviverão e tirarão o poder de nossas mãos enfraquecidas.

— CARL GUSTAV JUNG

Do seu ninho no alto do castelo do viking, a cegonha via um pequeno lago e, próximo aos juncos e às margens verdes, o tronco caído de um amieiro. Sobre essa árvore, três cisnes batiam as asas e olhavam em volta.

Um deles despiu-se da plumagem e a cegonha reconheceu uma princesa do Egito. Lá estava ela sentada, sem nada para cobri-la a não ser os longos cabelos negros. A cegonha a ouviu dizer aos outros dois que tomassem muito cuidado com sua plumagem de cisne enquanto ela mergulhava na água para colher as flores que imaginava ter visto ali.

Os outros assentiram, pegaram o vestido de penas e voaram para longe com a plumagem de cisne.

— Mergulha agora! — gritaram. — Jamais voltarás a voar com a plumagem de cisne, jamais verás o Egito outra vez. Será aqui, no pântano, que terás de ficar.

Dito isso, rasgaram a plumagem de cisne em mil pedaços. As penas flutuaram no ar como flocos de neve e as duas princesas traiçoeiras foram embora.

A princesa chorou e se lamentou em voz alta. Suas lágrimas molharam o tronco do amieiro, que não era de fato um tronco de amieiro, mas o próprio Rei do Pântano, que nas terras pantanosas vive e reina. O tronco da árvore virou-se e não era mais uma árvore, enquanto ramos longos e pegajosos se estendiam dele como braços.

A pobre menina ficou terrivelmente assustada e fugiu. Correu para atravessar o terreno verde e lodoso, mas não tardou a afundar, e o tronco de amieiro seguiu atrás. Grandes bolhas pretas subiram do lodo, e, com elas, desapareceram todos os vestígios da princesa.

— Hans Christian Andersen,
A filha do Rei do Pântano

HELENA

Se eu dissesse o nome da minha mãe, você o reconheceria de imediato. Minha mãe foi famosa, embora nunca quisesse ter sido. Não era o tipo de fama que alguém desejaria ter. Jaycee Dugard, Amanda Berry, Elizabeth Smart — esse tipo de coisa, ainda que minha mãe não fosse nenhuma delas.

Você reconheceria o nome dela se eu lhe dissesse, e então se perguntaria — brevemente, porque os anos em que as pessoas se importavam com minha mãe já se foram faz tempo, assim como ela — onde ela estará agora. Ela não teve uma filha enquanto estava desaparecida? O que aconteceu com a menina?

Eu poderia lhe dizer que tinha doze anos, e minha mãe vinte e oito, quando fomos resgatadas do sequestrador dela. Que passei esses anos vivendo no que os jornais descrevem como uma casa de fazenda em ruínas cercada por pântanos no meio da península Superior, no Michigan. Que, embora eu tenha aprendido a ler graças a uma pilha de revistas *National Geographic* da década de 50 e a uma edição amarelada dos poemas reunidos de Robert Frost, nunca fui à escola, nunca andei de bicicleta, não conhecia eletricidade ou água encanada. Que as únicas pessoas com quem falei nesses doze anos foram minha mãe e meu pai. Que eu não sabia que éramos prisioneiras até não sermos mais.

Eu poderia lhe dizer que minha mãe faleceu dois anos atrás, e, embora a imprensa tenha noticiado sua morte, você provavelmente não viu, porque ela morreu durante um período recheado de histórias mais importantes nos jornais. Posso lhe contar o que os jornais não contaram: ela nunca superou os anos de cativeiro; não foi uma bonita, eloquente e destemida defensora da causa; não houve contratos de livros para minha tímida e recolhida mãe em ruínas, nenhuma capa da *Time*. Minha mãe se encolheu da atenção do modo como as folhas de araruta ressecam depois da geada.

Mas eu não vou lhe dizer o nome da minha mãe. Porque esta não é a história dela. É a minha.

1

— Espere aqui — digo à minha filha de três anos. Eu me inclino pela janela aberta da picape, entre o assento de segurança dela e a porta do passageiro, e pego o copo plástico de tampa com suco de laranja morno que ela atirou em uma crise de birra. — Mamãe já volta.

Mari estica a mão para o copo como o cachorro de Pavlov. Seu lábio inferior se projeta para a frente e lágrimas correm. Eu entendo. Ela está cansada. Eu também estou.

— Uhn uhn uhn — Mari resmunga quando começo a me afastar. Ela arqueia as costas e puxa o cinto de segurança como se fosse uma camisa de força.

— Fique quieta. Eu já volto. — Aperto os olhos e balanço o dedo para ela saber que estou falando sério, então dou a volta até a traseira da picape. Aceno para o garoto que está empilhando caixas na área de carga e descarga do Markham's, acho que o nome dele é Jason, depois baixo a tampa do bagageiro para pegar a primeira das minhas duas caixas.

— Oi, sra. Pelletier! — Jason responde ao meu aceno com o dobro do entusiasmo. Levanto a mão outra vez para ficarmos empatados. Já desisti de lhe dizer para me chamar de Helena.

Pam-pam-pam de dentro da picape. Mari está batendo o copo de suco na porta. Imagino que esteja vazio. Bato a palma da mão no bagageiro em resposta — *pam-pam-pam* — e Mari se assusta e vira para trás, seus finos cabelos de bebê caindo no rosto como barba de milho. Faço minha melhor cara de "pare com isso ou vai se ver comigo" e ergo as caixas de papelão sobre o ombro. Stephen e eu temos cabelos e olhos castanhos, como nossa filha de cinco anos, Iris, por isso ele se espantou com essa rara criança de cabelos dourados que produzimos, até eu lhe contar que minha mãe era loira. Isso é tudo o que ele sabe.

O Markham's é a penúltima entrega de quatro, e o principal ponto de venda das minhas geleias e compotas, tirando os pedidos que recebo pela internet. Os turistas que fazem compras aqui gostam da ideia de que meus produtos são caseiros. Já me disseram que muitos clientes compram vários potes para levar para casa, como presente ou recordação. Eu amarro com barbante círculos de tecido quadriculado sobre as tampas e uso um código de cores de acordo com o conteúdo: vermelho para geleia de framboesa, roxo para sabugueiro, azul para mirtilo, verde para taboa e mirtilo, amarelo para dente-de-leão, rosa para maçã e cerejas silvestres, e por aí vai. Acho que as tampas ficam meio bobas, mas as pessoas parecem gostar. E, se eu quiser sobreviver em uma área tão economicamente quebrada como a península Superior, tenho que dar às pessoas o que elas desejam. Não precisa ser um gênio para saber disso.

Há um monte de vegetais silvestres que eu poderia usar e um monte de maneiras diferentes de prepará-los, mas, por enquanto, estou me limitando a compotas e geleias. Todo negócio precisa de um foco. Minha marca é o desenho estilizado de uma taboa que ponho em cada rótulo. Tenho certeza de que sou a única pessoa que mistura raiz de taboa moída com mirtilos para fazer geleia. Não ponho uma quantidade muito grande, apenas o suficiente para justificar a inclusão de *taboa* no nome. Quando eu era criança, espigas novas de taboa eram minha verdura favorita. Ainda são. Toda primavera, eu jogo as botas de borracha e um cesto de vime na traseira da picape e vou até os pântanos ao sul de onde moramos. Stephen e as meninas nem tocam nelas, mas ele não se incomoda que eu as cozinhe, desde que faça apenas o suficiente para mim. É só ferver as espigas por alguns minutos em água e sal para obter uma das melhores verduras que existem. A textura é um pouco seca e farinhenta, então agora eu como com manteiga, mas, claro, manteiga não era algo que eu conhecia quando criança.

Os mirtilos eu pego nas áreas desmatadas ao sul da nossa casa. Há anos em que a colheita é melhor. Mirtilos gostam de muito sol. Os índios costumavam pôr fogo na vegetação rasteira para melhorar a produção. Admito que já me senti tentada. Não sou a única pessoa que anda pelas planícies durante a estação dos mirtilos, então as áreas mais próximas das velhas estradas dos madeireiros se esgotam muito depressa. Mas não me importo de ir mais longe e nunca me perco. Uma vez, eu estava tão no meio do nada que um helicóptero do Departamento de Recursos Naturais me avistou e me chamou. Depois que eu os convenci de que sabia onde estava e o que estava fazendo, eles me deixaram em paz.

— Está gostando do calor? — Jason pergunta, enquanto pega a primeira caixa do meu ombro.

Dou um grunhido em resposta. Houve um tempo em que eu não teria a menor ideia de como responder a essa pergunta. Minha opinião sobre o tempo não vai mudá-lo, então por que alguém se importaria com o que eu acho? Agora sei que não preciso responder, que esse é só um exemplo do que Stephen chama de "conversa à toa", conversa só para falar alguma coisa, um preenchimento de espaço que não pretende comunicar nada de importância ou valor. Que é como pessoas que não se conhecem direito falam umas com as outras. Ainda não entendo bem por que isso é melhor que o silêncio.

Jason ri como se eu tivesse contado a melhor piada que ele ouviu no dia, o que Stephen também insiste que é uma resposta apropriada, mesmo eu não tendo dito nada engraçado. Depois que eu saí do pântano, tive muita dificuldade com as convenções sociais. Apertar as mãos quando a gente encontra alguém. Não enfiar o dedo no nariz. Ir para o fim da fila. Esperar sua vez. Levantar a mão quando tiver uma pergunta na sala de aula e esperar o professor chamar antes de perguntar. Não arrotar ou peidar na presença de outros. Quando estiver visitando alguém, pedir licença antes de usar o banheiro. Lembrar de lavar as mãos e dar descarga. Nem sei dizer quantas vezes me senti como se todo mundo soubesse o jeito certo de fazer as coisas, menos eu. Quem cria essas regras, afinal? E por que eu tenho que segui-las? E quais serão as consequências se eu não fizer isso?

Deixo a segunda caixa na área de descarga e volto à picape para pegar a terceira. Três caixas, vinte e quatro potes em cada, setenta e dois potes no total, entregues a cada duas semanas durante junho, julho e agosto. Meu lucro com cada caixa é de 59,88 dólares, o que significa que, ao longo do verão, ganho mais de mil dólares só com o Markham's. Nem um pouco desprezível.

E, quanto a deixar Mari sozinha na picape enquanto faço as entregas, sei o que as pessoas pensariam se soubessem. Principalmente por eu deixá-la com as janelas abertas. Mas não vou fechar as janelas. Estacionei embaixo de um pinheiro e há uma brisa soprando da baía, mas a temperatura está perto dos trinta graus o dia todo e eu sei que um carro fechado pode se transformar rapidamente em um forno.

Também tenho consciência de que alguém poderia facilmente enfiar a mão pela janela aberta e pegar Mari se quisesse. Mas tomei a decisão anos atrás de não criar minhas filhas com medo de que possa acontecer com elas o que aconteceu com a minha mãe.

Uma última palavra sobre esse assunto e chega. Garanto que, se alguém tiver algum problema com o modo como crio minhas filhas, é porque nunca viveu na península Superior do Michigan. Fim de papo.

Quando volto à picape, Mari, a rainha da fuga, não está à vista. Vou até a janela do passageiro e olho dentro do carro. Mari está sentada no chão mastigando um papel de bala que encontrou debaixo do banco, como se fosse um chiclete. Abro a porta, pesco o papel de sua boca e o enfio no bolso, depois enxugo os dedos no jeans e a prendo com o cinto de segurança. Uma borboleta entra pela janela e pousa sobre uma mancha pegajosa no painel. Mari bate palmas e ri. Eu sorrio. É impossível não se contagiar. A risada de Mari é deliciosa, uma gargalhada cheia, espontânea, que eu nunca enjoo de ouvir. Como aqueles vídeos que as pessoas postam no YouTube de bebês rindo descontroladamente por coisas bobas, tipo um cachorro pulando ou uma pessoa rasgando tiras de papel. A risada de Mari é assim. Ela é água borbulhante, sol dourado, a tagarelice de patos voando no céu.

Espanto a borboleta e engato a primeira. O ônibus escolar deixa Iris na frente de casa às quatro e quarenta e cinco. Stephen geralmente fica com as meninas enquanto faço as entregas, mas ele vai chegar tarde hoje, porque está mostrando um novo conjunto de fotografias de faróis para o dono da galeria que vende sua arte no Soo. Sault Ste. Marie — que se pronuncia "Soo", e não "Salt", como as pessoas que não conhecem costumam dizer — é a segunda maior cidade da península Superior. Mas isso não quer dizer grande coisa. A cidade-irmã do lado canadense é muito maior. Os moradores dos dois lados do rio St. Mary chamam a cidade de "O Soo". Vem gente do mundo todo visitar as Eclusas do Soo e ver a passagem dos gigantescos cargueiros de minério de ferro. São uma grande atração turística.

Entrego a última caixa de geleias sortidas na loja do Museu Gitche Gumee da Ágata e de História, depois dirijo até o lago e estaciono. Mari começa a agitar os braços assim que vê a água.

— Aga, aga, aga.

Sei que, com essa idade, ela já deveria estar falando frases completas. Faz um ano que estamos levando-a a um especialista em desenvolvimento infantil em Marquette, uma vez por mês, mas até agora isso é o melhor que ela consegue.

Passamos a hora seguinte na praia. Mari senta ao meu lado no cascalho morno, mascando um pedaço de madeira que eu lavei para ela, para aliviar o desconforto de um molar querendo nascer. O ar está quente e parado, o lago calmo, as ondas batendo gentilmente, como água na banheira. Depois de um tempo, tiramos as sandálias, entramos no lago e jogamos água uma na outra para refrescar. O lago Superior é o maior e mais fundo dos Grandes Lagos, então a água nunca fica quente. Mas, num dia como hoje, quem ia querer que ficasse?

Eu me reclino para trás, apoiada nos cotovelos. As pedras estão quentes. Com este calor, é difícil acreditar que, quando Stephen e eu trouxemos Iris e Mari a este mesmo lugar algumas semanas atrás para ver a chuva de meteoros Perseidas, precisamos de sacos de dormir e casacos. Stephen achou que era exagero quando eu os coloquei na traseira do Cherokee, mas, claro, ele não tinha ideia de como a praia fica fria depois que o sol se põe. Nós quatro nos esprememos em um saco de dormir duplo, deitados de costas na areia, olhando para cima. Iris contou vinte e três estrelas cadentes e fez um desejo para cada uma delas, enquanto Mari cochilou a maior parte do tempo. Vamos voltar de novo daqui a algumas semanas para tentar ver a aurora boreal.

Eu me sento e olho para o relógio. Ainda é difícil para mim estar em algum lugar em uma hora exata. Quando uma pessoa é criada no campo, como eu fui, a natureza determina o que se faz e quando. Nunca tivemos relógio. Não havia razão para isso. Estávamos tão sintonizados com o ambiente quanto as aves, os insetos e os animais, orientados pelos mesmos ritmos circadianos. Minhas lembranças são vinculadas às estações. Nem sempre lembro quantos anos eu tinha quando alguma coisa aconteceu, mas sei em que época do ano foi

Hoje eu sei que, para a maioria das pessoas, o ano começa em 1º de janeiro. Mas, no pântano, não havia nada em janeiro para distingui-lo de dezembro, ou de fevereiro, ou de março. Nosso ano começava na primavera, no primeiro dia em que as marigolds, ou calêndulas aquáticas, floriam. As marigolds-do-pântano são grandes arbustos, de sessenta centímetros ou mais de diâmetro, cobertos de centenas de florzinhas muito amarelas. Outras flores aparecem na primavera, como a íris-versicolor e as flores das gramíneas, mas as marigolds são tão prolíficas que nada se compara àquele incrível tapete amarelo. Todo ano meu pai calçava as botas de borracha, saía para o pântano e trazia um arbusto. Punha-o em um velho balde galvanizado com água até a metade e o colocava na nossa varanda dos fundos, onde as flores brilhavam como se ele tivesse nos trazido o sol.

Eu costumava desejar que meu nome fosse Marigold. Mas tive que me contentar com Helena e muitas vezes preciso explicar que a pronúncia é "He-LE-na", não "Helina". Como muitas outras coisas, essa foi uma escolha do meu pai.

O céu adquire um tom de fim de tarde que avisa que está na hora de ir. Confiro o horário e vejo horrorizada que meu relógio interno não acompanhou o ritmo do relógio de pulso. Levanto Mari no colo, pego nossas sandálias e corro para a picape. Mari protesta enquanto eu a prendo com o cinto de segurança. Eu entendo; também gostaria de ficar mais. Sento apressada atrás do volante e viro a chave. O relógio no painel mostra "16:37". Talvez eu consiga chegar. Raspando.

Saio a toda do estacionamento e dirijo para o sul pela M-77, tão rápido quanto tenho coragem. Não há tantos carros de polícia na área, mas os policiais que patrulham esta rota não têm muito mais o que fazer além de aplicar multas por excesso de velocidade. Percebo a ironia da minha situação. Estou correndo porque estou atrasada. Se for parada por estar correndo, vou ficar mais atrasada ainda.

Mari começa a ter uma crise de birra enquanto dirijo. Ela agita os pés, areia voa por todo o carro, o copo de suco bate no para-brisa e seu nariz está escorrendo. Marigold Pelletier definitivamente não está feliz. Neste momento, eu também não.

Ligo o rádio na estação pública da Universidade de Northern Michigan em Marquette, esperando que a música a distraia. Ou a abafe. Não sou fã de música clássica, mas essa é a única estação que pega bem aqui.

Em vez disso, ouço uma notícia:

— *prisioneiro fugiu... sequestrador de menor... Marquette...*

— Fique quieta — grito e aumento o volume.

— *Refúgio Nacional da Vida Selvagem de Seney... armado e perigoso... não se aproxime.* — A princípio, isso é tudo o que consigo ouvir.

Preciso escutar isso. O refúgio fica a menos de cinquenta quilômetros da nossa casa.

— Mari, quieta!

Ela para de susto. O repórter repete:

— *Novamente: a polícia estadual informa que um prisioneiro cumprindo pena de prisão perpétua sem direito a condicional por rapto de menor, estupro e assassinato escapou da prisão de segurança máxima em Marquette, Michigan. Acredita-se que o prisioneiro tenha matado dois guardas durante uma saída da prisão e fugido para o Refúgio Nacional da Vida Selvagem de Seney, ao sul da M-28. O prisioneiro está armado e é perigoso. NÃO se aproxime. Repito: NÃO se aproxime. Se vir qualquer coisa suspeita, informe à polícia imediatamente.*

O prisioneiro, Jacob Holbrook, foi condenado por sequestrar uma menina e man-
tê-la em cativeiro por mais de catorze anos, em um caso notório que recebeu
atenção de todo o país...

Meu coração para. Não consigo enxergar. Não consigo respirar. Não consigo escutar nada com o barulho do sangue em meus ouvidos. Reduzo a velocidade e paro com cuidado no acostamento. Minha mão treme quando a estendo para desligar o rádio.

Jacob Holbrook escapou da prisão. O Rei do Pântano. Meu pai.

E fui eu que o pus na prisão.

2

Volto para a pista lançando cascalho para todo lado. Duvido de que haja alguém patrulhando esta parte da estrada, em vista do que está acontecendo cinquenta quilômetros ao sul, e, mesmo que haja, ser parada por excesso de velocidade agora é a menor das minhas preocupações. Preciso chegar em casa, ter minhas duas filhas à vista. Saber que elas estão comigo e seguras. De acordo com a notícia, meu pai está indo para dentro do refúgio da vida selvagem, para o lado oposto ao da minha casa. Mas eu sei que não. O Jacob Holbrook que eu conheço nunca seria tão óbvio. Aposto qualquer coisa que, depois de alguns quilômetros, os policiais vão perder seu rastro, se é que já não perderam. Meu pai pode atravessar o pântano como um espírito. Ele não deixaria um rastro para seguirem a menos que fosse intencional. Se meu pai quer que as pessoas que o estão procurando pensem que ele está no refúgio, elas não vão encontrá-lo no pântano.

Aperto o volante. Imagino meu pai espreitando entre as árvores enquanto Iris desce do ônibus escolar e começa a se aproximar da porta da frente de casa, então pressiono o acelerador com mais força. Eu o visualizo pulando do meio do mato e a agarrando no momento em que o motorista vai embora, do modo como costumava pular dos arbustos quando eu saía do banheiro externo, para me assustar. Meu medo pela segurança de Iris é ilógico. De acordo com a notícia, meu pai escapou entre quatro horas e quatro e quinze, e agora são quatro e quarenta e cinco; não há como ele ter percorrido cinquenta quilômetros a pé em meia hora. Mas isso não faz meu medo ser menos real.

Meu pai e eu não nos falamos há quinze anos. O mais provável é que ele não saiba que eu mudei meu sobrenome quando fiz dezoito anos, porque não aguentava mais ser conhecida apenas pelas circunstâncias em que cresci. Ou que, quando seus pais morreram, oito anos atrás, deixaram esta propriedade em testamento para mim. Ou que usei a maior parte da herança para derrubar a casa em que ele nasceu e comprar uma pré-fabricada. Ou que estou morando aqui agora, com meu marido e minhas duas filhas pequenas. As netas do meu pai.

Mas talvez ele saiba. Depois de hoje, tudo é possível. Porque hoje meu pai fugiu da prisão.

Estou um minuto atrasada. Definitivamente, não mais que dois. Estou presa atrás do ônibus escolar de Iris, com Mari ainda gritando. Ela chegou a tal estado que duvido de que ainda lembre por que começou. Não posso passar pelo ônibus e entrar na nossa garagem porque a placa de parada está estendida e as luzes vermelhas estão piscando. Não importa que meu carro seja o único outro na rua e que seja a minha filha que o motorista está entregando. Como se eu pudesse acidentalmente atropelar minha própria filha.

Iris desce do ônibus. Percebo, pelo jeito cabisbaixo como ela se arrasta pela entrada da casa, que está pensando que esqueci de novo de chegar a tempo de recebê-la.

— Olha, Mari. — Aponto. — É a nossa casa. É a sua irmã. Shh. Já estamos quase lá.

Mari segue meu dedo e, quando vê a irmã, fica quieta na mesma hora. Ela soluça. Sorri.

— Iris! — Não "I-I" ou "I-is" ou mesmo "I-lis", mas "Iris", claro como o dia. Vai entender.

Finalmente o motorista decide que Iris está suficientemente longe da guia para ele desligar as luzes de alerta e fechar a porta. No segundo em que o ônibus começa a se mover, viro o volante e entro em casa. Os ombros de Iris se endireitam. Ela acena, sorri. Mamãe está em casa e seu mundo está de volta ao lugar. Gostaria de poder dizer o mesmo do meu.

Desligo o motor e dou a volta no carro para prender as sandálias de Mari. Assim que seus pés tocam o chão, ela sai correndo pelo jardim.

— Mamãe! — Iris corre para mim e abraça minhas pernas. — Achei que você tinha ido embora. — Ela não diz isso como uma acusação, mas como um fato. Esta não é a primeira vez que decepciono minha filha. Gostaria de poder prometer que será a última.

— Está tudo bem. — Aperto os ombros dela e afago o topo de sua cabeça. Stephen vive me dizendo que eu deveria abraçar mais nossas filhas, mas o contato físico é difícil para mim. A psiquiatra que o tribunal designou depois que eu e minha mãe fomos resgatadas disse que eu tinha problemas de confiança e me mandou fazer exercícios para treiná-la, como fechar os olhos, cruzar os braços sobre o peito e cair para trás sem nada para me segurar, a não ser a promessa dela. Quando eu resistia, ela dizia que eu estava sendo beligerante. Mas eu não tinha problemas de confiança. Só achava que os exercícios dela eram bobos.

Iris me solta e corre para dentro de casa atrás da irmã. A porta não está trancada. Nunca está. As pessoas do sul do estado que são donas das grandes casas de veraneio na encosta, com vista para a baía, mantêm suas portas trancadas e as janelas fechadas, mas o resto de nós nunca se preocupa com isso. Se um ladrão tivesse que escolher entre uma mansão isolada e vazia, cheia de equipamentos eletrônicos caros, e uma casa pré-fabricada à vista da estrada, todos sabemos qual ele preferiria.

Agora, porém, tranco a porta de casa e vou para o pátio lateral verificar se Rambo tem comida e água. Ele corre ao longo da corda que amarramos entre dois pinheiros e abana a cauda quando me vê. Não late, porque eu o ensinei a não latir. Rambo é um plott hound malhado preto e marrom, com orelhas caídas e o rabo como um chicote. Eu costumava levá-lo todos os outonos para caçar ursos comigo e mais dois caçadores com seus cachorros, mas tive que aposentá-lo dois invernos atrás, depois que um urso entrou no nosso pátio e ele decidiu enfrentá-lo sozinho. Um cachorro de vinte quilos e um urso-negro de duzentos e trinta não fazem um combate equilibrado, por melhor que seja a intenção do cachorro. A maioria das pessoas não nota a princípio que Rambo só tem três patas, mas, com uma deficiência de vinte e cinco por cento, não posso levá-lo de volta ao campo. Depois que ele começou a correr atrás de veados no último inverno por puro tédio, tivemos que passar a mantê-lo amarrado. Por aqui, um cachorro com a fama de perseguir veados pode levar um tiro sem aviso prévio.

— Tem biscoito? — Iris grita da cozinha. Ela está esperando pacientemente à mesa, com as costas retas e as mãos cruzadas, enquanto sua irmã procura migalhas pelo chão. A professora de Iris deve amá-la, mas espere só até ela conhecer Mari. Não pela primeira vez, eu me pergunto como duas pessoas tão diferentes podem ter os mesmos pais. Se Mari é fogo, Iris é água. Uma seguidora, não uma líder; uma criança quieta e hipersensível que prefere ler a correr e ama seus amigos imaginários tanto quanto eu amava os meus na mesma idade, e que toma muito pessoalmente a mais leve repreensão. Deteste ter causado a ela aquele momento de pânico. Iris Coração Grande já perdoou e esqueceu, mas eu não. Eu nunca esqueço.

Vou até a despensa e pego um pacote de biscoitos na prateleira superior. Sem dúvida minha pequena salteadora viking um dia vai tentar a escalada, mas Iris, a Obediente, nunca pensaria em fazer isso. Ponho quatro biscoitos em um prato, sirvo dois copos de leite e vou para o banheiro. Abro a torneira e jogo água no rosto. Ao ver minha expressão no espelho, percebo que preciso me controlar. Assim que Stephen chegar em casa, vou confessar tudo. Mas, até lá, não posso deixar minhas meninas notarem que há algo errado.

Depois que elas terminam o leite e os biscoitos, eu as mando para o quarto, para poder acompanhar o noticiário sem elas escutarem. Mari é pequena demais para compreender a importância de termos como "fuga da prisão", "caçada" ou "armado e perigoso", mas Iris talvez entenda.

A CNN está mostrando um plano geral de um helicóptero sobrevoando as árvores. Estamos tão perto da área de busca que eu quase poderia sair na varanda e ver o mesmo helicóptero. Um alerta da polícia estadual passa pela base da tela insistindo que todos permaneçam dentro de casa. Fotos dos guardas mortos, fotos da van da prisão vazia, entrevistas com as famílias enlutadas. Uma fotografia recente do meu pai. A vida na prisão não foi gentil com ele. Fotos da minha mãe quando menina e como uma mulher de rosto encovado. Fotos da nossa cabana. Fotos de mim aos doze anos. Nenhuma menção a Helena Pelletier ainda, mas é só questão de tempo.

Iris e Mari vêm correndo a passos miúdos pelo corredor. Tiro o som da televisão.

— A gente quer brincar lá fora — diz Iris.

— Fora — Mari ecoa. — Lá.

Eu pondero. Não há razão lógica para fazer as meninas ficarem dentro de casa. O quintal onde elas brincam é rodeado por uma cerca de arame de dois metros de altura e eu posso ver a área toda pela janela da cozinha. Stephen mandou instalar a cerca depois do incidente com o urso. "Meninas dentro, animais fora", ele disse com satisfação quando o trabalho foi concluído, limpando as mãos no traseiro da calça, como se ele mesmo tivesse fixado os postes da cerca. Como se manter os filhos seguros fosse algo assim tão simples.

— Está bem — respondo. — Mas só um pouquinho.

Abro a porta dos fundos e as libero, depois pego uma caixa de macarrão com queijo no armário e tiro um pé de alface e um pepino da geladeira. Stephen mandou uma mensagem uma hora atrás para avisar que está atrasado e vai comer alguma coisa na estrada mesmo, portanto será macarrão com queijo de caixa para as meninas e uma salada para mim. Não gosto *mesmo* de cozinhar. As pessoas podem achar estranho, considerando o modo como ganho a vida, mas a gente tem que trabalhar com o que dá. Mirtilos e morangos crescem aqui perto. Aprendi a fazer geleia e compotas. E é isso. Não há muitos empregos que peçam experiência em pescar no gelo ou esfolar um castor. Eu poderia mesmo dizer que odeio cozinhar, mas ainda escuto a repreensão gentil do meu pai: "*Odiar* é uma palavra muito forte, Helena".

Despejo a caixa de macarrão na panela de água com sal fervendo no fogão e vou até a janela dar uma olhada nas meninas. A quantidade de Barbies e My Little Ponies e princesas da Disney espalhada pelo pátio me deixa doente. Como Iris e Mari vão desenvolver qualidades como paciência e autocontrole se Stephen lhes dá tudo o que elas querem? Quando eu era criança, não tinha nem uma bola. Eu fazia meus próprios brinquedos.

Separar talos de cavalinha e depois encaixar as seções outra vez era tão educacional quanto esses brinquedos em que bebês devem encaixar formas nos furos. E, depois de uma refeição de espigas novas de taboa, sobrava uma pilha no prato do que minha mãe sempre dizia que pareciam agulhas de tricô, mas para mim pareciam espadas. Eu as espetava na areia nos fundos de casa como as paliçadas de um forte, em que meus guerreiros de pinhas lutaram muitas batalhas épicas.

Antes de eu deixar de aparecer nas revistas sensacionalistas dos supermercados, as pessoas costumavam me perguntar qual era a coisa mais incrível/surpreendente/inesperada que eu havia descoberto depois de chegar à civilização. Como se o mundo delas fosse tão melhor que o meu. Ou como se fosse realmente civilizado. Eu poderia facilmente construir uma argumentação contra a legitimidade dessa palavra para descrever o mundo que descobri aos doze anos: guerras, poluição, ganância, crimes, crianças passando fome, ódio racial, violência étnica — e isso só para começar. "Foi a internet?" (Incompreensível.) "Fast-food?" (Um gosto fácil de adquirir.) "Aviões?" (Por favor, né? Meu conhecimento de tecnologia até a década de 50 era sólido, e as pessoas realmente achavam que nunca passavam aviões sobre a nossa cabana? Ou que nós pensávamos que era alguma ave prateada gigante quando um deles passava?) "Viagens espaciais?" (Admito que ainda tenho dificuldades com esta. A ideia de que doze homens pisaram na lua é inconcebível para mim, embora eu tenha visto as filmagens.)

Sempre quis virar a pergunta ao contrário. Você sabe a diferença entre grama, junco e capim? Sabe que plantas silvestres são seguras para comer e como prepará-las? Sabe acertar um tiro em um veado naquela parte marrom bem embaixo do ombro, para ele cair na hora e você não ter que passar o resto do dia caçando? Sabe montar uma armadilha para pegar coelho? Sabe esfolar e limpar o coelho depois de pegá-lo? Sabe assá-lo na fogueira para deixar a carne cozida por dentro e a camada externa deliciosamente escura e crocante? Aliás, você sabe fazer uma fogueira sem fósforos ou isqueiro, para começar?

Mas eu aprendo rápido. Não levei muito tempo para entender que, para a maioria das pessoas, minhas habilidades eram seriamente desvalorizadas. E, para ser sincera, o mundo delas oferecia algumas maravilhas tecnológicas bem incríveis. A água encanada está quase no topo da lista. Mesmo agora, quando lavo louça ou preparo o banho das meninas, gosto de deixar a mão embaixo da água que jorra da torneira, embora tenha o cuidado de só fazer isso quando Stephen não está por perto. Poucos homens estariam dispostos a aceitar que eu passe a noite sozinha na selva em expedições de colheita, ou que saia caçando ursos, ou que coma taboas. Não quero forçar demais a barra.

Eis a resposta verdadeira: a descoberta mais incrível que fiz depois que eu e minha mãe fomos resgatadas foi a eletricidade. É difícil entender como conseguimos viver todos aqueles anos sem isso. Olho para as pessoas carregando seus tablets e celulares com tanta naturalidade, torrando pão e fazendo pipoca no micro-ondas, vendo televisão e lendo e-books até tarde da noite, e uma parte de mim ainda se maravilha. Ninguém que cresceu com eletricidade sequer pensa em como se viraria sem ela, exceto nas raras ocasiões em que uma tempestade causa um corte de energia e faz todos saírem apressados atrás de lanternas e velas.

Imagine nunca ter eletricidade. Sem eletrodomésticos. Sem geladeira. Sem máquina de lavar ou secar roupas. Sem ferramentas elétricas. Nós levantávamos quando clareava e íamos dormir quando escurecia. Dias de dezesseis horas no verão e de oito horas no inverno. Com eletricidade, poderíamos ter ouvido música, nos refrescado com ventiladores, aquecido os cantos mais frios dos quartos. Bombeado água do pântano. Eu poderia facilmente viver sem televisão e computadores. Renunciaria até ao meu celular. Mas, se há uma coisa de que sentiria falta se tivesse que ficar sem ela agora é a eletricidade, sem dúvida nenhuma.

Ouço um grito vindo do quintal. Estico o pescoço. Nem sempre consigo saber pela estridência dos gritos das minhas filhas se suas emergências são triviais ou reais. Uma emergência genuína envolveria baldes de sangue jorrando de uma ou de ambas, ou um urso-negro espiando por trás da cerca. Triviais seriam Iris sacudindo as mãos e gritando como se tivesse comido veneno de rato enquanto Mari bate palmas e ri.

— Vespa! Vespa! — Outra palavra que ela não tem problemas para falar.

Eu sei. É difícil acreditar que uma mulher que foi criada sob o que podem ser consideradas condições de sobrevivência extremas na selva tenha uma filha com medo de insetos, mas é a vida. Desisti de levar Iris comigo para o campo. Tudo o que ela faz é reclamar da sujeira e dos cheiros. Estou indo melhor até aqui com Mari. Pais não devem ter filhos preferidos, mas às vezes é difícil evitar.

Fico olhando da janela até que a vespa sabiamente vai embora para ares mais tranquilos e as meninas se acalmam. Imagino o avô delas observando atrás das árvores, do outro lado do quintal. Uma menina loira, a outra morena. Eu sei qual ele escolheria.

Abro a janela e mando as meninas entrarem.

3

Dou banho em Mari e Iris assim que elas terminam o jantar e as coloco na cama, sob protestos. Todas sabemos que é muito cedo. Não tenho dúvida de que elas vão ficar rindo e falando por horas até dormir, mas, desde que fiquem na cama e fora da sala, não me importa.

Volto à sala de estar a tempo de pegar o noticiário das seis horas. Duas horas desde que meu pai fugiu e ninguém o avistou ainda, o que não me surpreende. Continuo a achar que ele não está nem perto do refúgio da vida selvagem. O mesmo terreno que torna o refúgio difícil para as equipes de busca também faz dele um lugar complicado para fugir. Dito isso, meu pai nunca faz nada sem um propósito. Há uma razão para ele ter escapado exatamente nesse lugar. E eu tenho que descobrir qual é.

Antes de mandar derrubar a casa dos meus avós, eu costumava andar pelos aposentos procurando pistas sobre meu pai. Queria saber como alguém passa de criança para molestador de crianças. As transcrições do julgamento oferecem alguns detalhes: meu avô Holbrook era um ojibwa de sangue puro, que recebeu seu nome não nativo quando foi mandado para um internato para crianças indígenas. Minha avó era de uma família de finlandeses que viviam na parte noroeste da península Superior e trabalhavam nas minas de cobre. Eles se conheceram e se casaram quando tinham quase quarenta anos, e meu pai nasceu cinco anos depois. A defesa apresentou os pais do meu pai como perfeccionistas que eram velhos e rígidos demais para se adaptar às necessidades de uma criança irrequieta e o castigavam pelas mais insignificantes infrações. Encontrei uma vara de cedro para castigos no telheiro com a parte de segurar lisa de tanto uso, então sei que essa parte é verdade. Em um buraco sob uma tábua solta no armário do quarto dele, encontrei uma caixa de sapatos com um par de algemas, um ninho de cabelos loiros, que imaginei que fossem da escova de sua mãe, com um batom e um brinco de pérola aninhados como ovos, e uma calcinha branca de algodão, que supus que fosse dela também. Posso imaginar o que a acusação teria feito com isso.

O restante das transcrições não revela muito. Os pais do meu pai o expulsaram de casa depois que ele largou a escola, no décimo ano. Ele cortou madeira para fabricação de papel por um tempo, depois entrou para o exército, de onde foi dispensado desonrosamente pouco mais de um ano mais tarde, porque não se dava com os outros soldados e não escutava os comandantes. A defesa disse que nada disso era culpa do meu pai. Ele era um jovem inteligente que agia daquela maneira apenas porque estava em busca do amor e da aceitação que seus pais nunca lhe deram. Não tenho tanta certeza disso. Meu pai pode ter sido um exímio conhecedor de como viver na selva, mas, sinceramente, não me lembro de uma única vez em que ele tenha se sentado para ler uma das *National Geographics*. Às vezes eu até me perguntava se ele sabia ler. Ele não se interessava nem em olhar as fotografias.

Nada apontava para o pai que eu conhecia, até que encontrei seu equipamento de pesca de trutas em um saco pendurado nas vigas do porão. Ele me contava histórias sobre pescarias no rio Fox quando era criança. Conhecia todos os melhores lugares para pescar. Uma vez, até guiou uma equipe de televisão do *Michigan Out of Doors*. Depois que encontrei seu equipamento, pesquei tanto no ramo oriental como no curso principal do Fox muitas vezes. A vara de pesca do meu pai tem um movimento bom e rápido. Com uma linha flutuante de peso quatro ou cinco, às vezes seis, se eu estiver pescando com ninfa ou streamer, geralmente volto para casa com o cesto cheio. Não sei se sou uma pescadora de trutas tão boa quanto meu pai, mas gosto de pensar que sim.

Penso em suas histórias de pescaria enquanto o noticiário continua na televisão. Se eu assassinasse dois homens para escapar da prisão, sabendo que minha fuga geraria uma das maiores caçadas da história do Michigan, não iria chafurdar sem rumo pelo pântano. Eu iria para um dos poucos lugares na Terra onde fui feliz.

São quinze para as nove. Estou sentada na varanda da frente de casa, esperando Stephen e matando mosquitos. Nem imagino como ele vai reagir à notícia de que o prisioneiro foragido é meu pai, mas sei que não vai ser legal. Meu tranquilo marido fotógrafo da natureza raramente perde a calma, o que foi uma das coisas que me atraíram nele, mas todo mundo tem seus limites.

Rambo está estendido nas tábuas da varanda ao meu lado. Eu dirigi até os criadores de plott hounds na Carolina do Norte, oito anos atrás, para pegá-lo quando era filhote. Isso foi muito antes de Stephen e as meninas chegarem. Ele é definitivamente um cachorro de uma só pessoa. Não que não fosse proteger Stephen ou as meninas se a situação exigisse. Plott hounds são totalmente destemidos, tanto que os fãs da raça os chamam de guerreiros ninja do mundo canino, o cachorro mais valente do mundo. Mas, se as coisas estivessem realmente sérias e minha família inteira corresse perigo, Rambo procuraria por mim primeiro. Pessoas que gostam de romantizar animais chamariam isso de amor, ou lealdade, ou devoção, mas é apenas sua natureza. Plott hounds são criados para se manter atrás da caça por dias seguidos, para se sacrificar antes de fugir de uma briga. Eles não podem deixar de ser o que são.

Rambo late e levanta as orelhas. Eu inclino a cabeça. Consigo discernir grilos, cigarras, o sussurro do vento nas árvores, um farfalhar nas agulhas de pinheiro no chão, que provavelmente é um camundongo ou um musaranho, os pios característicos de uma coruja chamando do outro lado do campo, entre a nossa propriedade e a do vizinho, os gritos e grasnados de uma dupla de socós-dorminhocos que fazem ninho no brejo atrás de casa e o zunido de um carro passando em velocidade na estrada, mas, para seus afiados sentidos caninos, a noite é rica em sons e cheiros. Ele gane baixinho e suas patas dianteiras se contraem, mas ele não se move. E não o fará, a menos que eu mande. Eu o treinei para obedecer a comandos de voz e de gesto. Ponho a mão sobre sua cabeça e ele a descansa no meu joelho. Nem tudo o que ronda pelo escuro precisa ser investigado e caçado.

Claro que estou falando do meu pai. Sei que o que ele fez com a minha mãe foi errado. E matar dois guardas para fugir da prisão é imperdoável. Mas uma parte de mim — uma parte não maior que um único grão de pólen em uma única flor em um único talo de grama do pântano, essa parte de mim que será para sempre a menininha de tranças que idolatrava o pai — fica feliz por ele estar livre. Ele passou os últimos treze anos na prisão. Tinha trinta e cinco anos quando levou minha mãe, cinquenta quando deixamos o pântano, cinquenta e dois quando foi capturado e condenado, dois anos mais tarde. Em novembro próximo, vai fazer sessenta e seis anos. O estado do Michigan não tem pena de morte, mas, quando penso em meu pai passando os próximos dez, vinte, talvez trinta anos na prisão, se viver tanto quanto seu pai, acho que talvez fosse melhor que tivesse.

Depois que saímos do pântano, todos esperavam que eu odiasse meu pai pelo que fez com minha mãe, e eu o odiei mesmo. Ainda odeio. Mas também sinto pena dele. Ele queria uma esposa. Nenhuma mulher em juízo perfeito teria aceitado de livre e espontânea vontade ficar com ele naquela pequena colina no pântano. Quando se olha a situação do ponto de vista dele, o que mais ele poderia fazer? Ele era um doente mental extremamente perturbado, com uma persona de nativo norte-americano da selva tão profundamente enraizada que não poderia ter resistido a levar minha mãe mesmo que quisesse. Os psiquiatras tanto da defesa como da acusação até concordaram sobre seu diagnóstico — transtorno de personalidade antissocial —, embora a defesa tenha alegado fatores atenuantes, como a lesão cerebral que ele sofreu por ter recebido pancadas repetidas na cabeça quando menino.

Mas eu era criança. Eu amava meu pai. O Jacob Holbrook que eu conhecia era inteligente, divertido, paciente e gentil. Ele cuidou de mim, me alimentou e vestiu, me ensinou tudo o que eu precisava saber não só para sobreviver no pântano, mas para me desenvolver. Além disso, estamos falando dos acontecimentos que resultaram na minha existência, então não tenho muito como dizer que lamento, não é?

Na última vez que vi meu pai, ele estava arrastando os pés para fora do tribunal do condado de Marquette, algemado e com correntes nos tornozelos, a caminho de ser trancafiado com outros mil homens. Eu não fui ao seu julgamento. Meu testemunho foi considerado pouco confiável, devido à minha idade e criação, além de desnecessário, porque minha mãe podia fornecer à acusação provas mais que suficientes para trancar meu pai na prisão por uma dúzia de vidas. Mas os pais da minha mãe me levaram de Newberry para lá no dia em que meu pai foi sentenciado. Acho que esperavam que, se eu o visse receber o justo castigo pelo que fez com a filha deles, passaria a odiá-lo tanto quanto eles odiavam. Esse também foi o dia em que conheci meus avós paternos. Imagine minha surpresa quando descobri que a mãe do homem que eu sempre achei que fosse um ojibwa era branca e loira.

Desde esse dia, já passei pela Prisão de Marquette Branch pelo menos umas cem vezes, sempre que levamos Mari às consultas com o especialista, ou as meninas para fazer compras, ou quando vamos ao cinema em Marquette. A prisão não é visível da estrada. Tudo o que se vê ao passar é um caminho em curvas no meio de duas sólidas paredes de pedra. Parece a entrada da propriedade de uma família rica tradicional que leva por entre as árvores até uma escarpa rochosa com vista para a baía.

Os prédios de arenito da administração fazem parte do registro histórico do estado e datam da abertura da prisão, em 1889. A ala de segurança máxima onde meu pai ficava é composta de seis unidades para presos de nível cinco com celas individuais, cercadas por uma parede de pedra de seis metros de espessura, com uma cerca de arame de três metros no alto. O perímetro é monitorado por oito torres com guardas armados, cinco equipadas com câmeras para observar as atividades dentro das celas também. Ou pelo menos isso é o que diz a Wikipédia. Nunca estive lá dentro. Dei uma olhada na prisão uma vez usando a visualização de satélite do Google Earth. Não havia nenhum prisioneiro no pátio.

E agora a população da prisão tem um a menos. O que significa que, dentro de poucos minutos, vou ter que contar ao meu marido a verdade, toda a verdade, nada além da verdade sobre quem eu sou e as circunstâncias que cercam meu nascimento, então que Deus me ajude.

Como se ouvisse a deixa, Rambo dá um latido de advertência. Segundos depois, faróis iluminam o jardim. A luz automática do pátio acende quando um SUV se aproxima. Não é o Cherokee de Stephen; este veículo tem uma barra de luz no alto e o logotipo da polícia estadual na lateral. Por uma fração de segundo, eu me permito acreditar que posso responder às perguntas dos policiais e me livrar deles antes de o meu marido chegar em casa. E então o Cherokee entra logo atrás. As luzes internas de ambos os carros se acendem ao mesmo tempo. Vejo a curiosidade de Stephen se transformar em pânico quando ele percebe os uniformes dos policiais. Ele atravessa o jardim correndo em minha direção.

— Helena! Você está bem? As meninas? O que aconteceu? Está tudo bem?

— Nós estamos bem. — Faço um sinal para Rambo ficar e desço os degraus da varanda para encontrá-lo enquanto os policiais se aproximam.

— Helena Pelletier? — um deles pergunta. Ele é jovem, mais ou menos da minha idade. Seu parceiro parece ainda mais novo. Imagino quantas pessoas eles já interrogaram. Quantas vidas suas perguntas arruinaram. Confirmo com a cabeça e procuro a mão de Stephen. — Gostaríamos de lhe fazer algumas perguntas sobre seu pai, Jacob Holbrook.

A cabeça de Stephen vira na mesma hora.

— Seu... Helena, o que está acontecendo? Eu não entendo. O prisioneiro foragido é *seu pai*?

Confirmo com a cabeça outra vez. Um gesto que espero que Stephen entenda como um pedido de desculpa e uma confissão. *Sim, Jacob Holbrook é meu pai. Sim, eu venho mentindo para você desde o dia em que nos conhecemos. Sim, o sangue desse homem mau corre pelas minhas veias e pelas de suas filhas. Desculpe. Desculpe por você ter descoberto desta maneira. Desculpe por eu não ter contado antes. Desculpe. Desculpe. Desculpe.*

Está escuro. O rosto de Stephen está na sombra. Não sei o que ele está pensando quando olha lentamente de mim para os policiais, para mim, para os policiais outra vez.

— Vamos entrar — ele diz por fim. Não para mim, para eles. Solta minha mão e conduz os policiais pela varanda para dentro de casa. E assim, de repente, as paredes da minha segunda vida, tão cuidadosamente construída, desmoronam aos meus pés.

4

Os homens da Polícia Estadual do Michigan se sentam no sofá da nossa sala de estar, um em cada ponta, como suportes de livros azuis: mesmo uniforme, mesma altura, mesmo cabelo, quepes colocados respeitosamente na almofada do meio e joelhos afastados, porque Stephen não é alto e o assento do sofá é baixo. Eles parecem maiores que no jardim, mais intimidadores, como se a autoridade conferida pelo uniforme também os fizesse parecer fisicamente aumentados. Ou talvez a sala só pareça menor com eles dentro, porque raramente temos visitas. Stephen ofereceu café quando os convidou para entrar. Os policiais recusaram, o que eu agradeci. Certamente não quero que eles se demorem aqui.

Stephen está empoleirado na ponta da poltrona ao lado do sofá, um passarinho canoro pronto para levantar voo. Sua perna direita balança e a expressão diz claramente que ele preferiria estar em qualquer outro lugar, menos aqui. Estou sentada na única outra cadeira que restou, no lado oposto da sala. O fato de que a distância entre mim e meu marido é a maior que a sala permite não me passa despercebido. Nem o fato de que, desde que convidou os policiais para entrar, Stephen tem feito um esforço óbvio e determinado de olhar seja para o que for, menos para mim.

— Quando foi a última vez que viu seu pai? — o líder da dupla pergunta assim que nos acomodamos.

— Não falo com meu pai desde o dia em que saí do pântano.

O policial levanta uma sobrancelha. Posso imaginar o que ele está pensando. Moro a oitenta quilômetros da prisão onde meu pai ficou encarcerado por treze anos e nunca fui visitá-lo?

— Então, treze anos. — Ele pega uma caneta e um bloquinho de papel no bolso da camisa, como se fosse anotar o número.

— Quinze — corrijo. Depois que minha mãe e eu saímos do pântano, meu pai ficou vagando pela península Superior por dois anos até ser capturado. O policial sabe disso tão bem quanto eu. Ele está estabelecendo uma referência, fazendo uma pergunta para a qual já sabe a resposta para poder identificar, daqui por diante, quando estou mentindo e quando estou dizendo a verdade. Não que eu tenha razão para mentir, mas ele ainda não sabe disso. Entendo que deva me tratar como suspeita até prova em contrário. Prisioneiros geralmente não escapam de prisões de segurança máxima a menos que tenham ajuda, seja de alguém de dentro ou de alguém de fora. Como eu.

— Certo. Então não fala com seu pai há quinze anos.

— Pode conferir o registro de visitantes se não acredita em mim — digo, embora não tenha dúvida de que já fizeram isso. — Registros de telefonemas. Sei lá. Estou falando a verdade.

O que não quer dizer que eu não tenha pensado muitas vezes em visitá-lo na prisão. Quando a polícia capturou meu pai, eu queria desesperadamente vê-lo. Newberry é uma cidade pequena, e a cadeia onde ele permaneceu até a audiência de custódia ficava a poucos quarteirões da minha escola. Eu poderia ter caminhado até lá depois da aula ou ido de bicicleta a qualquer hora que quisesse. Ninguém teria me negado alguns minutos com meu pai. Mas tive medo. Eu tinha catorze anos. Fazia dois anos. Eu havia mudado, talvez ele também. Tive receio de que meu pai não quisesse me ver. Que estivesse bravo comigo, já que foi por minha culpa que ele foi pego.

Depois que ele foi condenado, ninguém ia me levar cento e cinquenta quilômetros de ida e cento e cinquenta quilômetros de volta de Newberry a Marquette para que eu pudesse visitar meu pai na prisão, mesmo que eu tivesse coragem de pedir. Mais tarde, quando mudei meu sobrenome e tinha meu próprio meio de transporte, continuei sem poder visitá-lo, porque teria que mostrar a identidade e deixar meu nome na lista de visitantes, e não queria que minha nova vida tivesse qualquer associação com a antiga. Enfim, não era como se eu sentisse uma vontade constante de vê-lo. A ideia de ir visitá-lo surgia de tempos em tempos, geralmente quando Stephen estava brincando com as meninas e algo na interação deles me lembrava daqueles dias, tão distantes, em que estávamos juntos.

A última vez que pensei seriamente em procurá-lo foi dois anos atrás, quando minha mãe morreu. Foi um período difícil. Eu não poderia reconhecer a morte dela sem correr o risco de alguém ligar os pontos e descobrir quem eu era. Eu estava em um programa de proteção a testemunhas elaborado por mim mesma — para que minha nova vida funcionasse, era preciso cortar todos os laços com a anterior. Mas eu era a filha única da minha mãe, e não comparecer ao seu funeral pareceu uma traição. A ideia de nunca mais poder vê-la ou falar com ela também doeu fundo em mim. Não queria que o mesmo acontecesse com meu pai. Talvez eu pudesse me passar por uma dessas fãs de prisioneiros, ou uma jornalista, se alguém estranhasse eu aparecer de repente para visitá-lo. Mas meu pai também teria que seguir meu plano para que desse certo, e não havia como saber se ele estaria disposto a isso ou se recusaria.

— Tem alguma ideia de aonde ele pode estar indo? — o policial pergunta. — Do que está planejando?

— Nenhuma. — *Além do óbvio desejo de pôr tanta distância quanto possível entre ele e as pessoas que o estão procurando*, tenho vontade de dizer, mas sei que é melhor não demonstrar hostilidade diante de homens com armas. Por um instante, penso em pedir uma atualização sobre as buscas, mas o fato de eles estarem aqui pedindo minha ajuda já diz tudo o que eu preciso saber.

— Vocês acham que ele vai tentar entrar em contato com a Helena? — Stephen pergunta. — Minha família está em perigo?

— Se houver algum lugar onde vocês possam ficar por alguns dias, talvez seja uma boa ideia.

O rosto de Stephen empalidece.

— Não acho que ele vai vir aqui — digo depressa. — Meu pai odiava os pais dele. Não tem nenhum motivo para voltar ao lugar onde foi criado. Ele só quer escapar.

— Espera aí. Você está dizendo que o seu pai *morou* aqui? Na nossa casa?

— Não, não. Não nesta casa. Esta propriedade era dos pais dele, mas, depois que eu herdei, mandei demolir a casa original.

— Propriedade dos pais dele... — Stephen sacode a cabeça. Os policiais olham para ele com ar de compaixão, como se vissem esse tipo de coisa o tempo todo. *Mulheres*, a expressão deles parece dizer. *Não se pode confiar nelas*. Eu também sinto por Stephen. É muita coisa para absorver. Gostaria de ter dado essa notícia em particular, no meu próprio tempo e do meu jeito, em vez de ser forçada a evidenciar sua ignorância e confusão.

Stephen me observa atentamente enquanto as perguntas continuam, sem dúvida esperando por mais alguma surpresa. Onde eu estava quando meu pai escapou? Havia alguém comigo? Alguma vez eu mandei algum pacote para o meu pai enquanto ele estava na prisão? Nem mesmo um pote de geleia ou um cartão de aniversário?

Os olhos de Stephen parecem me perfurar enquanto o interrogatório prossegue. Acusando. Julgando. Minhas mãos suam. Minha boca forma as respostas adequadas para as perguntas dos policiais, mas só consigo pensar em como isso está atingindo meu marido, como meu silêncio pôs minha família em risco. Que todos os sacrifícios que fiz para manter meu segredo não valem nada, agora que o segredo foi revelado.

Por fim, passos no corredor. Iris espia pelo canto da parede. Seus olhos se arregalam quando vê os policiais em sua sala de estar.

— Papai? — ela diz, incerta. — Você vai me dar um beijo de boa-noite?

— Claro, meu bem — Stephen responde, sem deixar transparecer um pingo da tensão que estamos ambos sentindo. — Volte para a cama. Eu já vou. — Ele se vira para os policiais. — Terminamos?

— Por enquanto. — O policial chefe me lança um olhar, como se achasse que eu sei mais do que estou dizendo, depois faz todo um gestual para me entregar seu cartão. — Se lembrar de alguma coisa que possa nos ajudar a encontrar seu pai, qualquer coisa, me ligue.

* * *

— Eu queria te contar — digo, assim que a porta se fecha.

Stephen me olha por um longo tempo, depois sacode lentamente a cabeça.

— Então por que não contou?

Não poderia haver pergunta mais justa. Gostaria de saber como responder. Com certeza não premeditei mentir para ele. Quando nos conhecemos, há sete anos, no festival do mirtilo de Paradise, e Stephen me convidou para comer um hambúrguer depois de comprar tudo o que tinha sobrado do meu estoque, eu não podia propriamente responder: "Eu adoraria sair com você. Sou Helena Eriksson, e, a propósito, lembra daquele cara que raptou uma menina em Newberry no fim dos anos 80 e a manteve prisioneira no pântano por mais de dez anos? Aquele que chamavam de Rei do Pântano? Pois é, ele é meu pai". Eu tinha vinte e um anos. Àquela altura, já desfrutava de três abençoados anos de anonimato. Sem cochichos às minhas costas, sem murmúrios ou dedos apontados, só eu e meu cachorro, cuidando da nossa vida, caçando, pescando e colhendo frutas. Não ia romper meu silêncio por um estranho de cabelos e olhos escuros com uma predileção suspeita por geleia de taboa com mirtilo.

Mas houve outras ocasiões em que eu poderia ter tocado no assunto. Talvez não no nosso primeiro encontro, ou no segundo, ou no terceiro, mas em algum momento depois que o trem do vamos-nos-conhecer-melhor entrou nos trilhos e antes de estarmos juntos no parapeito do barco turístico em Pictured Rocks, sabendo, sem ter que dizer, que éramos um casal. Definitivamente antes de Stephen me pedir em casamento apoiado em um dos joelhos em uma praia rochosa no lago Superior. Mas, àquela altura, eu já tinha tanto a perder e não conseguia mais ver o que teria a ganhar.

Stephen sacode a cabeça de novo.

— Eu te dou todo o espaço do mundo e é assim que você... Eu falo alguma coisa quando você sai para caçar ursos? Quando passa a noite sozinha no meio do mato? Daquela vez que você desapareceu por duas semanas quando a Mari era bebê porque precisava de um tempo sozinha? Quem tem uma esposa que sai para *caçar ursos*? Eu teria lidado com isso do seu lado, Helena. Por que você não confiou em mim?

Eu precisaria de milhares de palavras para começar a dar uma resposta completa, mas só uma me vem.

— Desculpe. — E, mesmo aos meus ouvidos, a palavra soa fraca. Mas é sincera. Eu *estou* arrependida. Poderia pedir desculpa todos os dias pelo resto da minha vida se isso ajudasse.

— Você mentiu para mim. E agora pôs a nossa família em perigo. — Stephen passa por mim e vai para a cozinha. A porta lateral bate com força. Eu o ouço remexendo coisas na garagem, então ele volta com uma mala em cada mão. — Junte o que precisar para você e as meninas. Vamos para a casa dos meus pais.

— Agora?

Os pais de Stephen moram em Green Bay. São quatro horas de viagem, sem contar as inúmeras paradas para ir ao banheiro que é preciso fazer quando se viaja com duas crianças pequenas. Se sairmos agora, não vamos chegar lá antes de, pelo menos, umas três da manhã.

— O que mais podemos fazer? Não podemos ficar aqui, com um psicopata assassino à solta. — Ele não diz *um psicopata assassino que por acaso é seu pai*, mas é como se tivesse dito.

— Ele não vem para cá — digo de novo. Não tanto porque acredito nisso, mas porque Stephen tem que acreditar. Não suporto a ideia de que ele pense que eu, deliberada e conscientemente, faria algo que pudesse prejudicar minha família.

— Você tem *certeza* disso? Pode garantir que o seu pai não vai vir atrás de você ou das meninas?

Abro a boca para responder e a fecho de novo. Claro que não posso garantir. Por mais que eu ache que sei o que meu pai vai ou não fazer, a verdade é que não sei. Ele matou dois homens para escapar da prisão, e eu nunca imaginei isso.

As mãos de Stephen se apertam em punhos. Eu me preparo. Ele nunca bateu em mim, mas sempre há uma primeira vez. Meu pai com certeza nunca hesitou em bater na minha mãe por menos. O peito dele incha. Ele respira fundo, depois solta o ar. Respira de novo e solta o ar outra vez. Pega a mala de princesa cor-de-rosa das meninas, vira as costas e sai batendo os pés pelo corredor. Gavetas abrem e fecham com força na cômoda.

— Papai? — Iris diz, chorosa. — Você está bravo com a mamãe?

Pego a outra mala e vou para o nosso quarto. Embalo tudo de que Stephen vai precisar para ficar na casa de seus pais pelo tempo que for necessário, carrego a mala para a sala e a coloco diante da porta da frente. Quero lhe dizer que entendo como ele se sente. Que gostaria que as coisas fossem diferentes. Que vê-lo se afastar está acabando comigo. Mas, quando ele volta com a mala das crianças e passa por mim para levar a bagagem para o carro como se fôssemos estranhos, não digo nada.

Abotoamos o casaco das meninas sobre o pijama sem falar. Stephen põe Mari sobre o ombro e a leva para o carro. Eu o sigo, levando Iris pela mão.

— Seja uma boa menina — digo enquanto a prendo em sua cadeirinha no carro. — Escute seu pai. Faça o que ele mandar. — Iris pisca e esfrega os olhos, como se estivesse tentando não chorar. Faço um afago rápido em sua cabeça e aconchego ao seu lado o amado ursinho de pelúcia que ela chama de Roxinho, depois dou a volta no carro e paro junto à porta do motorista.

Stephen franze a testa quando me vê. Ele abre o vidro.

— Você não vai pegar o Rambo? — pergunta.

— Eu não vou com vocês — respondo.

— Helena. Não faça isso.

Sei o que ele está pensando. Não é segredo que detesto ir à casa de seus pais mesmo nas melhores condições, que dirá aparecer com as meninas no meio da noite porque meu pai é um prisioneiro foragido. Não é só o esforço de ter que fingir interesse pelo que interessa a eles, mesmo sem termos absolutamente nada em comum; é a montanha de regras e boas maneiras com que tenho de lidar. Percorri um longo caminho desde a menina de doze anos socialmente inepta que eu era, mas, sempre que estou com os pais de Stephen, eles me fazem sentir que não saí do lugar.

— Não é isso. Eu tenho que ficar aqui. A polícia precisa da minha ajuda.

O que é só parcialmente correto. Stephen nunca aceitaria a verdadeira razão de eu ter que ficar. A verdade é que, em algum momento entre a primeira pergunta dos policiais e a porta se fechando atrás deles, percebi que, se alguém pode encontrar meu pai e mandá-lo de volta para a prisão, essa pessoa sou eu. Ninguém é páreo para ele quando se trata de se locomover pela selva, mas eu chego perto. Morei com ele por doze anos. Ele me treinou, me ensinou tudo o que sabe. Eu sei como ele pensa. O que vai fazer. Para onde vai.

Se Stephen soubesse o que estou planejando, me lembraria que meu pai está armado e é perigoso. Ele matou dois guardas da prisão, e a polícia tem certeza de que mataria de novo. Mas, se há uma pessoa que não corre perigo com meu pai, sou eu.

Stephen aperta os olhos. Não sei se ele sabe que não estou sendo totalmente sincera. Não tenho certeza se faria diferença se soubesse.

Por fim, dá de ombros.

— Me ligue — diz, cansado, e sobe o vidro.

As luzes automáticas do pátio se acendem quando Stephen dá ré para manobrar e avança para a rua. Iris vira a cabeça e olha pela janela traseira. Levanto a mão. Ela responde ao meu aceno. Stephen não.

Fico parada no jardim até as luzes do Cherokee desaparecerem a distância, depois volto para casa e sento nos degraus da varanda. A noite parece vazia, fria, e de repente me dou conta de que, nos seis anos desde que me casei, nunca passei a noite em casa sozinha. Sinto um nó se formando na garganta. Eu o engulo. Não tenho direito a autopiedade. Eu fiz isso comigo. Acabei de perder minha família e a culpa é minha.

Eu sei como funciona. Já percorri esse caminho, depois que minha mãe caiu em uma depressão tão profunda que não saía do quarto durante dias, às vezes semanas seguidas, e meus avós entraram com um processo contra ela para obter minha guarda. Se Stephen não voltar, se ele decidir que meu pecado de omissão é grande demais para ser perdoado e quiser o divórcio, nunca mais verei minhas filhas. Basta me colocar, com minha infância disfuncional, idiossincrasias e esquisitices, ao lado da criação cem por cento normal de classe média de Stephen e seus valores familiares tradicionais e não tenho como competir. Minha desvantagem é tão grande que nem adianta entrar no jogo. Nenhum juiz no mundo decidiria em meu favor. Nem eu mesma me daria a guarda delas.

Rambo se esparrama ao meu lado e põe a cabeça em meu colo. Eu o abraço e enfio o rosto em seus pelos. Penso em todos os anos e todas as chances que tive para esclarecer quem sou. Olhando em retrospecto, acho que me convenci de que, se eu não dissesse o nome do meu pai, poderia fingir que ele não existiu. Mas ele existe. E agora, em meu coração, percebo que sempre soube que um dia haveria um acerto de contas.

Rambo resmunga e se solta de mim. Eu o deixo ir pela noite, levanto e entro em casa para me aprontar. Só há uma maneira de consertar isso. Uma maneira de ter minha família de volta. Eu *preciso* capturar meu pai. É o único jeito de provar a Stephen que nada nem ninguém é mais importante para mim do que ele e as meninas.

5
A CABANA

Um longo tempo se passou depois qu o Rei do Pântano arrastou a princesa aterrorizada para o fundo da lama. Por fim, a cegonha viu um talo verde se projetando do profundo terreno pantanoso. Quando ele atingiu a superfície, uma folha se abriu e se alargou mais e mais e, junto a ela, surgiu um botão de flor.

Uma manhã, quando a cegonha voava sobre o pântano, viu que o poder dos raios de sol fizera o botão se abrir e, no cálice da flor, havia uma graciosa criança — uma menininha, que parecia ter acabado de sair do banho.

A esposa do viking não tem filhos, e como ela desejou ter um, a cegonha pensou. As pessoas dizem que a cegonha traz os bebês; vou fazer isso de verdade desta vez.

Ela levantou a menininha do cálice da flor e voou para o castelo. Fez um buraco com o bico na pele de bexiga que cobria a janela e pousou a bela criança no colo da esposa do viking.

— Hans Christian Andersen,
A Filha do Rei do Pântano

Quando eu era criança, não tinha ideia de que havia algo errado com a minha família. Crianças geralmente não percebem. Qualquer que seja a situação, é o que entendem como normal. Filhas de abusadores acabam se envolvendo com homens abusivos quando adultas, porque é com isso que estão acostumadas. Parece familiar. Natural. Mesmo que não gostem das circunstâncias em que foram criadas.

Mas eu amava minha vida no pântano e fiquei arrasada quando tudo desmoronou. Eu fui a *razão* de tudo ter desmoronado, claro, mas não entendi bem o papel que desempenhei naquilo até muito mais tarde. E, se soubesse então o que sei agora, as coisas teriam sido bastante diferentes. Eu não teria adorado meu pai. Teria sido muito mais compreensiva com minha mãe. Mas desconfio de que ainda teria amado caçar e pescar.

Os jornais chamavam meu pai de Rei do Pântano, como o ogro do conto de fadas. Eu entendo por que lhe deram esse nome, como qualquer um que conheça o conto de fadas entenderá também. Mas meu pai não era um monstro. Quero deixar isso absolutamente claro. Sei que muito do que ele disse e fez foi errado. Mas, no fim das contas, ele só estava fazendo o melhor que podia com o que tinha, como qualquer outro pai. Ele nunca abusou de mim, pelo menos não sexualmente, que é o que muitas pessoas imaginam.

Também entendo por que os jornais chamavam o lugar onde morávamos de casa de fazenda. Parece mesmo uma velha casa de fazenda nas fotografias: dois andares, revestimento externo de tábuas gastas, janelas tipo guilhotina tão encrustadas de sujeira que era impossível enxergar dentro ou fora, telhado de madeira. As construções anexas contribuem para a ilusão: um barracão de madeira de três paredes, um galpão de lenha, um banheiro externo.

Nós chamávamos nossa casa de cabana. Não sei quem a construiu, ou quando, ou por quê, mas posso garantir que não foram fazendeiros. A cabana fica em uma elevação estreita densamente arborizada, com bordos, faias e amieiros, que se projeta do pântano como uma mulher obesa deitada de lado: uma pequena protuberância para a cabeça, uma protuberância ligeiramente maior para os ombros, uma terceira para os quadris enormes e as coxas. Nosso território era parte da bacia do rio Tahquamenon, trezentos e trinta e quatro quilômetros quadrados de pântano que escoam para o rio, embora eu só tenha tomado conhecimento disso mais tarde. Os ojibwa chamam o rio de Adikamegong-ziibi, "rio onde os peixes-brancos são encontrados", mas tudo o que pegávamos lá eram lúcios-almiscarados, picões--verdes, percas e lúcios.

Nossa colina ficava suficientemente longe do leito principal do Tahquamenon para não ser vista por pescadores e canoístas. Os bordos do pântano que cresciam em volta da cabana a tornavam quase invisível pelo ar também. É de pensar que a fumaça do nosso fogão a lenha poderia denunciar a localização, mas isso nunca aconteceu. Se alguém por acaso a notou durante os anos em que vivemos lá, deve ter pensado que a fumaça vinha do jantar de um pescador ou de um chalé de caça. Seja como for, meu pai é cauteloso ao extremo. Tenho certeza de que esperou meses, depois de ter levado a minha mãe, antes de se arriscar a acender o fogo.

Minha mãe me contou que, nos primeiros catorze meses de seu cativeiro, meu pai a manteve acorrentada à pesada argola de ferro em um canto do galpão de lenha. Não tenho certeza se acredito nela. Vi as algemas, claro, e eu mesma as usei quando houve necessidade. Mas por que meu pai teria todo esse trabalho de mantê-la acorrentada no galpão de lenha se não havia lugar nenhum para ela ir? Nada além de mato até onde os olhos podiam ver, interrompido apenas pelas ocasionais tocas de castor ou rato-almiscarado, ou por outra colina solitária. Muito espesso para passar com uma canoa, muito insubstancial para caminhar.

O pântano nos mantinha seguros durante a primavera, o verão e o outono. No inverno, ursos, lobos e coiotes ocasionalmente atravessavam o gelo. Em um inverno, enquanto eu calçava as botas para ir ao banheiro externo antes de dormir — porque, acredite em mim, a gente *não* quer sair da cama para ir ao banheiro no meio da noite no inverno —, ouvi um barulho na varanda. Achei que fosse um guaxinim. A noite estava incomumente quente, a temperatura quase acima do grau de congelamento, o tipo de noite clara de lua cheia no meio do inverno que estende as sombras e engana os hibernantes a pensar que é primavera. Fui até a varanda e vi uma forma escura quase da minha altura. Ainda pensando em um guaxinim, gritei e bati no traseiro dele. Guaxinins fazem uma bagunça enorme se a gente os deixar à vontade, e adivinhe de quem seria o trabalho de limpar tudo depois.

Mas não era um guaxinim. Era um urso-negro, e não um filhote. O urso virou, olhou para mim e bufou. Se eu fechar os olhos, ainda posso sentir seu hálito quente de peixe, minha franja esvoaçando com sua respiração em meu rosto.

— Jacob! — gritei. O urso ficou olhando fixo para mim, e eu olhando fixo para ele, até meu pai chegar com a espingarda e atirar.

Comemos urso pelo restante do inverno. A carcaça pendurada no barracão parecia uma pessoa sem a pele. Minha mãe reclamava que a carne era gordurosa e tinha gosto de peixe, mas o que se poderia esperar? "Você é o que você come", como diz meu pai. Estendemos a pele na frente da lareira na sala e a pregamos no chão para ficar esticada. A sala ficou com cheiro de carne podre até a pele secar, mas eu gostava de sentar em meu tapete de pele de urso, com os dedos dos pés esticados para o fogo e uma tigela de cozido de carne de urso no colo.

Meu pai tem uma história melhor. Anos atrás, muito antes da minha mãe e de mim, quando ele ainda era adolescente, estava andando pelo bosque ao norte de onde seus pais viviam, no lago Nawakwa, perto de Grand Marais, para checar suas armadilhas. A camada de neve estava mais profunda que de hábito, e mais quinze centímetros tinham caído durante a noite, por isso a trilha e as marcas de referência que ele usava para se orientar ficaram enterradas. Ele acabou se desviando do caminho sem perceber, e de repente seu pé afundou na neve e ele caiu em um grande buraco. Neve, galhos e folhas caíram junto, mas ele não se machucou, porque aterrissou em algo quente e macio. Assim que ele entendeu onde se encontrava e o que havia acontecido, escalou para fora do buraco o mais rápido possível, não antes de ver que estava sobre um filhotinho de urso tão pequeno que não era maior que sua mão. O pescoço do filhote estava quebrado.

Toda vez que meu pai contava essa história, eu desejava que ela fosse minha.

Eu nasci dois anos e meio depois que minha mãe foi levada para o cativeiro. Faltavam três semanas para ela fazer dezessete anos. Nós não éramos nem um pouco parecidas, nem fisicamente, nem de temperamento, mas posso imaginar o que deve ter sido para ela estar grávida de mim.

"Você vai ter um bebê", meu pai deve ter anunciado em um dia de fim de outono enquanto batia os pés para tirar o barro das botas na varanda dos fundos e entrava na cozinha superaquecida. Ele teve que contar para minha mãe o que estava acontecendo, porque ela era muito nova e ingênua para entender o significado das mudanças em seu corpo. Ou talvez ela soubesse, mas estivesse em negação. Depende de como eram as aulas de saúde na escola fundamental de Newberry e de quanto ela prestava atenção.

Minha mãe deve ter se virado para ele, do lugar onde cozinhava no fogão. Ela estava sempre cozinhando, ou esquentando água para cozinhar ou lavar, ou carregando água para esquentar para lavar e cozinhar.

Na primeira versão em minha cabeça, a descrença se espalha pelo rosto dela enquanto suas mãos voam para a barriga. "Um bebê?", ela murmura. E não sorri. Em minha experiência, ela raramente sorria.

Na segunda, ela joga a cabeça para trás, desafiadora, e dispara: "Eu sei".

Por mais que eu prefira a segunda versão, acho a primeira mais provável. Em todos os anos em que vivemos juntos como uma família, nem uma vez vi minha mãe dar uma resposta mais dura para meu pai. Às vezes gostaria que ela tivesse dado. Pense só em como era para mim. Eu fui um bebê, uma criança, uma pré-adolescente, e tudo o que conhecia da maternidade, além das animadas donas de casa de avental nas propagandas da *National Geographic*, era uma jovem taciturna que cumpria suas tarefas domésticas com desânimo, a cabeça baixa e os olhos vermelhos em um sofrimento secreto. Minha mãe nunca ria, mal falava, raramente me abraçava ou me beijava.

Tenho certeza de que ela ficou aterrorizada com a ideia de ter um bebê naquela cabana. Sei que eu teria ficado. Talvez ela tenha esperado que meu pai percebesse que uma casinha no meio do pântano não era o lugar adequado para ela dar à luz, que a levasse para a cidade e a deixasse nos degraus do hospital como uma criança abandonada.

Ele não fez isso. O jeans e a camiseta da Hello Kitty que minha mãe usava desde que ele a raptara se tornaram um problema. Uma hora ele deve ter notado que a camiseta não cobria mais a barriga e ela não conseguia fechar o jeans, então a deixou pegar emprestados uma de suas camisas e um suspensório.

Imagino minha mãe ficando cada vez mais magra enquanto sua barriga crescia. Durante os primeiros anos na cabana, ela perdeu muito peso. Na primeira vez que vi a foto dela no jornal, fiquei chocada ao descobrir como era gordinha.

E então, quando minha mãe estava de cinco meses e a barriga começou a ficar realmente grande, uma coisa extraordinária aconteceu. Meu pai a levou para fazer compras. Parece que, em toda a preparação para o rapto da minha mãe e a vida deles na cabana, ele tinha se esquecido de comprar roupas para a futura criança.

A situação difícil em que ele se viu ainda me faz sorrir. Imagine que esse engenhoso homem da floresta, que conseguiu raptar uma menina e mantê-la escondida por mais de catorze anos, não pensou na consequência inevitável de tomá-la como esposa. Vejo meu pai examinando suas opções, com a cabeça inclinada enquanto passa a mão pela barba, daquele jeito que ele fazia quando ficava pensativo, mas no fim não havia muitas. E assim, fiel ao seu caráter, ele escolheu a opção mais prática e começou a fazer os preparativos para uma viagem até o Soo, a única cidade em um raio de duzentos e cinquenta quilômetros da nossa cabana que tinha uma loja Kmart.

Levar minha mãe para fazer compras não era tão perigoso quanto parece. Outros sequestradores já fizeram isso. As pessoas param de olhar. As lembranças se diluem. Desde que a vítima não faça contato visual ou se identifique, o risco é pequeno.

Meu pai cortou o cabelo da minha mãe bem curto, como o de um menino, e o tingiu de preto. O fato de ele ter tintura de cabelo preta na cabana foi um ponto crucial que a acusação usou mais tarde para provar que ele agiu com conhecimento e premeditação. Como ele sabia que precisaria de tintura de cabelo? Ou que minha mãe seria loira? Seja como for, qualquer pessoa que olhasse para eles veria um pai fazendo compras com a filha. Se por acaso também notasse que minha mãe estava grávida, e daí? Certamente uma pessoa comum não teria adivinhado que o homem que segurava firmemente o cotovelo da menina não era seu pai, mas o pai de seu filho. Perguntei à minha mãe mais tarde por que ela não disse a ninguém quem era, não pediu ajuda, e ela falou que era porque se sentia como se fosse invisível. Pense nisso: ela tinha apenas dezesseis anos e, àquela altura, meu pai já havia passado mais de um ano convencendo-a de que ninguém estava à sua procura. Que ninguém se importava com ela. E assim, quando eles andaram pelos corredores de artigos para bebê enchendo o carrinho e ninguém prestou atenção, deve ter parecido para ela que era mesmo verdade.

Meu pai comprou dois de cada de tudo o que eu precisaria em todos os tamanhos, de bebê a adulta. Um para usar enquanto o outro estivesse lavando, minha mãe me contou depois. Roupas de menino, porque funcionariam qualquer que viesse a ser meu sexo, e que uso poderia haver na cabana para um vestido? Muito mais tarde, depois que a polícia liberou a cena do crime e repórteres vieram em uma enxurrada para o local, alguém tirou uma foto da fileira de sapatos alinhados em tamanhos gradativos junto à parede do meu quarto. Eu soube que a foto viralizou no Twitter e no Facebook. As pessoas pareciam vê-la como uma evidência da natureza perversa do meu pai, uma prova fotográfica de que ele pretendia manter minha mãe e a mim prisioneiras pelo resto da vida. Para mim, os sapatos só marcavam meu crescimento, da mesma maneira que outras pessoas medem os filhos fazendo risquinhos na parede.

Além disso, meu pai comprou para minha mãe duas camisas de manga comprida, duas camisetas, dois shorts, dois jeans, seis pares de calcinha e sutiã e um sutiã maior, uma camisola de flanela e um gorro, cachecol, luvas, botas e um casaco de inverno. Ele raptou minha mãe no dia 10 de agosto; o único casaco que ela havia usado no inverno anterior era dele. Minha mãe me contou que ele não perguntou de que cores ela gostava ou se queria um cachecol liso ou listrado, simplesmente escolheu tudo por ela. E eu acredito, porque meu pai gostava de estar no controle.

Mesmo com os preços do Kmart, a viagem deve ter custado uma fortuna. Não tenho ideia de onde ele arrumou o dinheiro. Talvez tenha vendido algumas peles de castor. Ou vai ver pegou um lobo. A caça de lobos era ilegal na península Superior quando eu era criança, mas sempre havia um mercado próspero para as peles, especialmente entre os índios. Ele pode ter roubado o dinheiro, ou pode ter usado um cartão de crédito. Havia muita coisa sobre o meu pai que eu não sabia.

Pensei muito sobre o dia em que eu nasci. Li relatos de meninas que foram raptadas e mantidas prisioneiras e eles me ajudaram a entender um pouco do que minha mãe passou.

Ela deveria estar na escola, apaixonada por algum menino ou saindo com as amigas. Indo para ensaios de música e jogos de futebol, ou o que quer que as pessoas da idade dela estivessem fazendo. Em vez disso, estava prestes a ter um bebê sem ninguém para ajudá-la exceto o homem que a roubara de sua família e a estuprara mais vezes do que ela poderia contar.

Minha mãe passou pelo trabalho de parto na velha cama de madeira no quarto dos meus pais. Sobre a cama estavam os lençóis mais gastos que meu pai pôde encontrar; ele sabia que, depois que eu chegasse, teria que jogar tudo fora. Meu pai foi tão solícito quanto era capaz de ser no momento mais difícil da minha mãe, o que significava que às vezes lhe oferecia algo para comer ou lhe trazia um copo de água. Fora isso, ela estava sozinha. Não foi crueldade da parte dele, embora ele soubesse ser cruel. Foi só que, até chegar a hora do parto, não havia muito que ele pudesse fazer.

Por fim, o alto da minha cabeça apareceu. Eu era um bebê grande. Rasguei minha mãe o suficiente para sair, e acabou. Só que não. Um minuto se passou. Cinco. Dez. Meu pai percebeu que havia um problema. A placenta não havia se descolado. Não sei como ele sabia disso, mas sabia. Meu pai disse a ela para se segurar nas barras de madeira da cabeceira da cama e se preparar, porque ia doer. Minha mãe me contou que não podia imaginar uma dor maior que aquela que já havia enfrentado, mas meu pai estava certo. Ela desmaiou.

Ela também me disse que meu pai a machucou quando enfiou a mão lá dentro para puxar a placenta e que por isso ela não teve mais filhos. Não posso saber. Não tenho irmãos, então deve ser verdade. Mas sei que, quando a placenta não se descola, é preciso agir depressa para salvar a mãe e não se tem muitas opções. Especialmente quando médicos e hospitais estão fora de questão.

Durante os dias que se seguiram, minha mãe ficou fora de si com a febre decorrente da inevitável infecção. Meu pai me mantinha quieta com um pano embebido em água açucarada entre os horários em que me punha no peito da minha mãe. Às vezes ela estava consciente. Na maior parte do tempo, não estava. Sempre que ela acordava, meu pai a fazia beber chá de casca de salgueiro, e isso controlou a febre.

Posso entender agora que a razão de a minha mãe ser indiferente a mim é que nunca criou um vínculo comigo. Ela era muito nova, ficou muito doente nos dias logo depois que nasci, estava assustada, solitária e fechada demais em sua própria dor e sofrimento para me ver. Às vezes, quando um bebê nasce em circunstâncias semelhantes, isso dá à mãe uma razão para seguir em frente. Não foi o que aconteceu comigo. Graças a Deus eu tinha meu pai.

6

Pego minha mochila no armário do corredor e a preparo com munição extra, umas barras de granola e garrafas de água, depois jogo o equipamento de pesca do meu pai no bagageiro da picape, com minha barraca e o saco de dormir. O equipamento de camping e de pesca será um disfarce decente se alguém perguntar para onde estou indo ou o que vou fazer. Não vou ficar perto da área das buscas policiais, mas nunca se sabe. Muitas pessoas estão procurando meu pai.

Carrego a espingarda e a penduro na alça sobre a janela da picape. Legalmente, não se pode dirigir com uma arma carregada dentro do carro, mas todo mundo faz isso. E, seja como for, não vou entrar na caçada ao meu pai sem ela. Minha arma preferida atualmente é a Ruger American. Usei pelo menos meia dúzia de Rugers ao longo dos anos; são extremamente precisas e muito mais baratas que as concorrentes. Para ursos, levo também um revólver .44 Magnum. Um urso-negro adulto é um animal resistente, com músculos e ossos grossos, e não há muitos caçadores que conseguem abatê-lo com um único tiro. Um urso ferido também não sangra do mesmo jeito que um veado. Ursos sangram entre a camada de gordura e a pele e, se o calibre for muito pequeno, a gordura do urso pode tampar o buraco enquanto seu pelo suga o sangue como uma esponja, de modo que ele nem deixará uma trilha de sangue. Um urso ferido corre até estar fraco demais para continuar, o que pode significar até vinte e cinco ou trinta quilômetros. Essa é outra razão para eu só caçar ursos com cachorros.

Carrego a Magnum e a guardo no porta-luvas. Meu coração martela no peito e as mãos estão úmidas. Fico nervosa antes de qualquer caçada, mas estamos falando do meu pai. O homem que eu amava quando criança. Que cuidou de mim por doze anos da melhor maneira que sabia. O pai com quem não falo há quinze anos. O homem de quem fugi há tanto tempo, mas cuja fuga acabou de destruir minha família.

Estou agitada demais para dormir, então pego um copo de vinho e o levo para a sala. Ponho o copo sobre a mesinha de centro sem o porta-copos obrigatório e me afundo no canto do sofá, com os pés sobre a mesa. Stephen tem um ataque quando as meninas põem os pés nos móveis. Meu pai, por outro lado, não teria se incomodado com algo tão desimportante quanto riscos em uma mesa. Ouvi dizer que, quando escolhem um marido, as meninas costumam procurar alguém parecido com o pai. Se essa é a regra, eu sou a exceção. Stephen não é da península Superior. Ele não pesca nem caça. Teria tanta capacidade de fugir da prisão quanto de dirigir um carro de corrida ou fazer uma cirurgia cerebral. Quando me casei com ele, achei que estava fazendo a escolha certa. Na maior parte do tempo, ainda acho.

Esvazio o copo em um único e longo gole. A última vez que fiz merda nesse nível foi quando saí do pântano. Soube, duas semanas depois que minha mãe e eu fomos resgatadas, que a vida nova que eu havia imaginado não ia funcionar como eu esperava. Culpo a imprensa. Acho que é impossível alguém que não passou por isso ter noção da magnitude do tsunami que quase me engoliu. O mundo inteiro voltou a atenção para o que tinha acontecido com a minha mãe, mas a pessoa que estava no centro do interesse geral era eu. A criança selvagem que cresceu em isolamento primitivo. A cria da mulher inocente com seu sequestrador. A filha do Rei do Pântano. Pessoas que eu não conhecia me mandavam coisas que eu não queria: bicicletas e bichos de pelúcia, MP3 players e notebooks. Um doador anônimo se ofereceu para pagar minha faculdade.

Meus avós não levaram muito tempo para perceber que a tragédia familiar havia se transformado em uma mina de ouro e estavam mais que dispostos a explorá-la. "Não falem com a imprensa", eles instruíram minha mãe e a mim, referindo-se às hordas de repórteres que deixavam mensagens na secretária eletrônica e ficavam acampados em vans do outro lado da rua. Pelo que entendi, se ficássemos quietas, um dia poderíamos vender nossa história por um monte de dinheiro. Eu não sabia por quanto tempo tínhamos que ficar caladas, ou que histórias eram compradas e vendidas, ou mesmo por que iríamos querer um monte de dinheiro. Mas, se era isso que meus avós queriam, eu obedeceria. Naquela época, eu ainda estava ansiosa para agradar.

A revista *People* fez a oferta mais alta. Até hoje não sei quanto pagaram. Com certeza minha mãe e eu nunca vimos nem um centavo da venda. Tudo o que sei é que, pouco antes de sairmos para a grande festa de boas-vindas que meus avós organizaram para nós duas, meu avô se sentou conosco e disse que uma repórter da *People* ia nos entrevistar na festa enquanto um fotógrafo registrava imagens, e que nós deveríamos lhe contar tudo o que ela quisesse saber.

A festa era no Pentland Township Hall. Pelo nome, imaginei algo tipo uma fortaleza viking: teto alto abobadado, paredes grossas de pedra, janelas de fendas estreitas, chão coberto de palha. Imaginei galinhas, cachorros e cabras andando em volta, uma vaca leiteira presa a uma argola de ferro em um canto, uma mesa de madeira ocupando o salão para os camponeses e salas privativas para os senhores e as damas no andar superior. Mas o salão acabou se revelando um grande prédio branco de madeira com o nome escrito em uma placa na frente, para as pessoas não errarem. Dentro havia uma pista de dança e um pequeno palco no nível principal, e sala de jantar e cozinha no porão. Bem longe de ser grandioso como eu havia sonhado, mas com certeza o maior prédio que eu já tinha visto.

Fomos os últimos a chegar. Era meio de abril, então, por baixo do casaco macio de penas de ganso que alguém tinha me mandado, eu vestia uma blusa vermelha enfeitada com o que parecia pele branca, mas não era, calça jeans e as botas com biqueira de metal que usava quando saí do pântano. Meus avós queriam que eu usasse um vestido amarelo xadrez que tinha sido da minha mãe e legging para esconder as tatuagens em minhas pernas. As faixas em zigue-zague nas panturrilhas foram as primeiras tatuagens que meu pai fez em mim. Além dessas e de uma fila dupla de pontos nas faces, meu pai tatuou em meu bíceps direito um pequeno veado, como os que a gente vê em desenhos em cavernas, para comemorar minha primeira caça importante, e, no meio das costas, um urso para representar aquele que enfrentei na nossa varanda quando criança. Meu espírito animal é *mukwa*, o urso. Depois que Stephen e eu começamos a nos sentir à vontade um com o outro, ele me perguntou sobre as tatuagens. Falei que tinham sido feitas como parte de uma cerimônia de iniciação tribal quando eu era criança, filha de missionários batistas em uma ilha distante no Pacífico Sul. Reparei que, quanto mais estranha é a história, mais as pessoas se sentem inclinadas a acreditar. Também disse a ele que meus pais tinham sido tragicamente assassinados nessa mesma ilha enquanto tentavam mediar uma briga entre tribos nativas em guerra, para o caso de ele querer conhecê-los um dia. Suponho que, agora que meu segredo foi revelado, eu poderia contar a verdade sobre as tatuagens, mas o fato é que me acostumei a contar histórias.

O vestido que meus avós queriam que eu usasse na festa me fazia lembrar as cortinas da cozinha da nossa cabana, só que mais vibrante e sem rasgos ou furos. Gostei do tecido, tão solto e leve que era como se eu não estivesse usando nada. Mas, embora eu parecesse uma menina quando estava de pé na frente do espelho alto no quarto da minha avó, ainda me sentava com as pernas abertas como um menino, então ela decidiu que seria melhor eu ir de jeans. Minha mãe usou o vestido azul e faixa combinando no cabelo, o mesmo de suas fotografias nos cartazes "Você me viu?", apesar de a minha avó ter resmungado que o vestido estava muito apertado e muito curto. Pensando agora, não sei o que é pior: meus avós esperarem que minha mãe de vinte e oito anos fizesse o papel da filha de catorze que eles tinham perdido, ou minha mãe concordar com isso.

Enquanto atravessávamos a rampa de madeira que parecia a ponte levadiça de um castelo, meus músculos estavam tão tensos de expectativa que quase zuniam. Eu me sentia como se estivesse prestes a atirar em um peru-selvagem raro se exibindo com as penas da cauda abertas para uma fêmea, que qualquer mínimo movimento poderia espantar. Já havia conhecido mais pessoas do que jamais imaginara, mas agora era a família.

— Chegaram! — alguém anunciou ao nos ver. A música parou. Houve um momento de silêncio, e então o salão explodiu com o som de uma centena de pessoas assobiando, gritando e batendo palmas. Minha mãe foi arrastada para um rio de tias, tios e primos loiros. Parentes se aglomeraram ao meu redor como formigas. Homens apertaram minha mão. Mulheres me puxaram para o peito, depois me seguraram a uma certa distância e apertaram minhas bochechas, como se não pudessem acreditar que eu realmente estava lá. Meninos e meninas espiavam por trás delas, ressabiados como raposas. Eu costumava analisar as fotos de ruas nas *National Geographics* e tentar imaginar como seria estar cercada de gente. Agora eu sabia. É barulhento. Apertado, quente, malcheiroso. E eu adorava cada segundo.

A repórter da *People* abriu caminho para nós entre a multidão e desceu as escadas conosco. Acho que pensou que eu estivesse assustada com a agitação e o barulho. Ela ainda não sabia que aquele era o lugar em que eu queria estar. Que eu tinha deixado o pântano por escolha própria.

— Está com fome? — a repórter perguntou.

Eu estava. Minha avó não me deixou comer antes de sair de casa, dizendo que haveria muita comida na festa, e tinha razão. A repórter me levou para uma longa mesa ao lado da cozinha, montada com mais comida do que eu jamais tinha visto na vida. Mais do que meu pai, minha mãe e eu poderíamos ter comido em um ano, talvez dois anos.

Ela me deu um prato fino como papel.

— Vai fundo.

Olhei para a mesa e não vi nada em que pudesse me afundar. Mas, desde que deixei o pântano, tinha aprendido que, sempre que não soubesse o que fazer, o melhor caminho era imitar as outras pessoas. Então, quando a repórter começou a percorrer a mesa se servindo, fiz o mesmo. Alguns dos pratos tinham plaquinhas e eu li os nomes: "lasanha vegetariana", "macarrão com queijo", "batatas gratinadas", "salada ambrosia", "caçarola de vagem". Mas eu não tinha a menor ideia do que eram ou se ia gostar do sabor. Peguei uma colherada de cada coisa mesmo assim. Minha avó me disse que eu tinha que comer um pouquinho de cada preparação, ou as mulheres que as haviam trazido iam ficar magoadas. Eu não sabia como ia fazer caber tudo em um único prato. Imaginei se seria permitido pegar dois. Aí vi uma mulher jogar seu prato e a comida que havia nele em uma grande lata de metal e ir embora, então achei que, quando meu prato ficasse cheio, poderia fazer isso também. Parecia um costume esquisito. No pântano, nós nunca jogávamos comida fora.

Quando chegamos ao fim da longa mesa, vi outra mais para o lado, forrada de tortas, doces e bolos. Havia um bolo com uma espessa cobertura marrom e confeitos de todas as cores, e não eram poucos. Doze velinhas formavam um arco sobre as palavras "Bem-vinda, Helena", escritas com glacê amarelo, o que significava que aquele bolo era para mim. Derrubei meu macarrão-batata-salada-caçarola na lata de metal, peguei um prato vazio e deslizei o bolo inteiro para ele. A repórter da *People* sorriu enquanto o fotógrafo clicava, então eu soube que estava certo. Desde que saíra do pântano, eu vinha fazendo muitas coisas erradas. Até hoje consigo sentir o gosto daquela primeira garfada: tão leve e macio que era como morder uma nuvem com sabor de chocolate.

Enquanto eu comia, a repórter fazia perguntas. Como aprendi a ler? Do que eu mais gostava na vida no pântano? Doeu quando fiz minhas tatuagens? Meu pai me tocava de jeitos que eu não gostava? Agora eu sei que essa última pergunta significava se meu pai me tocava de modo sexual, o que definitivamente nunca aconteceu. Só respondi "sim" porque ele costumava me dar um tapa na cabeça ou nas costas quando eu precisava de um castigo, como fazia com a minha mãe, e claro que eu não gostava disso.

Depois que terminei de comer, a repórter, o fotógrafo e eu subimos ao banheiro para eu lavar a maquiagem que meus avós haviam aplicado no meu rosto para esconder as tatuagens. (Por que chamava banheiro, lembro de ter pensado, se nem sempre havia onde tomar banho? E por que havia portas com placas para homens e mulheres, mas nenhuma para crianças? E por que homens e mulheres precisavam ter banheiros especiais para cada um?) A repórter disse que as pessoas iam gostar de ver minhas tatuagens e eu concordei.

Quando acabei, vi pelas portas que davam para o estacionamento um grupo de meninos brincando com uma bola. Eu sabia que era assim que se chamava porque minha mãe havia me mostrado na *National Geographic*. Mas nunca tinha visto uma bola na vida real. Fiquei fascinada especialmente pelo jeito como ela voltava para as mãos dos meninos depois que eles a jogavam no chão, como se tivesse vida, como se fosse habitada por um espírito.

— Quer jogar? — um dos meninos perguntou.

Eu queria. E tenho certeza de que teria segurado a bola se soubesse que ele ia jogá-la para mim. Mas eu não sabia, então a bola bateu na minha barriga com força suficiente para me fazer soltar um *ai* — mesmo sem ter doído de fato — e saiu rolando. Os meninos riram, e não foi de um jeito bom.

O que aconteceu em seguida acabou tendo uma repercussão toda errada. Eu só tirei o blusão porque meus avós me avisaram que ele precisava ser "lavado a seco" e que isso custava uma fortuna, portanto eu deveria ter cuidado para não sujá-lo. E só peguei minha faca porque queria lançá-la e fincá-la no poste de madeira onde estava a cesta de basquete deles, para mostrar aos meninos que eu era tão habilidosa com a faca quanto eles com a bola. Não tenho culpa se um dos meninos tentou arrancar a faca de mim, ou se cortou a palma da mão no processo. Que idiota segura uma faca pela lâmina?

O resto do "Incidente", como meus avós passaram a se referir para sempre ao acontecido, foi uma confusão de meninos berrando e adultos gritando e minha avó chorando que acabou comigo sentada no banco traseiro de um carro de polícia, com as mãos algemadas e sem conseguir entender por que, ou o que havia saído errado. Mais tarde, descobri que os meninos pensaram que eu ia machucá-los, o que era totalmente ridículo. Se eu quisesse cortar a garganta de alguém, teria cortado.

Naturalmente, a revista *People* publicou as fotos mais sensacionalistas. Minha fotografia de peito nu e tatuagens faciais, com o sol incidindo lateralmente na lâmina da faca, como uma guerreira ianomâmi, foi estampada na capa. Soube que a minha edição foi uma das mais vendidas na história da revista (em terceiro lugar, depois do World Trade Center e do tributo à princesa Diana), então acho que eles receberam o que pagaram.

Olhando agora, percebo que todos nós fomos mais que um pouco ingênuos. Meus avós, por acharem que poderiam lucrar com o que aconteceu com a filha deles sem enfrentar repercussões; minha mãe, por achar que poderia voltar para sua vida pregressa como se nunca a tivesse deixado; e eu, por pensar que poderia me encaixar naquele mundo. Depois daquilo, as crianças da minha escola se dividiram em dois grupos: as que tinham medo de mim e as que me admiravam e tinham medo de mim.

Eu me levanto e me alongo. Levo o copo para a cozinha e o lavo na pia, depois vou para o quarto, ajusto o alarme do celular e deito totalmente vestida sobre as cobertas, para poder partir assim que começar a clarear.

Essa não será a primeira vez que vou caçar meu pai, mas farei o que estiver ao meu alcance para garantir que seja a última.

7

O despertador toca às cinco da manhã. Rolo na cama, pego o telefone na mesinha de cabeceira e olho as mensagens. Nada de Stephen.

Enfio a faca no cinto e vou para a cozinha fazer café. Quando eu era criança, a única bebida quente que tínhamos, além dos chás medicinais horrorosos do meu pai, era chicória. Desenterrar as raízes, depois secá-las e moê-las era muito trabalho para fazer o que agora sei que é essencialmente um substituto de segunda classe para o café. Vi que é possível comprar chicória moída nas mercearias. Não consigo imaginar por que alguém iria querer.

Do lado de fora, está começando a clarear. Encho uma garrafa térmica e pego as chaves da picape no gancho ao lado da porta. Estou dividida entre deixar ou não um bilhete para Stephen. Normalmente eu deixaria. Ele gosta de saber onde estou e quanto tempo vou demorar, e isso não me incomoda, desde que ele também entenda que meus planos podem mudar e talvez eu não tenha como avisá-lo, já que o sinal de celular vai de irregular a inexistente em boa parte da península Superior. Sempre acho irônico que, em uma área em que a gente pode realmente precisar de um celular, com tanta frequência não seja possível usá-lo. Mas no fim decido não deixar nenhum bilhete. Vou estar em casa muito antes de Stephen voltar. Se ele voltar.

Rambo fareja pela janela enquanto manobro o carro para a rua. São 5h23. Seis graus e caindo, o que, depois do verão fora de época que tivemos ontem, comprova o que todos dizem: se você não está gostando do clima no Michigan, é só esperar mais um pouquinho. O vento sopra constante do sudoeste a vinte e cinco quilômetros por hora. Há trinta por cento de probabilidade de chuva no fim da manhã, aumentando para cinquenta por cento à tarde, que é a parte da previsão do tempo que me preocupa. Nem o melhor rastreador consegue encontrar pistas depois que elas são arrastadas pela água.

Ligo o rádio por tempo suficiente para confirmar que a caçada ao meu pai continua firme e forte e desligo em seguida. Os bordos que passam por mim na estrada estão ficando amarelos. Aqui e ali, um bordo-vermelho refulge em cor de sangue. No alto, as nuvens são escuras como hematomas. O trânsito é leve, porque é uma terça-feira. Também porque o bloqueio na M-77 em Seney reduziu a um fio o tráfego que vem do norte para Grand Marais.

Imagino que, depois de deixar sua pista falsa ontem, meu pai fez um círculo amplo, voltou ao rio e caminhou a noite inteira, para se afastar o máximo possível do refúgio da vida selvagem. Seguiu o rio Driggs para o norte, porque é mais fácil que atravessar pelo meio da selva, e segui-lo para o sul o teria levado mais para dentro do refúgio. Também porque caminhar pela galeria do rio sob a M-28 seria um modo conveniente de cruzar a rodovia sem ser visto. Eu o imagino avançando cuidadosamente pelo escuro, se esgueirando entre árvores e vadeando regatos enquanto evita as velhas estradas de transporte de madeira que tornariam a viagem mais fácil, mas o deixariam vulnerável aos holofotes de busca do helicóptero.

E, assim que começou a clarear, ele se enfiou em alguma casinha vazia para passar o dia. Eu mesma já invadi cabanas desocupadas mais de uma vez, quando o tempo virou e me pegou ao ar livre. Desde que você deixe um bilhete explicando por que entrou e algum dinheiro para a comida que tiver consumido e qualquer dano que tenha causado, ninguém se importa. Meu desafio agora é encontrar essa casa. Mesmo que a chuva não caia, assim que escurecer meu pai estará em movimento outra vez. Não posso seguir sua trilha se não conseguir enxergá-la, portanto, se não encontrá-lo antes de escurecer, ele vai ter uma vantagem tão grande sobre mim que nunca mais o encontrarei.

Acredito que o destino final do meu pai seja o Canadá. Em teoria, ele poderia vaguear pela selva na península Superior pelo resto da vida, em constante movimento, sem jamais acender uma fogueira, deslocando-se estritamente à noite, sem nunca dar um telefonema ou gastar dinheiro, caçando, pescando, comendo e bebendo o que encontrar nas casas que invadir, como o Eremita de North Pond fez no Maine por quase trinta anos. Mas vai ser bem mais fácil se simplesmente sair do país. Claro que ele não pode atravessar uma fronteira vigiada, mas há uma longa faixa de fronteira entre o Canadá e o norte de Minnesota com muito pouca monitoração. A maioria das estradas e ferrovias tem sensores enterrados para alertar as autoridades se alguém tentar passar furtivamente, mas tudo o que meu pai precisa fazer é escolher uma seção deserta de selva densa e atravessar. Depois disso, ele pode continuar seguindo para o norte tanto quanto desejar, talvez se estabelecer perto de alguma comunidade nativa isolada, arrumar outra esposa se tiver vontade e terminar seus dias em paz e obscuridade. Meu pai pode se passar por nativo quando quiser.

Oito quilômetros ao sul da nossa casa, viro para oeste em uma estrada de terra de mão dupla que leva ao acampamento do rio Fox. A península inteira é cruzada por velhas estradas de transporte de madeira, como esta. Algumas são largas como uma rodovia de duas pistas. A maioria é estreita e com a vegetação crescida. Quem conhece as estradas secundárias tão bem quanto eu pode atravessar a península de um extremo ao outro sem tocar em asfalto. Se meu pai estiver indo para o rio Fox, como desconfio, há três estradas que ele terá de cruzar. Levando em conta a hora em que ele fugiu e a distância que pode ter percorrido antes de ter tido que se esconder, esta estrada do meio é a melhor hipótese. Há algumas casinhas por aqui que quero checar. Sem dúvida as equipes de busca estariam investigando essas casas também, se meu pai não as tivesse direcionado para o refúgio da vida selvagem. Imagino que eles vão acabar chegando aqui. Ou talvez não. Minha mãe ficou desaparecida por quase quinze anos.

A ironia do rapto da minha mãe é que aconteceu em um lugar onde esse tipo de coisa nunca acontecia. As cidadezinhas no meio da península Superior do Michigan mal se qualificam como cidades. Seney, McMillan,

Shingleton e Dollarville são pouco mais que interseções rodoviárias marcadas por uma placa de boas-vindas, uma igreja, um posto de gasolina e um ou dois bares. Seney também tem um restaurante com um hotel e uma lavanderia self-service. Essa cidade marca o começo da "Faixa de Seney", se você estiver viajando para oeste na M-28, ou o fim dela se estiver viajando para leste. Quarenta quilômetros de rodovia totalmente monótona, reta como uma flecha, plana como uma panqueca, entre Seney e Shingleton, que atravessa o que resta do Grande Pântano de Manistique. Os viajantes param nas cidadezinhas em uma das duas extremidades para encher o tanque de gasolina ou pegar uma Coca-Cola e um pacote de fritas para se distrair durante a viagem, ou para usar o banheiro uma última vez antes de seguir em frente, porque isso é tudo o que haverá de civilização pela próxima meia hora. Alguns dizem que a Faixa de Seney tem, na verdade, oitenta quilômetros, mas é só a sensação que dá.

Até o rapto da minha mãe, as crianças do condado de Luce não eram trancadas a sete chaves. Talvez nem mesmo depois, porque é difícil mudar velhos hábitos, e porque ninguém realmente pensa que coisas ruins podem acontecer consigo. Especialmente após já terem acontecido com outra pessoa. O *Newberry News* noticiava cada crime, por menor que fosse. E todos eram pequenos: um porta-CDs levado do banco da frente de um carro destrancado, uma caixa de correio vandalizada, uma bicicleta furtada. Ninguém teria sonhado com o rapto de uma criança.

Também é irônico o fato de que, durante os anos em que meus avós tentaram desesperadamente descobrir o que havia acontecido à filha, ela estivesse a menos de oitenta quilômetros de distância. A península Superior é um lugar grande. Vinte e nove por cento da área do estado do Michigan, três por cento da população. Um terço disso coberto por florestas estaduais e federais.

Os arquivos digitais do jornal mostram o avanço da busca.

Dia Um: Desaparecida. Provavelmente se perdeu e espera-se que logo seja encontrada.

Dia Dois: Ainda desaparecida. Foram trazidos cães de busca e resgate da polícia estadual.

Dia Três: Busca expandida, incluindo um helicóptero da Guarda Costeira de St. Ignace auxiliado por agentes do Departamento de Recursos Naturais em terra e várias pequenas aeronaves.

E assim por diante.

Só depois de uma semana inteira após o desaparecimento, a melhor amiga da minha mãe admitiu que elas estavam brincando em um prédio vazio ao lado da ferrovia quando um homem se aproximou e disse que estava procurando seu cachorro. Essa é a primeira vez que a palavra *raptada* aparece. A essa altura, claro, era tarde demais.

Pela foto da minha mãe no jornal, percebo o que atraiu a atenção do meu pai: loira, rechonchuda, de maria-chiquinha. Mesmo assim, devia haver várias meninas loiras e rechonchudas de catorze anos que ele poderia ter pegado. Sempre me perguntei por que ele teria escolhido justamente ela. Será que a observou por dias e semanas antes? Estaria secretamente apaixonado por ela? Ou o rapto da minha mãe foi meramente a convergência infeliz de tempo e espaço? Tendo a acreditar nessa última hipótese. Com certeza não me lembro de jamais ter visto qualquer coisa entre meus pais que sugerisse remotamente alguma afeição. Será que nos manter alimentadas e vestidas era uma indicação do amor dele por nós? Em meus momentos mais frágeis, gosto de pensar que sim.

Antes de sermos resgatadas, ninguém sabia se minha mãe estava viva ou morta. A matéria que o *Newberry News* publicava no aniversário do desaparecimento dela ficava cada vez mais curta. Nos últimos quatro anos, o título e o único parágrafo que o acompanhava foram exatamente os mesmos: "Menina local ainda desaparecida". Ninguém sabia nada sobre meu pai além da descrição da amiga da minha mãe: um homem baixo e magro, de pele "um pouco escura" e cabelos pretos compridos, usando botas, calça jeans e uma camisa xadrez vermelha. Considerando que o perfil étnico da região na época era dividido praticamente meio a meio entre americanos nativos e finlandeses e suecos, e quase todos os homens acima de dezesseis anos andavam de botas e camisa xadrez, a descrição foi quase inútil. Com exceção daqueles cinco centímetros anuais no jornal e dos buracos gêmeos no coração dos meus avós, minha mãe foi esquecida.

E então um dia, catorze anos, sete meses e vinte e dois dias depois que meu pai raptou minha mãe, ela voltou, desencadeando a mais extensa caçada humana que os habitantes da península Superior já viram — até hoje.

Estou dirigindo mais ou menos na velocidade máxima em que um homem pode se locomover a pé. Não só porque esta estrada é do tipo em que, se eu andar muito perto da margem e não estiver prestando atenção, a areia funda vai engolir minha picape até o eixo antes que eu me dê conta do que está acontecendo, e não terei como sair sem um guincho, mas também porque estou procurando pegadas. Claro que não dá para rastrear de dentro do carro uma pessoa que está andando a pé, e a probabilidade de que meu pai tenha deixado uma trilha visível nesta estrada — *se é que ele passou por aqui* — é extremamente pequena. Mas não custa. Quando se trata do meu pai, todo cuidado é pouco.

Já passei por esta estrada muitas vezes. Há um lugar uns quatrocentos metros à frente, quando a pista faz uma curva, em que o acostamento é sólido o bastante para estacionar. Dali, se eu andar mais uns quatrocentos metros para norte e oeste, depois descer uma encosta íngreme, chego ao maior bosque de amoras que já vi. Amoras gostam de muita água e um riacho corre pela base da ravina, então as frutinhas que crescem lá são especialmente grandes. Quando estou com sorte, consigo juntar o suficiente para um ano inteiro de geleia em uma única colheita.

Morangos são diferentes. O que as pessoas têm que entender sobre morangos silvestres é que eles não são como as frutas californianas enormes que elas compram no supermercado. Não são muito maiores que a ponta do dedinho de um adulto, mas têm um sabor que mais que compensa o tamanho. De vez em quando, encontro um que é do tamanho da ponta do meu polegar (quando acontece, esse morango vai para a minha boca, não para o meu balde), mas esse é o tamanho máximo que morangos silvestres alcançam. Obviamente, são necessários muitos morangos silvestres para fazer uma quantidade decente de geleia, e é por isso que eu cobro um preço mais alto por ela.

Enfim, hoje não estou procurando frutas.

Meu celular vibra no bolso. Eu o pego. Uma mensagem de Stephen:

> Chego em casa em meia hora. As meninas estão com meus pais. Não se preocupe, vamos superar isso. Te amo, S

Paro no meio da estrada e fico olhando para a tela. Stephen voltando para casa é uma das últimas coisas que eu esperava. Ele deve ter dado meia-volta e pegado a estrada de novo assim que deixou as meninas. Meu casamento não acabou. Stephen está me dando outra chance. *Ele está voltando para casa.*

As implicações disso quase me sufocam. Stephen não vai desistir de mim. Ele sabe quem eu sou e não se importa. *Vamos superar isso. Te amo, S.* Penso em todas as vezes que disse ou fiz algo inadequado e tentei encobrir minha ignorância fingindo que a gafe tinha sido uma brincadeira. Agora percebo que não precisava fingir. Fui eu que me pus dentro dessa caixa. Stephen me ama pelo que eu sou.

Chego em casa em meia hora. Claro que eu não vou estar lá quando ele chegar, mas provavelmente é melhor assim. Estou feliz agora por não ter deixado um bilhete. Se Stephen tivesse alguma ideia de onde estou ou do que estou fazendo, ia ficar louco. Deixe que ele pense que saí para o café da manhã, ou que estou no mercado comprando alguma coisa, ou que fui à delegacia ajudá-los a seguir alguma pista e voltarei logo. Que é o que pretendo fazer, se tudo correr de acordo com o plano.

Leio a mensagem mais uma vez e guardo o celular no bolso. Todo mundo sabe como o sinal de celular é instável na península Superior.

8

A CABANA

A esposa do viking ficou feliz a não poder mais quando encontrou a linda criança em seu colo. Ela a beijou e a acariciou, mas a criança chorava terrivelmente e batia as pernas e os braços e não parecia nem um pouco satisfeita. Por fim, adormeceu e, enquanto estava ali, tão tranquila e quieta, era a mais bela visão que se poderia ter.

Quando a esposa do viking acordou cedo na manhã seguinte, ficou extremamente alarmada ao perceber que o bebê havia sumido. Levantou às pressas e procurou por todo o quarto. Finalmente viu, na parte da cama onde haviam estado seus pés, não a criança, mas um grande e feio sapo.

No mesmo momento, o sol se elevou e lançou seus raios pela janela até pousar na cama onde estava o grande sapo. De repente, foi como se a boca larga da criatura se contraísse e se tornasse pequena e vermelha. Os membros se moveram, se esticaram e estenderam até assumir uma bela forma; e, oh, ali estava a linda criança deitada diante dela, e o sapo feio havia desaparecido.

"O que é isso?!", a mulher exclamou. "Será que tive um sonho horrível? É meu anjinho adorável que está ali." E então ela a beijou e afagou, mas a criança resistiu e se contorceu e mordeu, como se fosse um pequeno gato selvagem.

— *Hans Christian Andersen,*
A filha do Rei do Pântano

Meu pai gostava de contar a história de como encontrou a nossa cabana. Estava caçando com arco e flecha ao norte de Newberry quando o veado em que ele atirou saltou no último segundo e ficou apenas ferido. Ele o seguiu até a margem do pântano e viu o veado em pânico nadar até as águas profundas e se afogar. Quando virou para ir embora, o sol reluziu no acabamento de metal na borda do telhado da cabana. Meu pai dizia que, se tivesse sido em outra época do ano, ou em outra hora do dia, ou se as nuvens estivessem em uma posição diferente, ele nunca a teria encontrado, e tenho certeza de que é verdade.

Ele marcou o local e voltou mais tarde em sua canoa. Diz que, assim que viu a cabana, soube que o Grande Espírito o havia conduzido até lá, para ele ter um lugar para criar sua família. Agora eu sei que estávamos em uma casa invadida ilegalmente. Na época, isso não parecia importar. Certamente, durante os anos que vivemos lá, ninguém se incomodou. Há muitas propriedades como essa abandonadas por toda a península Superior. As pessoas põem na cabeça a ideia de que gostariam de ter um lugar para fugir de tudo, então compram um pedaço de terra junto a uma estrada no meio do mato, cercado por terras estaduais, e constroem uma cabana. Talvez funcione por um tempo e elas gostem de ter uma casinha para onde ir quando sentem vontade de estar na natureza, até que a vida se intromete no caminho: filhos, emprego, pais idosos. Um ano se passa sem que elas voltem à cabana, e logo pagar impostos por uma propriedade que não usam começa a parecer pouco atraente. Ninguém vai comprar quinze hectares de pântano e uma cabana rústica, a não ser algum outro pobre tolo que queira fugir de tudo, portanto, na maioria dos casos, os proprietários deixam o imóvel ir para o Estado como pagamento por impostos em atraso.

Depois que a polícia liberou a cena do crime e a atenção da imprensa se acalmou, o Estado tirou discretamente nossa cabana da lista de propriedades tributáveis. Algumas pessoas achavam que ela devia ser demolida por causa do que acontecera ali, mas no fim ninguém quis arcar com o custo.

Quem quiser pode visitar a cabana, ainda que talvez sejam necessárias algumas tentativas até encontrar o afluente que chega ao local. Caçadores de recordações há muito tempo levaram tudo o que existia lá. Até hoje é possível comprar artigos no eBay que supostamente pertenceram a mim, embora eu possa afirmar com cem por cento de certeza que a maioria das coisas que as pessoas estão vendendo é falsa. Mas, fora um buraco na parede da cozinha cavado por um porco-espinho, a cabana, o barracão, o galpão de lenha, a cabana de suar e o banheiro externo estão como eu me lembro.

A última vez que estive lá foi dois anos atrás, depois que minha mãe morreu. Desde que tive as meninas, fiquei pensando em como foi minha infância e quis ver se a realidade correspondia às minhas lembranças. A varanda estava coberta de folhas e agulhas de pinheiro, então parti um ramo de pinheiro para varrê-la. Montei a barraca sob as macieiras e enchi algumas jarras de leite com água do pântano, depois sentei sobre um pedaço de lenha mastigando uma barra de granola e ouvindo a tagarelice dos chapins. O pântano fica quieto pouco antes do anoitecer, quando os insetos e animais diurnos silenciam e as criaturas noturnas ainda não saíram. Eu costumava sentar nos degraus da varanda todas as noites depois do jantar folheando as *National Geographics* ou treinando os nós simples e quadrados que meu pai me ensinou, enquanto esperava as estrelas aparecerem: Ningaabi-Anang, Waaban-anang e Odjiig-anang, Estrela Vespertina, Estrela da Manhã e Ursa Maior, as três principais do povo ojibwa.

70

Quando o vento estava quieto e a lagoa parada, era possível ver as estrelas perfeitamente refletidas na água. Depois que saí do pântano, passava muito tempo na varanda da casa dos meus avós olhando para o céu.

Passei duas semanas na cabana. Pesquei, cacei, montei armadilhas. Cozinhei minhas refeições em uma fogueira no pátio dos fundos, porque alguém tinha levado embora nosso fogão a lenha. No décimo terceiro dia, quando encontrei uma poça lamacenta fervilhando de girinos e pensei em quanto gostaria de mostrá-los para Mari e Iris, soube que era hora de voltar para casa. Carreguei minhas coisas na canoa e remei de volta para a picape, olhando longamente para tudo em volta, porque sabia que seria a última vez.

Entendo que duas semanas deve parecer um tempo longo demais para uma jovem mãe ficar longe da família. Na época, eu teria dificuldade para explicar por que precisava me afastar. Eu havia construído uma nova vida para mim. Amava minha família. Não estava infeliz. Acho que foi só porque eu estava escondendo quem era havia tanto tempo e tentando com tanto empenho me encaixar que precisava me reconectar com a pessoa que havia sido.

Foi uma vida boa, até não ser mais.

Minha mãe nunca falou muito sobre os anos anteriores aos que a minha memória alcança. Imagino uma rotina interminável de lavar e amamentar. "Um lavando e um em uso" parece bom em teoria, mas eu sei, pelas minhas meninas, que bebês podem precisar de três ou quatro trocas de roupa por dia. Sem falar nas fraldas. Ouvi minha mãe contando para minha avó uma vez que teve dificuldade para controlar minhas assaduras. Não lembro de ter me sentido particularmente incomodada quando era bebê, mas, se minha mãe disse que todo o meu traseiro ficou coberto de feridas feias, vermelhas, exsudando e sangrando, tenho que acreditar. Não deve ter sido fácil. Raspar as fezes das minhas fraldas no banheiro externo, depois lavá-las à mão em um balde. Esquentar água para fervê-las no fogão a lenha. Estender varais na cozinha para secá-las quando estava chuvoso e pendurá-las no pátio quando não estava. Os índios nunca se preocuparam em manter os bebês com fraldas, e, se minha mãe fosse esperta, depois que o tempo esquentou o suficiente para me deixar correr por aí com o traseiro de fora, teria feito o mesmo.

Não havia água doce no nosso terreno. As pessoas que construíram nossa cabana evidentemente tentaram cavar um poço, porque havia um buraco fundo no pátio que meu pai mantinha coberto com uma tampa pesada de madeira e onde às vezes me fechava como castigo, mas o poço era seco. Talvez por isso tenham abandonado a cabana. Obtínhamos nossa água no pântano, em uma área de pedras em forma de semicírculo que mantínhamos livre de vegetação. A piscina que ela formava era funda o bastante para mergulhar um balde sem roçar o sedimento do fundo. Meu pai costumava brincar que, quando chegava com os baldes no alto da encosta, seus braços estavam quinze centímetros mais longos. Quando eu era pequena, acreditava. Depois que cresci o suficiente para carregar minha própria cota de baldes, entendi a brincadeira.

Cortar, transportar e partir a lenha de que minha mãe precisava para me manter limpa e seca era trabalho do meu pai. Eu adorava vê-lo cortar lenha. Ele fazia uma trança no cabelo longo para que não o atrapalhasse e tirava a camisa, mesmo quando estava frio, e os músculos ondulando sob sua pele eram como o vento de verão fazendo tremular a relva alta. Minha tarefa era colocar as toras de pé para meu pai continuar na sequência, sem parar: *shack, shack, shack, shack, shack, shack.* Um golpe por tora, cada tora cortada perfeitamente em dois quando ele dava aquele giro de último segundo no machado que fazia as duas metades saírem voando. Pessoas que não sabem cortar lenha tendem a levar o machado reto até embaixo, como se apenas peso e impulso pudessem fazer o trabalho. Mas isso só enterra o machado na madeira verde densa, tão solidamente como um cinzel, e aí boa sorte para arrancá-lo de lá. Houve um ano em que os organizadores do festival do mirtilo em Paradise, Michigan, onde vendo minhas geleias e compotas, trouxeram um parque de diversões itinerante. Sabe aquele jogo em que se bate a marreta em uma plataforma para lançar um peso para cima e, se ele tocar a campainha no alto, você ganha um prêmio? Eu ganhei todos.

Nosso bosque ficava bem na base da colina. Depois que meu pai derrubava as árvores, removia os galhos e cortava as toras em tamanho adequado para lenha, trazia a madeira até a cabana. Ele preferia árvores de vinte a vinte e cinco centímetros de diâmetro, porque não eram grandes demais para carregar, mas eram grossas o bastante para que os pedaços que ele deixava inteiros pudessem manter o fogo aceso durante a noite toda. Os bordos perto da nossa cabana ele deixava crescer para fazer xarope. Um bordo ou faia desse tamanho produz, em média, três e meio metros cúbicos de lenha, e precisávamos de setenta a cem metros cúbicos por ano, dependendo do rigor do inverno, então cortar e empilhar lenha era uma atividade para o ano inteiro. Um galpão de lenha cheio era como dinheiro no banco, meu pai gostava de dizer, embora o nosso não estivesse sempre cheio. No inverno, ele trazia lenha de um terreno próximo, para fazer nosso bosque durar mais. Deslizava as toras pelo gelo usando um cabo com gancho ou dois suportes sob os pedaços de madeira e uma corda enrolada no ombro. As indústrias gigantes de papel que extraem polpa de madeira em toda a península Superior gostam de dizer que árvores são um recurso renovável, mas, quando deixamos a cabana, as árvores na parte mais baixa do nosso terreno já haviam quase desaparecido.

Considerando todo o esforço que dedicávamos a armazenar lenha, talvez você imagine que a vida na cabana durante o inverno fosse aconchegante. Não era. Cercados de gelo e neve com um metro e meio ou mais de profundidade, era como viver em um freezer. De novembro a abril, nossa cabana nunca ficava quente de fato. Às vezes, a temperatura externa durante o dia não subia acima de quinze graus negativos. Com frequência, à noite, a mínima chegava a trinta e cinco ou quarenta abaixo de zero. Nessas temperaturas, não dá para respirar sem ofegar, quando os capilares se contraem com a chegada do ar frio aos pulmões, enquanto os pelos do nariz se arrepiam conforme a umidade nas cavidades nasais congela. Se você nunca viveu bem ao norte, juro que não tem ideia de como é incrivelmente difícil se proteger desse tipo de frio profundo e penetrante. Imagine o frio como uma neblina maligna, se fechando sobre você por todos os lados, subindo do chão congelado, penetrando por cada fresta e rachadura mais insignificante no piso e nas paredes da sua cabana. Kabibona'kan, o

Fazedor do Inverno, vindo para devorar você, roubando o calor de seus ossos até seu sangue se transformar em gelo e seu coração congelar, e tudo o que você tem para lutar contra ele é o fogo no seu fogão de lenha.

Muitas vezes, eu acordava depois de uma tempestade e encontrava meus cobertores sujos de neve que o vento tinha soprado pelas frestas em volta das janelas, onde as tábuas haviam encolhido. Eu sacudia a neve, me enrolava nos cobertores e descia depressa a escada para sentar ao lado do fogão de lenha com as mãos em volta de uma caneca de chá quente de chicória, até me sentir pronta para enfrentar o frio. Não tomávamos banho no inverno — era simplesmente impossível —, e essa foi uma das razões de meu pai, mais tarde, ter construído a sauna. Sei que deve parecer nojento para a maioria das pessoas, mas não adiantava muito lavar o corpo se não podíamos lavar as roupas. De qualquer modo, éramos só nós três mesmo, então se fedíamos ninguém notava, porque todos tínhamos o mesmo cheiro.

Não lembro muita coisa dos meus primeiros anos de vida. Impressões. Sons. Cheiros. Mais sensações de déjà-vu que memórias de fato. Claro que não tenho fotografias de bebê. Mas a vida no pântano seguia um padrão regular, então não é difícil preencher as lacunas. De dezembro a março é gelo, neve e frio. Em abril, os corvos voltam e as rãs nascem. Em maio, o pântano é todo grama verde e flores, embora ainda se possam encontrar restos de neve na sombra de um rochedo ou no lado norte de um tronco. Junho é o mês dos insetos. Mosquitos, borrachudos, mutucas, pernilongos, mosquitos-pólvora — se um inseto voa e pica, nós temos. Julho e agosto são tudo o que pessoas que moram em latitudes mais meridionais associam ao verão, com um bônus: estamos tão ao norte que a luz do dia dura até depois das dez da noite. Setembro traz a primeira geada e muitas vezes vemos alguma neve — muito leve, porque as folhas ainda nem acabaram de mudar de cor, mas é um prenúncio do que está por vir. Esse também é o mês em que os corvos vão embora e os gansos-do-canadá se juntam em bandos. Em outubro e novembro o pântano para e, em meados de dezembro, estamos presos no gelo outra vez.

Agora, imagine uma criança pequena correndo por tudo isso: rolando e deslizando na neve, chapinhando na água, pulando pelo pátio fingindo ser um coelho ou batendo os braços como se fosse um pato ou ganso, seus olhos, orelhas, pescoço e mãos inchados de picadas de insetos, apesar do repelente caseiro com que sua mãe a lambuzava seguindo a receita de seu pai (raiz de hidraste moída, misturada com gordura de urso), e isso basicamente descreve meus primeiros anos.

Minha primeira lembrança real é do meu aniversário de cinco anos. Eu era uma versão rechonchuda e baixinha da minha mãe, mas com a cor do meu pai. Ele gostava de cabelo comprido, então o meu nunca tinha sido cortado. Chegava quase até a cintura. Na maior parte do tempo, eu o usava preso em maria-chiquinha ou em uma única trança, como a do meu pai. Minha roupa favorita era um macacão e uma camisa vermelha xadrez quase igual a uma das que ele tinha. Minha outra camisa naquele ano era verde. Minhas botas de couro marrom eram idênticas às que ele usava, só que sem biqueira de metal e menores. Quando usava essa roupa, eu sentia que um dia poderia me tornar o homem que meu pai era. Copiava seus gestos, seu modo de falar, seu jeito de andar. Não era adoração, mas chegava perto. Eu era descaradamente, absolutamente e completamente apaixonada pelo meu pai.

Eu sabia que aquele era o dia em que fazia cinco anos, mas não estava esperando nada fora do comum. Só que minha mãe me surpreendeu fazendo um bolo. Em algum lugar entre as pilhas de latas e sacos de arroz e farinha no depósito, minha mãe encontrou uma caixa de mistura para bolo. Chocolate com confeitos coloridos, imagine só, como se meu pai soubesse que um dia teria uma filha. Eu não me sentia inclinada a fazer nada na cozinha que não fosse obrigada a fazer, mas a imagem na caixa me deixou intrigada. Eu não podia imaginar como aquele pó marrom se transformaria em um bolo com velinhas multicoloridas e uma cobertura marrom ondulada, mas minha mãe garantiu que sim.

— O que quer dizer "pré-aquecer o forno a cento e oitenta graus"? — perguntei, enquanto lia as instruções no verso. Eu já lia desde os três anos.

— E como a gente vai fazer sem forno? — Eu tinha visto fotos nos anúncios de eletrodomésticos nas *National Geographics* e sabia que nós não tínhamos um.

— Nós não precisamos de forno — minha mãe respondeu. — Vamos assar o bolo do mesmo jeito que assamos biscoitos.

Isso me preocupou. Os biscoitos que minha mãe fazia na frigideira de ferro fundido em cima do fogão às vezes ficavam queimados e sempre eram duros. Uma vez, perdi um dente de leite mordendo um. Sua falta de habilidades culinárias era um ponto sensível constante com meu pai, mas a mim não incomodava. Não se pode sentir falta do que nunca se conheceu. Pensando agora, é fácil perceber que ele poderia ter evitado esse problema raptando uma garota um pouco mais velha, mas quem sou eu para querer corrigir meu pai? Ele colheu o que plantou, como dizem.

Minha mãe mergulhou um pano no balde de gordura de urso que mantínhamos em um armário à prova de ratos e o esfregou dentro da frigideira, depois a colocou para esquentar em cima do fogão.

— "Misture dois ovos e um quarto de uma x. de óleo" — continuei a ler. — Óleo?

— Gordura de urso — minha mãe disse. — E o *x* quer dizer *xícara*. Nós temos ovos?

— Um. — Patos selvagens procriam na primavera. Por sorte, eu nasci no fim de março.

Minha mãe quebrou o ovo no pó, acrescentou a gordura que havia derretido em um copo de estanho em cima do fogão, com a mesma quantidade de água, e bateu a massa.

— "Três minutos na batedeira em alta velocidade, ou trezentas batidas."

Quando o braço dela cansou, eu revezei para ajudar. Ela me deixou acrescentar os confeitos, apesar de que, quando a massa ficou pronta, eu já tinha comido metade deles. Eram doces, o que sempre era bom, mas a textura enquanto eu os movia pela boca com a língua me fez pensar em cocô de rato. Ela adicionou mais um punhado de gordura na frigideira para não grudar, despejou a massa dentro e cobriu com uma tampa de ferro.

Dez minutos mais tarde, depois de me alertar duas vezes para não espiar ou o bolo não assaria, e então levantar a tampa ela mesma para checar o progresso, minha mãe descobriu que as bordas do bolo estavam ficando pretas enquanto o meio ainda estava mole. Ela abriu a portinha do fogo e espalhou as brasas para o calor se distribuir mais uniformemente, depois acrescentou mais um pedaço de lenha ao fogo, e isso resolveu o problema. O produto final não era nem um pouco parecido com a imagem na caixa, mas nós o devoramos inteiro mesmo assim.

Talvez um bolo feito com ovo de pato e gordura de urso não pareça grande coisa para você, mas foi a primeira vez que experimentei chocolate, e aquilo foi um manjar dos deuses para mim.

O bolo, por si, já teria sido mais que suficiente. Mas o dia ainda não havia terminado. Em uma rara demonstração do que só agora eu percebo como afeto materno, minha mãe me fez uma boneca. Ela encheu um dos velhos macacões que eu usava quando bebê com talos secos de taboa, enfiou cinco gravetos em cada manga para serem os dedos, amarrados com um pedaço de barbante, e produziu uma cabeça desenhando uma face sorridente meio torta com um pedaço de carvão em uma das meias velhas do meu pai. E, sim, a boneca era tão feia quanto parece.

— O que é isso? — perguntei, quando ela a colocou em cima da mesa à minha frente enquanto eu lambia os últimos farelos de bolo do prato.

— É uma boneca — ela respondeu timidamente. — Fui eu que fiz. Para você.

— Uma boneca. — Eu tinha certeza de que era a primeira vez que ouvia aquela palavra. — Para que serve?

— Você... pode brincar com ela. Dar um nome. Fingir que é um bebê e você é a mamãe.

Eu não sabia o que dizer. Era muito boa em fingir, mas me imaginar como mãe daquela massa informe era demais para mim. Por sorte, meu pai achou o conceito igualmente ridículo. Ele começou a rir e isso fez com que eu me sentisse melhor.

— Venha, Helena. — Ele se levantou da mesa e estendeu a mão. — Eu também tenho um presente para você.

Meu pai me levou para o quarto deles, me levantou e me pôs sentada na cama alta. Minhas pernas ficaram penduradas na borda. Normalmente, eu não tinha permissão para entrar naquele quarto, então balancei os pés em alegre expectativa enquanto meu pai ficava de quatro no chão. Ele procurou embaixo da cama e pegou uma caixa de couro com alça marrom e adornos dourados reluzentes. Eu soube que a caixa era pesada, porque ele gemeu para levantá-la e, quando a largou no colchão ao meu lado, a cama oscilou e sacudiu como fazia quando eu pulava em cima dela, embora isso fosse algo que eu não devia fazer. Meu pai selecionou a menor chave de seu chaveiro e a inseriu na fechadura. O trinco abriu — *clique*. Ele levantou a tampa e virou a caixa para que eu pudesse ver dentro.

Soltei um suspiro de surpresa.

A caixa estava cheia de facas. Longas. Curtas. Finas. Gordas. Facas com punho de madeira. Facas com punho de osso entalhado. Facas dobráveis. Facas curvas que pareciam espadas. Mais tarde, meu pai me ensinou seus nomes e as diferenças entre elas e como usar cada uma para caça, ou combate, ou autodefesa, mas, naquela hora, eu só sabia que estava louca para tocá-las. Queria passar os dedos em cada uma delas. Sentir o frio do metal, a suavidade da madeira, o gume de cada lâmina.

— Vá em frente — disse ele. — Escolha uma. Você já é uma menina grande. Tem idade suficiente para ter sua própria faca.

Minhas entranhas ficaram tão quentes quanto o fogo no nosso fogão a lenha. Eu queria uma faca desde quando podia me lembrar. Não tinha ideia de que aquele tesouro ficava embaixo da cama dos meus pais. Ou de que meu pai um dia ia compartilhar uma parte de seu tesouro comigo. Dei uma olhada para a porta. Minha mãe estava com os braços cruzados na frente do peito e a testa franzida, deixando claro que não gostava da ideia. Quando eu a ajudava na cozinha, não tinha permissão para tocar em nada afiado. Olhei de novo para meu pai e, em um insight repentino, percebi que não precisava obedecer minha mãe. Não mais. Não quando meu pai me dizia que eu já tinha idade suficiente para ter minha própria faca.

Virei de novo para a caixa. Examinei cada faca duas vezes, atentamente.

— Esta. — Apontei para uma com guarda dourada e cabo de madeira escura reluzente. Gostei especialmente do desenho de folha em alto-relevo na bainha de couro. Não era uma faca pequena, porque, embora meu pai tivesse dito que eu era uma menina grande, eu sabia que ainda ia ficar muito maior e queria uma faca que pudesse me acompanhar em meu crescimento, não uma que fosse ficar para trás, como a pilha de camisas e macacões descartados em um canto do meu quarto.

— Excelente escolha. — Ele me entregou o que agora eu sei que é uma faca Bowie de dois gumes e vinte centímetros como um rei apresentando uma espada a um cavaleiro. Comecei a estender a mão e parei. Meu pai tinha essa brincadeira que gostava de fazer em que fingia me dar uma coisa e, quando eu tentava pegar, ele tirava. Acho que não aguentaria se ele estivesse brincando agora. Ele sorriu e fez um aceno de incentivo com a cabeça quando hesitei. Isso às vezes também era parte do jogo.

Mas eu queria aquela faca. Eu *precisava* daquela faca. Rapidamente a agarrei, antes que ele pudesse reagir. Fechei o punho em volta dela e a escondi em minhas costas. Eu lutaria com ele se fosse necessário.

Meu pai riu.

— Está tudo certo, Helena. Sério. A faca é sua.

Bem devagar, eu a trouxe das costas e, quando o sorriso dele se alargou e suas mãos permaneceram onde estavam, soube que aquela linda faca era realmente minha. Eu a tirei da bainha, virei-a nas mãos, segurei-a contra a luz, pousei-a sobre meus joelhos. O peso da faca, o tamanho, a forma e a sensação dela, tudo isso me dizia que eu havia feito a escolha certa. Deslizei o polegar por um dos gumes para testar o corte, como já tinha visto meu pai fazer. A faca tirou sangue. Não doeu. Levei o polegar à boca e olhei de novo para a porta. Minha mãe tinha ido embora.

Meu pai trancou a caixa e a guardou de novo embaixo da cama.

— Pegue seu casaco. Vamos dar uma olhada nas armadilhas.

Ah, como eu o amava. E aquele convite me fez amá-lo ainda mais. Meu pai checava as armadilhas todas as manhãs. Agora era fim de tarde. O fato de ele sair uma segunda vez só para eu poder experimentar minha faca nova inchava meu coração. Eu mataria por esse homem. Morreria por ele. E sabia que ele faria o mesmo por mim.

Vesti depressa as roupas de inverno, antes que ele mudasse de ideia, e coloquei minha faca no bolso do casaco. Ela batia em minha perna enquanto eu andava. A linha de armadilhas se estendia por todo o comprimento da nossa colina. A neve nos dois lados da trilha era quase da minha altura, então eu seguia bem perto dos passos do meu pai. Não iríamos longe. O céu, as árvores e a neve já estavam adquirindo seu tom de azul noturno. Ningaabi-Anang brilhava baixa a oeste. Fiz uma oração ao Grande Espírito para *por favor por favor por favor* mandar um coelho antes que tivéssemos que voltar.

Mas Gitche Manitou testou minha paciência, como os deuses às vezes fazem. As duas primeiras armadilhas a que checamos estavam vazias. Na terceira, o coelho já estava morto. Meu pai soltou o laço do pescoço do coelho, remontou a armadilha e jogou o animal rígido dentro de um saco. Apontou para o céu que escurecia.

— O que acha, Helena? Vamos em frente ou voltamos?

Àquela altura, a Estrela Vespertina já tinha a companhia de muitas outras. Estava cada vez mais frio, e o vento soprava como se fosse nevar. Minhas faces doíam, os dentes batiam, os olhos lacrimejavam e eu não sentia o nariz.

— Vamos em frente.

Meu pai se virou sem uma palavra e continuou pela trilha. Cambaleei atrás dele. Meu macacão estava molhado e duro, e eu não sentia meus pés. Mas, quando chegamos à armadilha seguinte, esqueci totalmente os dedos congelados. Esse coelho estava vivo.

— Depressa. — Meu pai tirou as luvas e bafejou as mãos para aquecê-las.

Às vezes, quando um coelho era pego em uma armadilha pela pata traseira, como aquele, meu pai o levantava e girava para bater sua cabeça em uma árvore. Outras vezes, cortava sua garganta. Eu ajoelhei na neve. O coelho estava mole de medo e frio, mas definitivamente ainda respirava. Tirei a faca da bainha.

— Obrigada — murmurei para o céu e as estrelas e passei a lâmina rapidamente pelo pescoço do animal.

O sangue jorrou do corte, salpicando minha boca, meu rosto, minhas mãos, meu casaco. Gritei e levantei depressa. Percebi no mesmo instante onde havia errado. Na ansiedade de fazer meu primeiro abate, eu tinha esquecido de sair para o lado. Peguei um punhado de neve, esfreguei na frente do casaco e ri.

Meu pai riu comigo.

— Deixe para lá. Sua mãe dá um jeito quando voltarmos.

Ele ajoelhou perto do coelho e mergulhou dois dedos no sangue. Suavemente, me puxou para junto de si.

— *Manajiwin* — disse. — Respeito. — Depois ergueu meu queixo e passou os dedos em minhas bochechas.

Meu pai retomou a trilha. Peguei meu coelho, joguei-o sobre o ombro e o segui de volta para a cabana. Sentia a pele enrugar enquanto o vento secava as riscas de sangue em meu rosto. Eu sorri. Era uma caçadora. Uma guerreira. Uma pessoa digna de respeito e honra. Um homem da selva, como meu pai.

Minha mãe quis lavar meu rosto assim que me viu, mas meu pai não deixou. Ela assou o coelho para o jantar depois de limpar o sangue do meu casaco e o serviu com araruta cozida e uma salada de folhas frescas de dente-de-leão que guardávamos em caixas de madeira na despensa subterrânea. Foi a melhor refeição que já fiz.

Anos mais tarde, o Estado vendeu a grande coleção de facas do meu pai para pagar as custas de seu processo. Mas eu ainda tenho a minha.

9

A faca que meu pai me deu em meu aniversário de cinco anos é uma Natchez Bowie de aço que custa perto de setecentos dólares. É a faca de combate perfeita, impecavelmente equilibrada e com o desenho preciso para força, alcance e alavancagem, e uma lâmina afiada que corta como um sabre e perfura como um punhal.

A faca que ele usou para escapar da prisão era feita de papel higiênico. Fiquei surpresa quando soube disso. A julgar por sua habilidade, eu teria pensado que ele optaria por uma faca de metal. Ele teve tempo para fazer uma. Acho que decidiu pelo papel higiênico porque gostou da ironia de fabricar uma arma mortífera com um material inocente. Prisioneiros sabem ser incrivelmente criativos quando se trata de produzir armas — afiar colheres de plástico e escovas de dente quebradas esfregando-as nas paredes ou no piso de cimento da cela e equipá-las com lâminas de barbear descartáveis, ou fazer uma faca de metal com a armação de aço da cama, serrando-a ao longo de muitos meses com fio dental. Mas eu não tinha ideia de que fosse possível matar uma pessoa com papel higiênico.

No YouTube, há um vídeo que mostra como fazer isso. Primeiro você enrola o papel bem apertado em forma de cone, usando pasta de dente para grudar, como se fosse cola em papel machê. Depois molda a faca até ela ficar do jeito que você quer, acrescentando camadas de papel higiênico em uma extremidade e apertando para formar uma empunhadura adequada. Quando estiver satisfeito com o resultado, você deixa a faca secar e endurecer, afia a ponta da maneira usual e pronto: tem uma arma letal.

Além de tudo, ela é biodegradável. É só jogar no vaso sanitário quando tiver acabado de usar e dar descarga depois que amolecer.

Meu pai deixou a dele na cena do crime. A faca havia cumprido seu propósito e ele não precisava criar um cenário de negação plausível. De acordo com as notícias, a faca tinha uma lâmina de dois gumes de quinze centímetros com guarda e cabo pintados de marrom, nem quero saber com quê. Essa parte não me surpreende. As Bowies sempre estiveram entre suas favoritas.

Tirando os detalhes que a polícia liberou ontem sobre a faca, tudo o que se sabe com certeza é que dois guardas estão mortos, um esfaqueado e o outro com um tiro, e tanto meu pai como as armas dos guardas estão desaparecidos. Não há testemunhas. Ou ninguém viu a van de transporte de prisioneiros cair em uma vala no meio da Faixa de Seney, ou ninguém está disposto a admitir que viu alguma coisa enquanto meu pai estiver solto.

Conhecendo-o como conheço, posso preencher as lacunas. Sem dúvida ele vem planejando essa fuga há muito tempo. Talvez anos, da mesma maneira como planejou o rapto da minha mãe. Uma das primeiras coisas que ele teria feito seria se estabelecer como prisioneiro modelo, para conseguir uma relação amistosa com os guardas que o transportavam entre o presídio e seus compromissos no tribunal. A maior parte das fugas de presidiários envolve pelo menos algum elemento de erro humano — os guardas não se preocupam em usar a trava dupla nas algemas do detento, porque não o veem como ameaça, ou uma chave de algema escondida no corpo ou nas roupas do preso passa despercebida durante a revista pela mesma razão. Prisioneiros vistos como encrenqueiros enfrentam medidas de segurança extras, então meu pai deve ter se assegurado de não ser um deles.

São pouco mais de cento e cinquenta quilômetros da Prisão de Marquette Branch até o tribunal do condado de Luce, onde meu pai foi julgado, então o tempo de viagem era considerável. Psicopatas como ele sabem ser muito carismáticos. Eu o imagino conversando com os guardas, descobrindo quais eram os interesses deles, envolvendo-os pouco a pouco. Do mesmo jeito que convenceu minha mãe a confiar nele dizendo que estava procurando seu cachorro. Do mesmo jeito que usou meus interesses quando eu era criança para me voltar contra a minha mãe de forma tão sutil e completa que precisei de anos de terapia para entender que ela se importava comigo.

Não sei como ele conseguiu levar a faca da cela até a van da prisão. Pode tê-la escondido na costura do macacão, bem perto da virilha, onde seria menos provável que os guardas apalpassem. Ou pode tê-la enfiado na lombada de um livro. É nesse aspecto que uma faca menor teria sido consideravelmente mais prática. Mas uma coisa que as pessoas precisam entender sobre o meu pai é que ele nunca faz nada pela metade. Outra coisa que devem entender é que ele é um homem paciente. Tenho certeza de que deixou várias oportunidades de fuga passarem até que todas as condições fossem certas. Talvez um dia o tempo estivesse ruim, ou os guardas estivessem incomumente mal-humorados ou atentos, ou a faca ainda não estivesse acabada do jeito exato que ele queria. Ele não estava com pressa.

Ontem, os planetas se alinharam. Meu pai conseguiu sair da cela com a faca e escondê-la na fenda do assento traseiro da van da prisão. Esperou até a viagem de volta para entrar em ação, porque os guardas estariam cansados do longo dia na estrada e porque seria mais difícil as equipes de busca seguirem seu rastro se ele escapasse pouco antes do pôr do sol. Também porque eles estariam viajando para oeste no caminho de volta, e todo mundo sabe que é mais complicado dirigir com o sol poente bem na cara.

Meu pai relaxou no banco traseiro, fingindo cochilar. Ele conhecia o caminho bem o bastante para acompanhá-lo de olhos fechados, mas nunca deixa nada por conta do acaso, então a cada poucos minutos dava uma abridela de olhos rápida para conferir onde estava. Cruzaram o entroncamento para Engadine, passaram por Four Corners, subiram a encosta e atravessaram o povoado de McMillan, deixaram para trás um punhado de casas e a fazenda do velho McGinnis e desceram a colina para King's Creek. Mais uma subida, depois a cabana e o estúdio de cerâmica abandonados construídos por um casal de hippies na década de 70, em seguida a Danaher Road, outra descida suave e uma nova subida e, por fim, a descida para a área pantanosa a oeste da ponte do rio Fox. Ver o pântano fez a pulsação do meu pai acelerar, mas ele teve o cuidado de disfarçar.

Passaram por Seney sem parar. Talvez o motorista tenha perguntado para o outro guarda se ele precisava usar o banheiro; talvez só tenha seguido em frente, supondo que o parceiro teria avisado se precisasse. Ao meu pai não era permitido esse luxo. Dessa vez, ele não se importou. Ele se mexeu no banco traseiro, deslizou para a frente só um pouquinho, fingiu um ronco para encobrir o movimento. Alcançou a fenda no assento e puxou a faca do esconderijo. Segurou-a entre as mãos algemadas, com a lâmina apontada em sua direção para poder golpear de cima para baixo, e deslizou um pouco mais para a frente.

Quinze quilômetros a oeste de Seney, logo depois de terem passado a Driggs River Road, que segue paralela ao rio e leva ao interior do refúgio da vida selvagem, meu pai deu o bote. Talvez tenha rugido como um soldado no ataque, talvez tenha sido silencioso como um assassino de aluguel. De um modo ou de outro, ele enfiou a faca no peito do guarda que estava no banco do passageiro e fez a lâmina penetrar fundo em sua carne e no ventrículo direito, cortando o septo, de modo que o guarda não morreu pela hemorragia, mas pelo acúmulo de sangue em torno do coração, que o comprimiu e o fez parar.

O guarda ficou surpreso demais para gritar, e, quando percebeu que estava morrendo, meu pai já havia pegado o revólver dele e atirado no motorista. A van derrapou para a vala e pronto. Meu pai confirmou que os dois guardas estavam mortos, procurou a chave das algemas, passou para o banco dianteiro e saiu do carro. Olhou para um lado e para o outro na estrada, para ter certeza de não haver testemunhas, antes de se afastar da cobertura da van e seguir direto para o sul, pisando com força no trecho de grama entre a estrada e as árvores para que a equipe de busca soubesse a direção que ele havia tomado.

Depois de pouco mais de um quilômetro, ele entrou no rio Driggs. Vadeou rio abaixo por uma curta distância e saiu de novo do mesmo lado, porque o rio é fundo demais para atravessar sem nadar, e porque ele não queria que ficasse muito difícil para a equipe de busca seguir as pistas até se convencerem de que o refúgio da vida selvagem era o seu destino. Deixou uma samambaia amassada aqui, um galho quebrado ali, uma pegada parcial, produzindo uma trilha disfarçada apenas o suficiente para que os policiais achassem que eram mais espertos que ele e que o alcançariam antes do cair da noite. Depois, no momento certo, evaporou dentro do pântano como a névoa da manhã e desapareceu.

É assim que imagino que ele fez. Ou, pelo menos, é como eu teria feito.

Estamos a um quilômetro e meio da primeira cabana que quero verificar quando Rambo gane de um jeito que já conheço: quer dizer que ele precisa sair. Não quero parar, mas, quando ele começa a esfregar as unhas no descanso de braço e virar em círculos, tenho que encostar. Notei nos últimos tempos que, quando ele precisa se aliviar, não dá para esperar. Não sei se é problema de idade ou falta de exercícios. Os plotts vivem de doze a dezesseis anos, e ele, com seus oito, está chegando lá.

Pego a Magnum no porta-luvas e a enfio na frente do meu jeans. Assim que abro a porta do passageiro, Rambo sai disparado. Caminho mais lentamente pela margem da estrada, à procura de sinais de que uma pessoa tenha passado. Claro que nada tão óbvio como um pedaço de tecido cor de laranja preso em um galho. Mais do tipo sulcos da pegada de um tênis. Meu pai costumava dizer para mim e minha mãe que, se alguém aparecesse na nossa colina, deveríamos entrar no meio do pântano, rolar na lama e ficar imóveis até ele nos avisar que era seguro voltar. Tenho certeza de que, a esta altura, seu macacão de prisioneiro está similarmente camuflado.

A julgar pela falta de árvores e a densidade dos arbustos ao longo da estrada, eu diria que faz uns dez anos que esta área foi desmatada. As únicas coisas que crescem aqui agora são mirtilos e pequenos amieiros. As pilhas de galhos que as madeireiras deixaram para trás e a comida acessível fazem com que esta seja uma área ótima para ursos. Sem dúvida Rambo está achando que é por isso que viemos.

Atravesso a estrada e volto caminhando pelo outro lado. Meu pai me ensinou a seguir rastros quando eu era pequena. Montava uma trilha enquanto eu estava brincando ou explorando em outra parte, depois eu tinha que encontrar o rastro e segui-lo, enquanto ele andava ao meu lado e me mostrava todos os sinais que eu tinha deixado passar. Outras vezes, andávamos para onde quer que nossos pés nos levassem e ele ia apontando coisas interessantes pelo caminho. Montinhos de fezes. As marcas distintivas de um esquilo-vermelho. A entrada de uma toca de rato-do-mato cheia de penas e fezes de coruja. Ele apontava uma pilha de excrementos e perguntava: "Gambá ou porco-espinho?" Não é fácil saber a diferença.

Por fim, entendi que seguir rastros é como ler. Os sinais são palavras. É só conectá-los em frases e eles contam uma história sobre um acontecimento na vida do animal que passou por ali. Por exemplo, eu poderia encontrar uma depressão onde um veado se deitou. Poderia ser em uma pequena ilha se erguendo do pântano ou um terreno alto similar, de onde o veado pudesse ficar de olho nas redondezas. A primeira coisa que faço é observar o grau de desgaste da depressão, e isso me informa quanto ela é usada. Se estiver desgastada até a terra, é uma cama primária, o que significa que o veado provavelmente vai voltar. Em seguida, vejo a direção em que a cama está virada. Quase sempre o veado se deita com o vento nas costas. Saber o tipo de vento que levou o veado a fazer a cama daquele jeito específico me permite selecionar um dia em que esse vento esteja soprando para vir caçá-lo. São histórias assim.

Às vezes meu pai fingia que ele era a presa. Esgueirava-se da cabana enquanto eu esperava de olhos vendados na cozinha, em uma cadeira virada de costas para a janela, para não me sentir tentada a espiar. Depois que eu contava até mil, minha mãe tirava a venda e eu começava a caçada. Com todas as pegadas se cruzando na areia do lado de fora da nossa porta dos fundos, não era fácil descobrir quais eram dele. Eu agachava no último degrau e examinava todas as impressões com cuidado, até ter certeza de quais eram as mais recentes, porque se começasse pela trilha errada nunca o encontraria, e, dependendo de quanto ele tivesse se afastado e de quanto tempo teria que ficar escondido e do humor em que estivesse naquele dia, isso poderia levar a um tempo mais longo para pensar dentro do poço do que eu estava a fim de encarar.

Ocasionalmente, meu pai pulava da varanda para uma pilha de folhas ou uma pedra, para tornar o jogo mais desafiador. Às vezes tirava os sapatos e andava de mansinho de meia ou descalço. Uma vez ele me enganou usando sapatos que eram da minha mãe. Nós dois rimos muito disso. Desde que saí do pântano, observei que muitos pais e mães deixam os filhos ganharam deles em jogos para aumentar a autoestima das crianças. Meu pai nunca facilitava quando eu tinha que rastreá-lo, e eu não gostaria que ele fizesse isso. De que outra maneira eu poderia aprender? Quanto à minha autoestima, as vezes em que consegui caçá-lo e matá-lo me deixaram sorridente durante dias. Eu não o matava de verdade, claro, mas, dependendo de onde ele estivesse escondido, o jogo terminava com uma bala disparada no chão perto de seus pés ou em um tronco de árvore perto de sua cabeça. Depois que ganhei três vezes seguidas, meu pai parou de jogar. Muito mais tarde, minha professora leu para a classe um conto chamado "O jogo mais perigoso", que se parecia muito com o que costumávamos jogar. Fiquei imaginando se teria sido de lá que ele tirou a ideia. Queria contar à classe que eu sabia como era ser tanto o caçador como a caça, mas, àquela altura, já tinha aprendido que, quanto menos falasse sobre a minha vida no pântano, melhor.

Um carro de polícia está estacionado na margem da estrada. Ou, mais precisamente, o carro de patrulha do xerife do condado de Alger, um dos novos que apareceram nos noticiários há pouco tempo: branco com uma faixa preta e um logotipo preto e laranja na lateral, grade no para-choque dianteiro, barra de luz no alto. Um carro tão intacto e reluzente que parece ser a primeira vez que saiu da garagem.

Reduzo a velocidade. Há duas maneiras de lidar com isso. Posso seguir em frente como se não tivesse a menor ideia de por que um carro de polícia estaria ali, na margem da estrada, no meio do nada. Esperar o policial me mandar parar e então deixar o equipamento de pesca na traseira da picape falar por mim. Talvez o policial reconheça meu nome e faça a conexão com meu pai quando conferir a placa do carro e minha identidade. Talvez não. De um modo ou de outro, o pior que pode acontecer é ele me dispensar com um alerta para que eu volte para casa e fique em segurança.

Ou posso dizer ao policial que cancelei minha viagem de pesca e estou voltando para casa porque ouvi o noticiário sobre o prisioneiro que fugiu. A opção número dois me dá a chance de perguntar como estão indo as buscas, o que pode ser útil. Ou talvez eu consiga manter a conversa por tempo suficiente para escutar alguma informação interessante no rádio da viatura.

Mas logo percebo que ambas as opções são desnecessárias. O carro de polícia está vazio.

Saio da pista e estaciono. Exceto pela estática ocasional no rádio do carro, o bosque está silencioso. Pego a Ruger da alça sobre a janela e a Magnum no porta-luvas. Examino a área para detectar se há algum movimento, depois agacho e estudo as pegadas no chão. Uma pessoa. Homem, a julgar pelo tamanho do sapato. Oitenta a noventa quilos, considerando a profundidade. Andando com extrema cautela, a julgar pelo espaçamento entre as marcas.

Sigo as pegadas até onde elas desaparecem, na vegetação na margem da estrada. Samambaias partidas e grama amassada me dizem que o policial estava correndo. Estudo o rastro por um longo tempo e decido que ele estava correndo em direção a algo que achava que merecia investigação, e não fugindo de algo.

Penduro a Ruger no ombro e seguro a Magnum com as duas mãos à minha frente. Meus passos quase não fazem barulho, graças aos mocassins que uso quando estou no mato. Graças ao treinamento do meu pai.

Os rastros levam pelo meio de um bosque de bétulas e faias até o alto de uma ravina íngreme. Caminho até a borda e olho para baixo. No fundo da ravina há um corpo.

10

A CABANA

Logo ficou claro para a esposa do viking qual era a situação da criança: ela estava sob a influência de um feiticeiro poderoso. De dia, tinha uma aparência encantadora como um anjo de luz, mas um temperamento malvado e selvagem; à noite, na forma de um feio sapo, era quieta e tristonha, com olhos cheios de pesar.

Aqui estavam duas naturezas, que mudavam interna e externamente com a ausência e o retorno da luz do sol. E assim acontecia que, durante o dia, a criança, com a forma de sua mãe, tinha a disposição feroz do pai; à noite, ao contrário, a aparência exterior mostrava claramente sua ascendência do lado do pai, enquanto, por dentro, tinha o coração e a mente da mãe.

— Hans Christian Andersen,
A filha do Rei do Pântano

As *National Geographics* foram meus livros ilustrados, minhas primeiras cartilhas, meus manuais de história, ciência e cultura mundial reunidos. Mesmo depois que aprendi a ler, eu passava horas olhando as imagens. Minha favorita era a de uma bebê aborígene nua em algum lugar no interior da Austrália. Tinha cabelos encaracolados castanho-avermelhados, pele marrom-avermelhada e estava sentada na terra quase da mesma cor que ela, mascando um pedaço de casca de árvore e sorrindo como uma Buda em miniatura. Parecia tão gordinha e feliz; qualquer pessoa podia ver que, naquele lugar e naquele momento, a bebê tinha tudo o que poderia querer ou precisar. Quando eu olhava para a fotografia dela, gostava de imaginar que aquele bebê era eu.

Depois do bebê aborígene, eu gostava das fotografias da tribo ianomâmi na floresta tropical do Brasil. As mães com a franja lisa e reta e o rosto tatuado, nuas da cintura para cima, amamentando bebês ou carregando crianças pequenas sobre os quadris, as bochechas e o nariz perfurados por pauzinhos decorados com tufos de penas amarelas. Meninos usando tangas de corda que não cobriam suas partes íntimas e carregando sobre os ombros macacos mortos e pássaros de cores vibrantes que eles tinham abatido com o arco e flecha. Meninos e meninas balançando em trepadeiras grossas como seus braços e saltando em um rio que o artigo dizia ser o lar do jacaré-açu, da sucuri-verde e da piranha-vermelha. Eu gostava de fingir que essas crianças selvagens e corajosas eram meus irmãos e irmãs. Em dias quentes, tirava toda a roupa, me pintava com lama do pântano e corria pelo terreno com um pedaço de corda amarrado na cintura, brandindo o arco e flechas que fiz com rebentos de salgueiro flexíveis e verdes demais para abater sequer um coelho, mas bons o bastante para fingir. Eu pendurava a boneca que minha mãe fez nas algemas no galpão de lenha e a usava para praticar tiro ao alvo. Minhas flechas quase sempre só ricocheteavam, mas de vez em quando eu conseguia fazer uma entrar no alvo. Minha mãe não gostava de me ver sem roupa, mas meu pai não se importava.

Eu cortava essas imagens das revistas e as escondia entre meu colchão e o estrado de molas. Minha mãe quase nunca vinha ao meu quarto, e meu pai nunca, mas eu não queria correr nenhum risco. A outra revista que eu mantinha embaixo da cama era a que tinha o artigo sobre o primeiro assentamento viking no Novo Mundo. Eu adorava tudo referente aos vikings. Os desenhos reproduzindo como deve ter sido a vida deles no assentamento pareciam muito com a minha, só que com casas de adobe e mais gente. Nas noites em que meu pai acendia o fogo, eu sentava tão perto da lareira quanto conseguia aguentar e ficava olhando as figuras dos artefatos que haviam sido encontrados, incluindo ossos humanos, até ele decidir que era hora de nós três irmos para a cama.

Eu adorava ler, mas só em dias chuvosos ou à noite junto ao fogo. Amava especialmente meu livro de poemas. As descrições da névoa da manhã e folhas amarelas e pântanos congelados realmente me tocavam. Até o nome do poeta era apropriado: Frost, geada. Eu costumava imaginar se ele o teria inventado, do mesmo jeito que eu me chamava de "Helga, a Destemida" quando brincava de viking. Fiquei sinceramente triste quando meu pai cortou a capa do livro e deixou as páginas no banheiro externo. Minha mãe disse que nós já havíamos tido papel higiênico real, mas, se isso era verdade, devia ter acabado fazia muito tempo, porque eu não lembrava. As *National Geographics* eram muito duras e lisas para qualquer gosto, mas cumpriam a tarefa.

Se eu tivesse imaginado que o livro de poemas não ficaria disponível para sempre, teria me esforçado para memorizar melhor. Até hoje, ainda lembro pequenos trechos: "O bosque é belo, escuro e profundo..." "Ao céu da noite uma luz crepuscular..." "Dois caminhos divergiam em um bosque amarelo e eu segui o menos percorrido". Ou seria "o menos trilhado"?

Iris aprendeu a ler antes de entrar na escola. Gosto de pensar que ela puxou isso de mim.

Entendo que as pessoas achem absurdos alguns aspectos da minha infância. Por exemplo, quem não caça pode ficar incomodado ao saber que eu tinha seis anos quando meu pai me ensinou a atirar. Mas minha mãe não fez objeções a isso. Na península Superior, caçar é praticamente uma religião. As escolas fecham no primeiro dia da temporada de caça para que professores e alunos possam pegar seu veado, e o punhado de lojas que permanecem abertas opera com pouquíssimos funcionários. Todos com idade suficiente para levantar uma espingarda se dirigem a um alojamento para caçar, beber e jogar baralho, em duas semanas de comemoração de "Quem vai pegar o maior veado este ano?". Os funcionários das cabines de pedágio na Ponte Mackinac mantêm uma contagem contínua do número de veados que atravessam da península Superior para a Inferior em cima de carros ou na traseira de picapes. A maioria é abatida usando-se como isca pilhas de cenouras e maçãs, que os postos de gasolina e as mercearias vendem em sacos de vinte quilos. Você deve imaginar o que eu acho disso.

Ouvíamos seus tiros todos os anos, dia após dia, do nascer ao pôr do sol, durante essas duas semanas frenéticas de novembro, assim como ouvíamos ocasionalmente o zumbido distante de uma motosserra que não era do meu pai. Ele explicou que era a "temporada de caça" do homem branco, e que homens brancos só têm permissão para matar veados nessas duas semanas. Eu senti pena dos homens brancos. Imaginei quem faria uma regra dessas e se as pessoas que a tinham criado puniam quem desobedecesse trancando o transgressor dentro de um poço, como meu pai fazia quando eu lhe desobedecia. Fiquei com receio do que aconteceria conosco se os homens brancos descobrissem que atirávamos em veados sempre que queríamos. Meu pai disse que, como ele era nativo, as regras de caça dos homens brancos não valiam para ele, e então eu me senti melhor.

Meu pai matava dois veados a cada inverno, um no meio de dezembro, depois que os veados se acalmavam de todo o tumulto, e outro na entrada da primavera. Podíamos viver perfeitamente bem de peixes e vegetais, mas ele acreditava que era melhor ter uma dieta mais variada. Além do urso-negro que veio por conta própria e acabou como tapete na sala, os únicos animais de caça que abatíamos a tiros eram veados. Tínhamos só uma espingarda e precisávamos ser muito cuidadosos com a munição. Coelhos nós pegávamos em armadilhas. Também comíamos o traseiro e o lombo dos ratos-almiscarados e castores que meu pai pegava. Esquilos e tâmias eu matava lançando minha faca. Na primeira vez que peguei uma tâmia, eu a assei em uma fogueira no pátio e comi, porque não desperdiçar é a regra dos índios. Mas havia tão pouca carne naqueles ossinhos minúsculos que, depois disso, não achei mais que valesse a pena.

Meu pai prometeu que, assim que eu conseguisse derrubar dez latas da fileira que ele montava em cima da nossa cerca de madeira sem errar nem um tiro, ele me levaria para caçar veados. O fato de usar parte da nossa preciosa munição para me ensinar a atirar mostrava como isso era importante. Acho que ele se surpreendeu com a minha rapidez para aprender, mas eu não. Na primeira vez que peguei a espingarda, pareceu algo natural, como uma extensão dos meus olhos e braços. Com três quilos e meio, a Remington 770 era pesada para uma menina de seis anos, mas eu era grande para minha idade e, de tanto carregar baldes de água, era muito forte.

Semanas se passaram depois que cumpri o pré-requisito do meu pai, e nada aconteceu. Nós pescávamos, montávamos todo tipo de armadilhas, mas a Remington continuava firmemente trancada no depósito. Ele levava a chave em um chaveiro que chacoalhava constantemente em seu cinto. Não sei para que serviam as outras. Certamente nunca trancávamos a porta da cabana. Acho que ele só gostava do som, do peso e da sensação. Como se carregar um monte de chaves lhe desse um ar de importância.

Na primeira vez que vi o depósito, achei que tínhamos comida suficiente para um batalhão. Mas meu pai me explicou que cada lata que usássemos nunca poderia ser substituída, então precisávamos economizar nossos suprimentos. Minha mãe tinha autorização para abrir uma lata por dia.

Às vezes ela me deixava escolher. Creme de milho em um dia, vagem em outro, sopa Campbell de creme de tomate no seguinte, embora eu só tenha aprendido mais tarde que a parte "creme" do nome vem do fato de usar leite para diluir a sopa, em vez de água. Quando eu estava entediada, às vezes contava quantas latas ainda restavam. Achava que, quando todas tivessem terminado, nós iríamos embora.

Toda vez que eu perguntava para o meu pai quando íamos caçar veados, ele me dizia que um bom caçador precisa ser paciente. Também dizia que, cada vez que eu perguntasse, ele ia adiar mais uma semana. Eu só tinha seis anos, então demorei um pouco para entender a ideia. No momento em que entendi, parei de perguntar.

Quando meu pai destrancou o depósito uma manhã bem cedo na primavera seguinte e saiu com a espingarda sobre o ombro e munição sacudindo dentro do bolso, eu soube que o dia finalmente havia chegado. Vesti minhas roupas de inverno sem ninguém me pedir e o segui para fora. Minha respiração formava nuvens brancas enquanto caminhávamos pelo pântano congelado. Minha mãe detestava sair de casa quando estava frio, mas eu adorava explorar o pântano no inverno. Era como se a terra tivesse se expandido magicamente e eu pudesse andar por onde quisesse. Aqui e ali, talos de taboa congelados se projetavam da neve para me lembrar de que estávamos caminhando sobre a água. Pensei nos sapos e peixes dormindo lá embaixo. Fechei a boca e bufei dois jatos pelo nariz, como um touro espanhol. Quando meu nariz começava a gotejar, eu me inclinava para a frente e soprava o muco na neve.

A neve rangia enquanto andávamos. Ela faz sons diversos em diferentes temperaturas, e o rangido das nossas pisadas significava que estava muito frio. Um bom dia para caçar, porque os veados estariam agrupados para se aquecer, em vez de estar em movimento procurando comida. Um dia ruim, porque nossos passos barulhentos tornariam mais difícil nos aproximar deles.

Um corvo crocitou. Meu pai falou o nome indígena do corvo, *aandeg*, e apontou para uma árvore distante. Minha visão era aguçada, mas o corpo negro do corvo se misturava tão habilmente com os galhos que, se o *aandeg* não tivesse traído sua localização crocitando, não sei se o teria visto.

Meu coração se aqueceu de admiração por meu pai. Ele sabia tudo sobre os Anishinaabe, o Povo Original, e sobre o pântano: como encontrar os melhores lugares para cortar o gelo e pescar, em que hora do dia os peixes morderiam o anzol, como testar a espessura do gelo para ele não quebrar sob nós. Ele poderia ter sido um curandeiro ou xamã.

Quando chegamos à elevação coberta de neve que eu reconheci como a toca de castor onde meu pai montava suas armadilhas, ele agachou atrás dela para que o som de sua voz não se dispersasse.

— Vamos atirar daqui — disse baixinho. — Usando a toca como cobertura.

Lentamente, levantei a cabeça. Vi os cedros circundando a área, mas nenhum veado sob eles. Senti os olhos arderem de decepção. Comecei a me levantar, mas meu pai me puxou de volta. Pôs um dedo na frente dos lábios e apontou. Apertei os olhos e forcei a vista. Por fim, avistei os tênues sopros de vapor branco da respiração dos veados. Animais cobertos de neve repousando em solo nevado sob ramos de cedros cobertos de neve não eram fáceis de identificar, mas eu os encontrei. Meu pai me passou a espingarda e, quando olhei pela mira, pude ver os veados claramente. Dei uma panorâmica pela manada. Um animal afastado dos outros era maior que o resto. O macho.

Tirei as luvas e as larguei na neve, depois soltei a trava de segurança e deslizei o dedo pelo gatilho. Sentia meu pai observando. Em minha cabeça, ouvi suas instruções: *Mantenha os cotovelos abaixados. Ponha a mão de apoio bem para a frente na coronha, isso vai lhe dar melhor controle. Observe com atenção. Sempre acompanhe qualquer veado em que você tenha atirado. Nunca pressuponha que errou completamente.* Prendi a respiração e apertei. A arma explodiu contra meu ombro. Doeu, mas não mais que quando meu pai me batia. Mantive os olhos no meu veado enquanto a manada se dispersava. Uma bala no coração ou no pulmão fará o animal dar um pulo e correr a toda a velocidade. Uma bala na barriga o faz baixar a cauda e arquear as costas enquanto foge. O meu veado não fez nada disso. Meu tiro foi preciso.

— Venha. — Meu pai levantou e saiu para o lado, para que eu pudesse ir na frente. Abri uma trilha pelo meio da neve mais alta que meus joelhos até chegarmos ao animal abatido. Os olhos do veado estavam abertos. Sangue escorria de seu pescoço. A língua pendia para fora da boca. Ele não tinha chifres, mas, nessa época do ano, eu não esperava que tivesse. Sua barriga era enorme, e era isso que importava.

Então, a barriga do veado se moveu. Não muito. Só uma ondulação ou um tremor, como quando meu pai e minha mãe rolavam embaixo das cobertas na cama. A princípio, pensei que o veado não estivesse morto. Aí lembrei que sucuris engolem a presa inteira ainda viva e às vezes é possível vê-la se movendo dentro delas. Mas veados não comem carne. Era um enigma.

— Segure as pernas. — Meu pai rolou meu veado de costas. Eu me movi para sua traseira e peguei uma perna em cada mão para mantê-lo firme. Meu pai deslizou a faca com cuidado pelo branco da barriga e abriu o abdome do bicho. Quando o corte se alargou, um pequeno casco apareceu, depois outro, e eu entendi que o veado que eu tinha abatido não era um macho, afinal. Meu pai levantou o filhote da barriga da corça e o pousou na neve. Devia estar perto de nascer, porque, quando ele cortou a bolsa amniótica, o filhote se debateu e chutou, como se quisesse ficar em pé.

Meu pai pressionou o filhote na neve e expôs seu pescoço. Peguei minha faca, lembrando de sair de lado para o sangue não espirrar em mim. Depois, enquanto meu pai limpava a corça, eu segui suas instruções com o filhote: "Encontre o esterno. Sinta o lugar em que o osso termina e a barriga começa. Certo, agora corte a barriga, do esterno até a virilha. Vá devagar. Você quer que a faca penetre a pele e a membrana abaixo dela, não que perfure o intestino. Bom. Agora puxe os intestinos para fora, assim, começando na virilha e subindo aos poucos, cortando as membranas que ligam as entranhas à coluna enquanto sobe. Agora corte a pele em volta do ânus e puxe o cólon para fora da cavidade abdominal. Isso. Muito bem. Pronto, acabou".

Limpamos as mãos e facas na neve. Sequei as mãos no casaco, vesti as luvas e olhei com orgulho para meu filhote estripado. O filhote era muito pequeno para mais que uma ou duas refeições, mas o couro parecia suficientemente grande para minha mãe me fazer um par de luvas malhadas.

Meu pai empilhou as entranhas fumegantes em uma pilha enquanto o *aandeg* e seus amigos esperavam ruidosamente nas árvores até que fôssemos embora. Ele levantou a corça facilmente sobre os ombros. Fiz o mesmo com o filhote, tão pequeno e leve enquanto eu seguia meu pai de volta para a nossa cabana que não parecia nada.

Nas semanas seguintes, minha mãe trabalhou em minhas luvas. Houve muito esticar e esfregar e puxar envolvidos. As mulheres nativas costumavam mastigar o couro para amolecê-lo, mas os dentes da minha mãe não eram tão bons. Ela esfregou o couro do filhote para frente e para trás, para frente e para trás sobre a travessa de cima de uma das cadeiras de madeira da cozinha, uma pequena seção por vez, até ficar macia, para então passar à seguinte.

Meu pai curtiu a pele com o pelo, porque as manchas do filhote não descem até o couro. Ele usou os miolos do filhote para o curtimento. Poderíamos ter curtido à maneira indígena, prendendo a pele com pedras no fundo de um riacho frio e deixando a força da água e do tempo soltar o pelo. Mas não íamos comer os miolos mesmo, e desse modo eles não seriam desperdiçados. O cérebro de cada animal era do tamanho exato para curtir seu couro, meu pai disse, o que me fez pensar que o Grande Espírito realmente sabe o que faz. Depois de raspar toda a carne da pele, era preciso cozinhar o cérebro do veado com quantidade igual de água e esmagar para obter um líquido oleoso. Então, a gente esticava a pele no chão ou no piso da casa, com os pelos para baixo, e derramava metade da mistura sobre ele. O truque era garantir que a pele tivesse a quantidade certa de umidade depois de absorver a mistura totalmente. Se estivesse seca demais, os miolos não penetrariam. Mas, se estivesse molhada demais, não haveria por onde entrarem. Depois de terminar, a pele era enrolada e deixada a noite inteira em um lugar onde animais não pudessem alcançá-la e, no dia seguinte, era desenrolada e repetia-se o processo. Quando os miolos terminavam de agir, raspava-se todo o pelo, lavava-se a pele, e o passo seguinte era amolecer o couro, que era onde a minha mãe entrava.

Eu sei que não disse muito até agora sobre a minha mãe. É difícil saber o que dizer. Além de imaginar o que ela ia preparar para o jantar quando eu voltava para casa faminta das minhas perambulações, sinceramente eu não pensava muito nela enquanto estava crescendo. Ela só estava lá, em segundo plano, fazendo o trabalho que a natureza havia lhe atribuído por meio da procriação para me manter vestida e alimentada. Sei que ela não teve a vida que merecia ou queria, mas não acho que viver no pântano era tão ruim quanto ela vivia dizendo. Deve ter havido um tempo em que ela foi feliz. Não estou falando de momentos aleatórios e fugazes, como quando a família de gambás que atravessava nosso pátio todas as noites na primavera a fazia sorrir. Estou falando de um tempo em que ela talvez estivesse bem e realmente feliz. Em que poderia sair de si mesma, olhar objetivamente, como se estivesse observando de cima, e pensar: *Sim, eu gosto disto. Aqui, agora. Isto é bom.*

Acredito que ela se sentia assim quando trabalhava em sua horta. Mesmo criança, eu via que, sempre que minha mãe estava usando a enxada, ou removendo ervas, ou colhendo, seus ombros pareciam menos caídos. Às vezes eu a pegava cantando: *I'm gonna always love you girl... Please don't go girl.* Eu achava que ela estava cantando sobre mim. Depois que saímos do pântano e eu vi os pôsteres dos cinco rapazes de cabelos escuros com camiseta branca e jeans rasgado pregados em todas as paredes de seu quarto, conservado como uma cápsula do tempo, soube que a música era cantada por um grupo conhecido como "boy band" e chamado New Kids on the Block, os novos garotos do quarteirão, embora àquela altura não fossem nem garotos, nem novos. Mais surpreendente que descobrir a origem do que sempre considerei "a minha música" foi ver que minha mãe, no passado, colava suas fotografias favoritas nas paredes.

A obsessão da minha mãe por vegetais beirava o fanatismo. Nunca entendi como ela podia encontrar paixão em ervilhas e batatas. Todas as primaveras, assim que o solo começava a descongelar e muito antes que a neve tivesse terminado de derreter, ela se enrolava com gorro, cachecol e luvas e ia para fora, com a pá na mão, para começar a revirar o solo. Como se expor à força do sol a parte congelada de cada pedaço de terra laboriosamente cavado pudesse acelerar o processo.

A horta da minha mãe era pequena, não mais que quatro metros e meio de cada lado e cercada por tela de arame de um metro e oitenta de altura, mas produzia abundantemente, graças aos restos de vegetais que jogávamos o ano inteiro na pilha de compostagem que ela mantinha. Não sei como minha mãe sabia que a matéria vegetal decomposta acabaria transformando o solo arenoso da nossa colina em algo semelhante a argila, nem como teve a ideia de deixar uma parte de cada plantação virar semente no outono para poder plantá-la de novo na próxima primavera, ou mesmo como ela sabia que algumas das cenouras tinham que ser deixadas no solo durante o inverno para crescer de novo no ano seguinte, porque cenouras precisam de duas estações para completar o processo. Não acho que meu pai tenha ensinado isso a ela; ele era mais caçador que coletor. Também não acho que ela tenha aprendido com os pais. Certamente, durante os anos em que vivi com meus avós, eles nunca demonstraram nenhum interesse por horticultura. Por que deveriam? Tudo o que tinham de fazer era dirigir até o mercado para comprar verduras e legumes frescos à vontade, se quisessem. Talvez ela tenha lido a respeito nas *National Geographics*.

Minha mãe plantava alface, cenoura, ervilha, abóbora, milho, repolho e tomate. Não sei por que ela se incomodava com os tomates. Nossa temporada de cultivo era tão curta que, quando os primeiros tomates começavam a ficar vermelhos, tínhamos que colher todos eles, por menores e mais verdes que estivessem, para não murcharem na primeira geada. Minha mãe embrulhava cada tomate individualmente em papel e os espalhava pelo chão da nossa despensa subterrânea para amadurecer, mas nove em cada dez começavam a apodrecer de imediato. O milho também era uma causa perdida. Guaxinins têm uma habilidade quase sinistra de cronometrar seus ataques noturnos para quando as espigas estão a um ou dois dias de amadurecer, e não existe cerca no mundo que possa impedi-los de entrar.

Houve um verão em que uma marmota cavou por baixo da cerca de arame e acabou com toda a plantação de cenouras da minha mãe. Pelo jeito como ela reagiu, dava para pensar que alguém tinha morrido. Eu sabia que isso significava que nós nunca mais íamos comer cenouras, mas havia outras raízes que podíamos comer. Araruta, por exemplo. Os indígenas chamam a araruta de *wapatoo*. Meu pai me contou que o método indígena de colher *wapatoo* é entrar descalço na lama e puxar os tubérculos das raízes, onde eles estão presos, com os dedos dos pés. Eu nem sempre sabia dizer quando ele estava falando sério e quando estava brincando, então nem tentava. Nós usávamos um velho ancinho de quatro dentes, como o que os fazendeiros usam para levantar feno. Meu pai calçava as botas altas de borracha, entrava na lama funda perto da margem e arrastava o ancinho para a frente e para trás. Meu trabalho era coletar os tubérculos que flutuavam para a superfície. A água era tão fria que eu mal conseguia suportar, mas o que não mata fortalece, meu pai gostava de dizer. Ele me ensinou a nadar quando eu era muito pequena, amarrando uma corda em volta da minha cintura e me jogando na água.

Depois que eu soube a verdade sobre os meus pais, costumava me perguntar por que a minha mãe não fugiu. Se ela odiava viver no pântano tanto quanto afirmava mais tarde, por que não foi embora? Ela podia ter atravessado o pântano quando ele estava congelado, enquanto meu pai e eu conferíamos as armadilhas. Podia ter calçado as botas de borracha do meu pai e se enfiado pelo pântano enquanto estávamos pescando na canoa dele. Podia ter roubado a canoa e remado para longe enquanto estávamos caçando. Entendo que ela era uma criança quando meu pai a levou para a cabana, então algumas dessas opções talvez não lhe tivessem ocorrido no começo. Mas ela teve catorze anos para planejar alguma coisa.

Agora que li relatos de meninas que foram raptadas e mantidas presas, entendo mais sobre os fatores psicológicos envolvidos. Algo se quebra dentro da mente e da vontade de uma pessoa que foi privada de autonomia. Por mais que gostemos de pensar que lutaríamos como linces se estivéssemos em situação parecida, as chances são de que acabássemos desistindo. Provavelmente em pouco tempo. Quando uma pessoa está em uma posição em que, quanto mais ela luta, mais duramente é castigada, não demora muito para aprender a fazer exatamente o que seu captor quer. Isso não é síndrome de Estocolmo; os psicólogos chamam de desamparo aprendido. Se uma pessoa raptada acreditar que, se fizer o que o sequestrador manda, ele não vai mais castigá-la, ou até mesmo lhe dará uma recompensa, como um cobertor ou um pouco de comida, ela o fará, por mais repugnante ou degradante que seja. Se o raptor estiver disposto a infligir dor, o processo anda muito mais rápido. Depois de um tempo, por mais que deseje, a vítima nem sequer tenta escapar.

É como quando a gente pega um camundongo e o coloca em uma tina de metal para ver o que ele vai fazer. A princípio, ele agarra as bordas da tina e fica correndo em círculos, procurando uma saída. Depois de alguns dias, ele se acostuma a estar na tina e até fica no meio para receber água e comida, embora isso vá contra seus instintos naturais. Após mais alguns dias, você pode criar uma saída amarrando um pedaço de tecido ou uma corda a uma das alças e deixando as pontas caídas para dentro, mas o camundongo apenas continua correndo em círculos, porque é só isso que ele sabe. Por fim, ele acaba morrendo. Algumas criaturas simplesmente não se dão bem em cativeiro. Se não fosse por mim, minha mãe e eu ainda estaríamos vivendo naquele terreno elevado no pântano.

Uma outra coisa se destaca em minha mãe: ela sempre usou calças e blusas de mangas longas quando estava trabalhando em sua horta. Nunca os shorts e as camisetas que meu pai comprou para ela. Nem mesmo nos dias mais quentes. Tão diferente das mães ianomâmi.

11

Paro no alto da ravina, olhando para baixo. As laterais são íngremes, a vegetação, esparsa. Posso ver claramente o corpo no fundo. O policial morto — cabelo castanho curto, faces coradas, pescoço bronzeado pelo sol — parece ter quarenta e poucos anos. Razoavelmente em forma, talvez uns oitenta quilos, precisamente na faixa de peso que eu previ com base nas pegadas. Sua cabeça está voltada para mim, os olhos abertos em surpresa, como se ele não pudesse compreender a enormidade do buraco de bala em suas costas.

Penso nos guardas da prisão mortos, em suas famílias. Na dor que as consumirá até muito depois de meu pai estar novamente atrás das grades. Penso na família desse homem. Que eles estão cuidando de suas atividades cotidianas como se tudo estivesse normal. Que não têm a menor ideia de que seu marido e pai e irmão se foi. Penso em como eu me sentiria se algo acontecesse a Stephen.

Perscruto a área movendo apenas os olhos, procurando alguma atividade na periferia da minha visão que possa indicar que meu pai está nas proximidades. Mas, quando um gaio grita do outro lado da ravina e um pica-pau começa a furar a madeira, sei que ele foi embora.

Desço a encosta. Não há dúvida de que o policial está morto, mas eu o rolo mesmo assim, com a intenção de pôr dois dedos em seu pescoço e confirmar. Quando ele desaba de costas, afasto a mão depressa, como se tivesse me queimado. Sua camisa foi rasgada. Em seu peito arruinado, escrito com sangue, leio: "Para H".

103

Estremeço e forço a respiração a se acalmar. Volto em minha mente para a última vez que meu pai deixou uma mensagem semelhante. A ágata do lago Superior que encontrei no parapeito da janela do meu quarto dois anos depois de ter saído do pântano era grande, do tamanho do punho de um bebê, de um vermelho forte e intenso circundado por faixas concêntricas laranja e brancas, com um aglomerado de cristais de quartzo no centro. O tipo que valeria muito dinheiro depois de lapidada e polida. Quando virei a pedra, vi cinco letras escritas com caneta permanente preta na base: "Para H".

A princípio achei que a ágata fosse alguma gozação comigo. Àquela altura, eu já havia derrotado todos os meninos da escola que se sentiram compelidos a me desafiar depois do episódio da faca na festa de boas-vindas, mas ainda havia alguns poucos que não se conformavam e tinham começado a fazer coisas idiotas, como pôr animais mortos no meu armário. E um garoto metido a esperto uma vez pintou com tinta spray vermelha as palavras "A filha do Rei do Pântano" na frente da casa dos meus avós.

Tudo o que fiz com a ágata foi colocá-la em uma caixa de sapato e enfiar a caixa embaixo da minha cama. Não disse nada para minha mãe ou meus avós, porque não sabia o que pensar. Queria que fosse um presente do meu pai, mas ao mesmo tempo não queria. Não queria vê-lo, mas ao mesmo tempo queria. Eu amava meu pai, mas ao mesmo tempo o culpava por minha profunda infelicidade e dificuldade de me encaixar. Havia tanta coisa sobre o mundo lá fora que ele deveria ter me ensinado. O que importava se eu podia caçar e pescar tão bem quanto qualquer homem e melhor que a maioria? Para meus colegas, eu era uma esquisita, alguém que não sabia nada e pensava que a televisão em cores tinha sido inventada recentemente, que nunca tinha visto um computador ou um telefone celular, que não tinha a menor ideia de que o Alasca e o Havaí agora eram estados. Achava que as coisas teriam sido diferentes se eu fosse loira. Se eu me parecesse com a minha mãe, meus avós talvez me amassem. Mas eu era uma cópia carbono do meu pai, um lembrete diário do que ele havia feito com a filha deles. Pensei, quando saí do pântano, que os pais da minha mãe ficariam entusiasmados por receber de volta sua filha havia tanto tempo perdida, com um bônus. Acontece que eu era dele.

Quando uma segunda ágata apareceu na minha janela, enfiada dentro de um cestinho de feno-de-cheiro, eu soube que os presentes eram do meu pai. Ele podia fazer qualquer coisa com materiais naturais: cestos de vime, caixas de casca de bétula decoradas com espinhos de porco-espinho, sapatos de neve em miniatura de ramos de salgueiro e couro cru, pequeníssimas canoas de casca de bétula com assentos e remos de madeira entalhada. A prateleira sobre a lareira da cabana estava cheia de suas criações. Eu costumava percorrê-la admirando as coisas que ele havia feito, com as mãos presas nas costas, porque tinha permissão para olhar, mas não para tocar. Meu pai fazia a maior parte de suas obras de artesanato durante o inverno, já que havia muitas horas vazias para preencher. Ele tentou me ensinar mais de uma vez, mas, por alguma razão, eu não tinha nenhum talento para aquilo. Não dá para ser bom em tudo, meu pai disse, depois de eu ter destroçado mais uma tentativa de trabalho com espinhos de porco-espinho — mas, até onde eu podia ver, isso não se aplicava a ele.

Eu sabia por que meu pai estava me deixando presentes. Era sua maneira de me dizer que estava por perto. Que estava me observando e nunca me deixaria, embora eu o tivesse deixado. Eu sabia que não devia guardá-los. Já tinha visto seriados policiais suficientes na televisão para entender que ocultar provas fazia de mim cúmplice dos crimes do meu pai. Mas eu gostava de pensar que era o nosso segredo. Ele confiava que eu não ia dizer nada. Ficar em silêncio era algo que eu podia fazer.

Os presentes continuaram chegando. Não todos os dias. Nem mesmo todas as semanas. Às vezes, tanto tempo se passava que eu tinha certeza de que ele havia ido embora e se esquecido de mim. Então, encontrava outro. Todos eles iam para a caixa embaixo da minha cama. Sempre que eu me sentia solitária, pegava a caixa, tocava cada presente e pensava em meu pai.

Até que, uma manhã, encontrei uma faca. Peguei-a depressa no parapeito da janela antes que minha mãe acordasse e a escondi na caixa de sapatos. Mal podia acreditar que meu pai havia me dado essa faca. Ele e eu costumávamos nos sentar na cama deles na cabana, com a caixa de facas aberta entre nós, enquanto ele me contava a história de cada uma delas. Aquela pequena faca prateada, com a forma de uma adaga e as iniciais

G.L.M. gravadas na base da lâmina, era minha segunda favorita, depois da que eu escolhera no meu aniversário de cinco anos. Sempre que eu perguntava quem era G.L.M., meu pai só dizia que era um mistério. Eu inventava minhas próprias histórias. A faca tinha pertencido a um homem que meu pai matou. Ele a ganhara em uma briga de bar, ou em uma competição de lançamento de facas. Ele a roubara do bolso de alguém. Eu não tinha ideia se bater carteiras estava entre as muitas habilidades do meu pai, mas servia para a história.

Mais tarde, depois que minha avó saiu para levar minha mãe à terapeuta e meu avô acabou de almoçar e voltou à sua loja, peguei a caixa e espalhei meus tesouros sobre a cama. Às vezes, quando brincava com minha coleção, eu arrumava os itens em pilhas de acordo com o tipo. Outras vezes, eu os organizava na ordem em que havia recebido, ou do mais para o menos preferido, embora, claro, eu amasse todos. As sessões da minha mãe geralmente duravam uma hora, às vezes mais, então achei que tivesse uns quarenta e cinco minutos antes de precisar guardá-los de novo. Eu ainda resistia à ideia dessa divisão forçada do dia em horas e minutos, mas percebia que havia ocasiões em que era útil saber exatamente por quanto tempo uma pessoa ficaria fora e quando ia voltar.

Eu estava sentada na cama, fingindo que meu pai finalmente se encontrava ali comigo, contando a história verdadeira daquela faca, quando minha mãe e minha avó entraram no quarto. Eu não devia ter sido pega de surpresa. A única explicação possível é que estava tão entretida com a história do meu pai que não ouvi o carro chegar. Mais tarde, soube que a sessão de terapia da minha mãe não correu bem e por isso elas vieram para casa mais cedo. Essa parte não me surpreendeu. Eu devia estar indo à mesma terapeuta, mas tinha parado seis meses antes, porque ela ficava me pressionando a terminar a escola, por mais infeliz que eu me sentisse, para poder me matricular na Universidade de Northern Michigan em Marquette, conseguir um diploma em biologia ou botânica e arrumar um emprego em algum lugar, algum dia, fazendo pesquisa de campo. Eu não entendia como ficar sentada em uma sala de aula poderia me ensinar mais sobre o pântano do que eu já sabia. Não precisava de um livro para me dizer a diferença entre pântano, brejo, mangue e charco.

A primeira coisa que minha avó viu quando entrou no quarto foi a faca. Ela se aproximou da cama, apertou os olhos para mim e estendeu a mão.

— O que você está fazendo com isso? Me dê.

— É minha. — Joguei a faca dentro da caixa de sapatos, com o resto das minhas coisas, e a empurrei para debaixo da cama.

— Você roubou?

Nós duas sabíamos que eu não podia ter comprado a faca sozinha. Meus avós nunca me davam dinheiro, nem mesmo o que as pessoas mandavam depois que eu saí do pântano e que era para mim. Eles diziam que o dinheiro tinha sido posto em algo chamado "fundo de investimento", e isso significava que eu não podia tocá-lo. Depois que fiz dezoito anos, o advogado que contratei para recuperá-lo descobriu que não havia fundo nenhum e nunca tinha havido, o que ajudava muito a explicar o Ford F-350 dos meus avós, bem como o Lincoln Town Car. Não posso deixar de pensar que, se meus avós tivessem se preocupado menos em ganhar dinheiro com o que aconteceu com a minha mãe e mais em ajudá-la a superar, as coisas poderiam ter corrido muito melhor para ela.

Minha avó ficou de quatro no chão e puxou a caixa de debaixo da cama, o que não foi fácil, porque ela era uma mulher grande e seus joelhos eram ruins. Despejou o conteúdo sobre a cama, pegou a faca e começou a balançá-la no ar e a gritar, como se eu não estivesse sentada a menos de um metro de distância e não pudesse ouvi-la perfeitamente bem mesmo que ela sussurrasse. Ainda odeio quando as pessoas gritam. Digam o que quiserem sobre o meu pai, mas ele nunca levantou a voz.

A faca era tão peculiar que, assim que a viu, minha mãe soube de imediato que era do meu pai. Ela pôs a mão sobre a boca e começou a recuar para fora do quarto, como se a faca fosse uma cobra se preparando para atacá-la. Pelo menos ela não gritou. Minha mãe ainda tinha tendência a surtar sempre que algo a lembrava do meu pai ou alguém dizia seu nome, embora a essa altura já fizesse dois anos. Talvez a terapeuta estivesse mesmo ajudando.

Minha avó levou a caixa de sapatos para a polícia, que encontrou minhas digitais na faca, além de outras que correspondiam às que haviam obtido na cabana. Eles ainda não sabiam o nome do meu pai, mas as digitais provavam que ele estava na área. O detetive garantiu aos meus avós que era apenas questão de tempo até que o pegassem, e ele estava certo. Investigações a respeito de um indígena com uma grande coleção de facas levaram a um acampamento de madeireiros ao norte das cachoeiras do Tahquamenon, onde meu pai estava vivendo com dois homens das Primeiras Nações. Naquela época, não era incomum empreiteiros contratarem indígenas do Canadá para cortar os restos de madeira que ninguém mais queria. Eles os instalavam em um trailer no local de trabalho, traziam gasolina para o gerador e mantimentos uma vez por semana e lhes pagavam informalmente.

Eu assisti à filmagem da chegada do FBI muitas vezes no YouTube. É como um episódio de *Cops* ou *Law & Order* com meu próprio pai como protagonista, embora a versão não editada seja um pouco mais longa. Há muitos sussurros e ângulos estranhos de câmera enquanto a equipe se posiciona atrás de uma pilha de toras e embaixo do trator florestal e atrás do trailer de ferramentas e até dentro do banheiro externo, porque eles não queriam correr nenhum risco. Depois, há um longo trecho de nada, enquanto esperam que meu pai e os homens com quem ele estava morando voltem do dia de trabalho. A expressão do meu pai quando a equipe sai de repente dos esconderijos com armas empunhadas, gritando "No chão! No chão!", ainda me faz rir. Mas passa tão depressa que é preciso estar pronto para apertar pause. Tenho certeza de que o empreiteiro ficou muito surpreso quando descobriu que estava abrigando o homem no topo da lista dos Mais Procurados do FBI.

Em teoria, meu pai deveria ter permanecido livre para sempre na primeira vez que esteve foragido, porque naquela época ninguém sabia quem ele era. Minha mãe e eu sempre achamos que o nome verdadeiro dele fosse Jacob, pois que razão teríamos para não achar? Mas isso era tudo o que sabíamos. Sempre considerei que o artista forense havia feito um trabalho decente no retrato falado do meu pai, mas imagino que ele deve ter um desses rostos que se parecem com o de muitos outros homens, porque, embora não se pudesse ligar a televisão, ou abrir um jornal, ou dirigir pela estrada sem ver a imagem dele, isso não resultou em nada. Seria de imaginar que os pais dele o reconhecessem e se apresentassem para identificá-lo, mas devem ter achado difícil admitir que o filho era um sequestrador e assassino.

As pessoas dizem que meu pai cansou de ser um fugitivo e que por isso me procurou. Eu acho que ele se sentiu só. Que sentia falta da vida no pântano. Sentia falta de mim. Ou pelo menos eu *gostava* de pensar assim.

Por um longo tempo, eu me culpei pela captura do meu pai. Ele confiou em mim e eu o decepcionei. Deveria ter sido mais cuidadosa, escondido as coisas que ele me dava em um lugar mais seguro, me esforçado mais para manter minha coleção longe das mãos das pessoas que queriam usá-la para prejudicá-lo.

Mais tarde, depois que compreendi a extensão dos crimes do meu pai e o impacto que tiveram sobre a minha mãe, já não me importava tanto que ele fosse passar o resto da vida na prisão, mesmo tendo sido eu quem o mandou para lá. Lamentava sinceramente que ele nunca mais fosse poder andar pelo pântano, ou caçar, ou pescar. Mas ele teve sua chance de fugir da área. Poderia ter ido para oeste até Montana ou para o norte, mais para dentro do Canadá, e jamais precisaria responder por nada. Me deixar os presentes que levaram à sua captura foi um erro dele, não meu.

Puxo a ponta da camisa do policial e limpo as palavras que meu pai escreveu em seu peito, depois rolo o corpo de volta para a posição em que o encontrei, de bruços. Sei que estou alterando a cena do crime, mas não posso deixar a mensagem do meu pai no peito do policial morto, considerando que a polícia já me vê como possível cúmplice. Enquanto subo de volta para a estrada, sinto vontade de vomitar. Meu pai matou esse homem por minha causa. Ele deixou o corpo para que eu encontrasse, como um gato deixa um rato morto para seu dono na varanda.

Para H. As palavras se foram, mas a mensagem está gravada a fogo em meu cérebro. A capacidade do meu pai de manipular qualquer situação a seu favor vai quase além da compreensão. Ele não só previu que eu viria à sua procura por esta estrada; quando viu o carro de polícia e concluiu corretamente que o motorista era um policial sozinho que tivera a intuição certa na hora errada, ele o atraiu para fora do veículo e o levou até a ravina com o único objetivo de montar essa cena para que eu encontrasse. Eu o imagino atravessando a estrada correndo na frente da viatura, deixando o policial ver de relance o homem que todos estão procurando, para fazê-lo sair da estrada e estacionar. Talvez tenha mancado, para o policial achar que ele estava ferido e portanto não representava ameaça, depois tenha seguido cambaleando, como se estivesse no limite de suas forças enquanto o conduzia para dentro do mato, permitindo que a mente do homem inchasse com imagens da aclamação que receberia por ter capturado o prisioneiro sozinho, antes de dar a volta por trás e atirar no policial pelas costas.

Eu me pergunto o que mais meu pai está preparando para mim.

De volta à estrada, vou direto para a picape. Abro a porta do passageiro e pego a correia de Rambo. Ele gane e resiste. Sente o cheiro de sangue no ar, a tensão que emana de mim. Eu o faço seguir na minha frente até o fundo da ravina para farejar bem o cheiro do meu pai e subo outra vez. Eu deveria comunicar o assassinato. Deixar as autoridades assumirem a busca e voltar para casa, para o meu marido. Mas a mensagem que meu pai deixou no homem assassinado é para mim.

Penso em minha mãe, morta e esquecida por quase todos. Penso em minhas filhas. Penso em meu marido, sozinho, esperando por mim. As mortes têm que parar. Eu *vou* encontrar meu pai. *Vou* capturá-lo. *Vou* devolvê-lo à prisão e obrigá-lo a pagar por tudo o que fez.

12

A CABANA

Ela era de fato selvagem e indomável, mesmo naqueles tempos difíceis e incultos. Chamaram-na de Helga, um nome bastante doce para uma criança com tal temperamento, ainda que sua forma continuasse bela.

Era um prazer para ela chapinhar com as mãos brancas no sangue morno de um cavalo morto para um sacrifício. Em um de seus humores selvagens, ela arrancou com uma mordida a cabeça de um galo preto que o sacerdote estava prestes a sacrificar.

Ao pai adotivo, ela disse um dia: "Se teu inimigo viesse derrubar tua casa em volta de teus ouvidos e tu estivesses dormindo em inconsciente segurança, eu não te acordaria; mesmo se eu tivesse esse poder, nunca o faria, pois minhas orelhas ainda ardem com o golpe que me deste anos atrás. Eu nunca esqueci".

Mas o viking tratou as palavras como brincadeira; como todos os demais, ele estava encantado por sua beleza e não sabia nada sobre a mudança na forma e temperamento de Helga à noite.

— Hans Christian Andersen,
A filha do Rei do Pântano

Eu tinha oito anos na primeira vez que vi o lado sádico do meu pai. Na ocasião, não entendi que aquilo que ele fez comigo era errado, ou que pais normais não tratam seus filhos do jeito que meu pai às vezes me tratava. Não gosto de mostrá-lo pior do que as pessoas já acham que ele é. Mas estou tentando ser honesta ao contar como foram as coisas em minha infância, e isso tem que incluir tanto as partes boas como as ruins.

Meu pai dizia que decidiu morar no pântano porque tinha matado um homem. Ele nunca foi acusado, e seu envolvimento na morte do homem com deficiência mental, cujo corpo em estado avançado de decomposição foi encontrado em uma cabana vazia ao norte de Hulbert, Michigan, nunca foi provado. Às vezes, quando contava a história, ele dizia que havia espancado o homem até a morte. Outras vezes, dizia que havia cortado a garganta dele porque não gostava do jeito que ele babava e gaguejava. Quase sempre ele estava sozinho quando o assassinato ocorreu, mas, em uma das versões, seu irmão mais novo o havia ajudado a se livrar do corpo — embora, mais tarde, eu tenha sabido que meu pai era filho único. É difícil saber se alguma coisa que ele contou sobre o assassinato era verdade, ou se a história era apenas algo que ele inventou para passar o tempo em uma longa noite de inverno. Meu pai contava muitas histórias.

Ele guardava as melhores para nossa *madoodiswan*, a cabana de suar. Minha mãe a chamava de sauna. Meu pai desmontou nossa varanda da frente no verão em que eu tinha oito anos para construí-la. Não precisávamos de uma varanda na frente e outra nos fundos, meu pai disse, e, ainda que a cabana ficasse meio estranha sem ela, tive que concordar.

Meu pai construiu a cabana de suar porque estava cansado de tomar banho de pé. Também porque, embora eu ainda pudesse sentar na tina de esmalte azul que usava desde bebê, não demoraria a ter que fazer o mesmo. Minha mãe nunca tomava banho, então as necessidades dela não importavam. (Ela nunca se despia na frente do meu pai e de mim e só se lavava com um pano molhado quando precisava se limpar, mas eu a via nadando no pântano com as roupas de baixo quando achava que não havia ninguém por perto.)

Isso foi mais ou menos em final de agosto ou começo de setembro. Não posso ser mais específica, porque nem sempre acompanhava os meses. O fim do verão é um bom momento para fazer um projeto de construção ao ar livre, porque o clima ainda está quente, mas a maioria dos insetos já foi embora. Minha mãe era uma dessas pessoas que parecem atrair os insetos. Muitas vezes ela ficava tão coberta de picadas que chegava a chorar de desespero. Eu li sobre pioneiros na Sibéria e no Alasca que enlouqueceram por causa dos mosquitos, mas, de maneira geral, eles não me incomodam. Borrachudos são muito piores. Borrachudos gostam de picar a nuca ou atrás da orelha, e suas picadas ficam doloridas e coçam por semanas. Uma única picada perto do canto do olho pode fazer a pálpebra inteira fechar de tão inchada. Imagine o que acontece com duas delas. Às vezes, quando estávamos cortando lenha no bosque em junho, os enxames de borrachudos eram tão densos que não dava para respirar sem engolir alguns. Meu pai costumava brincar que era proteína extra que estávamos ingerindo, mas eu não gostava, mesmo que isso significasse que agora havia um borrachudo a menos para me picar. Mutucas arrancam um pedaço. Pernilongos picam se você deixar, mas são tão previsíveis enquanto zumbem em volta da sua cabeça que, se você cronometrar bem, é só bater as mãos quando eles passam na frente do rosto e pronto. Mosquitos-pólvora são tão minúsculos quanto um ponto no fim de uma frase, mas com uma picada totalmente desproporcional ao tamanho. Se você estiver dormindo em uma barraca e alguma coisa ficar te picando, mas você não conseguir ver nada, serão os mosquitos-pólvora. Não há nada que dê para fazer contra eles a não ser se enfiar dentro do saco de dormir, puxar a coberta sobre a cabeça e ficar assim até o amanhecer. As pessoas se preocupam que as substâncias químicas dos repelentes possam causar câncer, mas, se tivéssemos repelente quando vivíamos no pântano, pode ter certeza de que usaríamos.

Nossa cabana de suar foi um projeto familiar. Imagine um dia quente com todos nós colaborando e fazendo nossa parte. O suor escorria pelas costas do meu pai e pingava da ponta do meu nariz enquanto trabalhávamos. Quando eu lhe emprestei o lenço que guardava no bolso traseiro para ele limpar o rosto e o pescoço, meu pai brincou que a cabana era tão boa que já estava nos fazendo suar. Minha mãe separava e empilhava a madeira: as tábuas do chão em uma pilha, barrotes em outra, vigas de apoio em uma terceira. Os barrotes e vigas seriam as colunas dos cantos e os pilares da cabana de suar, e as tábuas cobririam as laterais. O telhado da varanda meu pai tirou em uma só peça. Só precisávamos de metade, mas ele explicou que poderíamos empilhar a lenha para a cabana de suar sob a parte do telhado que se projetasse para fora, para protegê-la do clima. Nossa *madoodiswan* teria um banco em toda a extensão da parede do fundo, onde poderíamos nos sentar, e um círculo feito com pedras da fundação da varanda, onde meu pai acenderia o fogo. Queimávamos bordo e faia no fogão da cozinha, mas na cabana de suar queimaríamos cedro e pinheiro, porque precisávamos de um fogo quente e rápido. Era difícil para mim entender como sentar em uma pequena casinha quente nos deixaria limpos, mas, se meu pai dizia que era assim que a cabana de suar funcionava, eu acreditava.

Meu trabalho era endireitar os pregos que ele tirava. Eu gostava do jeito que os pregos rangiam antes de se soltar, como um animal pego em uma armadilha. Eu apoiava os pregos em uma pedra plana com o lado torto para cima, do jeito que meu pai me mostrou, e batia-batia-batia com o martelo até eles ficarem tão retos quanto eu conseguisse. Gostava especialmente dos pregos com lados quadrados. Meu pai disse que estes eram feitos a mão e isso significava que a nossa cabana era muito antiga. Fiquei pensando em como os outros pregos seriam feitos.

Queria saber quem teriam sido as pessoas que construíram a cabana. O que elas pensariam se pudessem nos ver arrancando uma parte dela? Por que a construíram nesta colina e não naquela em que os veados gostam de se agrupar? Por que a fizeram com duas varandas em vez de uma? Eu achava que sabia algumas das respostas. Achava que tinham construído nossa cabana com duas varandas para poderem se sentar na da frente e ver o sol nascer, e depois na de trás e ver o sol se pôr. E achava que a razão de terem construído aqui e não na colina dos veados era para que os animais se sentissem seguros até que as pessoas que construíram a cabana estivessem prontas para ir até lá e atirar em um deles.

Nos últimos tempos, eu andava curiosa com muitas coisas. Onde meu pai arrumou o pé de cabra azul que usava para arrancar os pregos? Ele trouxe consigo ou já estava na cabana? Por que eu não tinha irmãos? Como cortaríamos lenha quando meu pai não tivesse mais gasolina para a motosserra? Por que nossa cabana não tinha um fogão, como nas fotografias da *National Geographic*? Minha mãe dizia que, quando ela era pequena, a família dela tinha um grande fogão branco com quatro queimadores no alto e um forno para assar, então por que nós não tínhamos? Na maior parte do tempo, eu guardava minhas curiosidades para mim. Meu pai não gostava quando eu fazia muitas perguntas.

Ele me disse para bater com força nos pregos com o martelo em vez de dar batidinhas, para o trabalho andar mais rápido. Não que tivéssemos pressa, mas ele gostaria de usar a *madoodiswan* neste inverno e não ter que esperar até o próximo. Ele sorriu quando disse isso, então eu soube que estava brincando. Mas também soube que ele realmente queria que eu trabalhasse mais depressa, então comecei a descer o martelo com mais força. Pensei se conseguiria endireitar um prego com um único golpe. Procurei na pilha um que estivesse só um pouquinho torto.

Mais tarde, fiquei me perguntando o que teria me feito errar tanto assim o prego. É possível que eu tenha desviado os olhos quando um esquilo derrubou uma pinha. Ou posso ter me distraído com o canto de um pássaro-preto-da-asa-vermelha. Vai ver que pisquei quando o vento soprou serragem no meu olho. Qualquer que tenha sido a razão, quando o martelo esmagou meu polegar, eu gritei tão alto que meus pais vieram correndo. Em segundos, meu dedo ficou gordo e roxo. Meu pai o cutucou, virou-o para um lado e para outro e disse que não estava quebrado. Minha mãe entrou na cabana, voltou com um pedaço de pano e o enrolou no meu polegar. Eu não sabia ao certo de que isso ia adiantar.

Passei o resto da tarde sentada na grande pedra do pátio folheando as *National Geographics* com apenas uma das mãos. Quando o sol se pôs como uma bola laranja sobre a relva do pântano, minha mãe entrou para servir o cozido de coelho que estava cheirando havia horas. Ela avisou que o jantar estava pronto, meu pai largou as ferramentas e o pântano ficou em silêncio outra vez.

Havia três cadeiras junto à mesa da cozinha. Eu imaginava se as pessoas que haviam construído nossa cabana também eram uma família de três. Ninguém disse nada enquanto comíamos, porque meu pai não gostava que falássemos de boca cheia.

Quando ele terminou de comer, afastou a cadeira, levantou, deu a volta na mesa e parou ao meu lado.

— Me deixe ver esse dedo.

Estendi a mão sobre a mesa com os dedos separados.

Ele abriu a faixa de pano.

— Dói?

Confirmei com a cabeça. Na verdade, meu polegar não doía mais a não ser que eu o tocasse, mas eu gostava de ser o centro da atenção do meu pai.

— Não está quebrado, mas podia estar. Você entende isso, não é, Helena?

Fiz que sim com a cabeça outra vez.

— Você tem que ser mais cuidadosa. Você sabe que não há lugar para erros aqui no pântano.

Concordei uma terceira vez e tentei fazer uma expressão tão séria quanto a dele. Meu pai tinha me dito muitas vezes para ter cuidado. Se eu me machucasse, teria que lidar com as consequências, porque não sairíamos do pântano, qualquer que fosse a razão.

— Desculpe — falei baixinho. E era sério. Eu detestava quando meu pai ficava aborrecido comigo.

— Pedir desculpa não é suficiente. Acidentes sempre têm consequências. Não sei como posso ensinar você a se lembrar disso.

Minha barriga se apertou quando ele disse isso, como se eu tivesse engolido uma pedra. Esperava não ter que passar outra noite no poço. Antes que eu pudesse dizer ao meu pai que estava muito, *muito* mesmo, arrependida e que *ia* me lembrar de ter mais cuidado, e que nunca, *nunca* mais ia acertar meu dedo com um martelo, ele fechou a mão em punho e a desceu com toda a força sobre meu polegar. A cozinha explodiu em estrelas. A dor ardente subiu por meu braço.

Acordei no chão. Meu pai estava ajoelhado ao meu lado. Ele me levantou, me sentou na cadeira e me deu a colher. Minha mão tremia quando a peguei. O polegar doía muito mais do que quando o acertei com o martelo. Pisquei para afastar as lágrimas. Meu pai não gostava que eu chorasse.

— Coma.

Achei que fosse vomitar. Enfiei a colher na tigela e comi uma colherada. O cozido ficou no estômago. Meu pai deu uma batidinha de incentivo em minha cabeça.

— De novo.

Comi outra colherada, depois mais uma. Meu pai ficou de pé ao meu lado até eu terminar todo o cozido.

Eu entendo agora que o que ele fez foi errado. Ainda assim, não acho que quisesse me machucar. Ele só fez o que acreditava que precisava fazer para me ensinar uma lição que eu tinha de aprender.

O que eu só entendi muito mais tarde foi como minha mãe pôde ficar assistindo a todo o episódio sentada do outro lado da mesa, tão pequena e inútil quanto o coelho que havia servido para o jantar, sem levantar um dedo para me ajudar. Levei muito tempo para conseguir perdoá-la por isso.

Na nossa nova cabana de suar, meu pai contou uma história. Eu estava sentada entre os meus pais no banco estreito. Minha mãe estava com sua camiseta da Hello Kitty e calcinha. Exceto pela ágata polida do lago Superior que meu pai usava constantemente em um cordão de couro no pescoço, ele e eu estávamos adequadamente nus. Eu gostava quando meu pai tirava a roupa, porque então podia ver todas as suas tatuagens. Ele se tatuava à moda indígena, usando agulhas de espinhas de peixe e fuligem. Tinha prometido que, quando eu fizesse nove anos, começaria a me tatuar também.

— Num inverno, um casal recém-casado se mudou com toda a sua aldeia para um novo território de caça — começava a história do meu pai. Eu me encolhi mais perto dele. Sabia que aquela seria uma história de medo. Histórias de medo eram as únicas que meu pai contava. — Lá, eles tiveram um filho. Um dia, enquanto olhavam para o menino no cestinho, a criança falou. "Onde está esse Manitou?", perguntou o bebê.

Meu pai fez uma pausa na história e olhou para mim.

— Manitou é o Espírito do Céu — respondi.

— Muito bem — disse ele e continuou. — "Dizem que ele é muito poderoso", o bebê falou. "Um dia eu vou visitá-lo." "Quieto", disse a mãe. "Você não deve falar assim." Depois disso, o casal dormiu com o bebê no cestinho entre eles. No meio da noite, a mulher descobriu que o filho tinha sumido. Ela acordou o marido, que acendeu uma fogueira e o casal procurou por toda a tenda, mas não encontrou o bebê. Procuraram também na tenda do vizinho, depois acenderam tochas de casca de bétula e buscaram rastros na neve. Por fim, encontraram uma fila de pequenos rastros que levavam para o lago. Eles seguiram os rastros até acharem o cestinho. As pegadas que iam do cesto até o lago eram bem maiores do que pés humanos poderiam produzir. Os pais, horrorizados, entenderam que seu filho havia se transformado em um *wendigo*, o terrível monstro de gelo que come gente.

Meu pai mergulhou uma xícara no balde de água e fez a água escorrer lentamente sobre a bandeja de estanho equilibrada no alto da fogueira. As gotas chiaram e dançaram. O vapor encheu o aposento. A água descia pelo meu rosto e pingava do meu queixo.

— Algum tempo depois, um *wendigo* atacou a aldeia — continuou meu pai. — O *wendigo* era muito magro e terrível. Tinha cheiro de morte e podridão. Seus ossos pressionavam a pele, que era cinza como a morte. Os lábios eram rasgados e sangrentos, e os olhos, muito fundos nas órbitas. Esse *wendigo* era muito grande. Um *wendigo* nunca fica satisfeito depois de matar e comer. Está sempre procurando novas vítimas. Cada vez que come uma pessoa, ele cresce, então seu estômago nunca fica cheio.

Do lado de fora, veio um ruído. *Rasp-rasp, rasp-rasp*. Parecia um galho raspando a lateral da cabana de suar, só que nossa *madoodiswan* ficava no meio da clareira e não havia galhos suficientemente próximos para tocá-la. Meu pai virou a cabeça. Nós esperamos. O som não se repetiu.

Ele se inclinou para a frente. O brilho do fogo lançou o alto de seu rosto na sombra, iluminando o queixo por baixo.

— Quando o *wendigo* se aproximou da aldeia, os duendes que protegem o Manitou correram ao seu encontro. Um deles jogou uma pedra no *wendigo*. A pedra se transformou em um raio que atingiu o *wendigo* na testa. Ele caiu morto, com um barulho como o de uma grande árvore desabando. Quando o *wendigo* estava deitado na neve, parecia um grande índio. Mas, quando as pessoas começaram a cortá-lo, viram que era, na verdade, um enorme bloco de gelo. Derreteram as partes e encontraram no meio um bebê pequenino com um buraco na cabeça onde a pedra o havia atingido. Esse era o bebê que tinha se transformado em *wendigo*. Se o *manidog* não o tivesse matado, o *wendigo* teria comido a aldeia inteira.

Eu estremeci. Na luz bruxuleante da fogueira, vi o bebê com o buraco na testa e seus pais chorando pelo destino terrível que havia recaído sobre seu filho curioso demais. A água pingava pelas frestas do telhado e riscava uma trilha gelada por meu pescoço.

De fora, o barulho veio outra vez. *Rasp, rasp, rasp*. Ouvi uma respiração — *uf, uf, uf* —, como se o que quer que estivesse lá fora tivesse chegado à nossa colina depois de uma longa corrida. Meu pai se levantou. Sua cabeça quase tocava o teto. Sua sombra no fogo era ainda maior. Com certeza meu pai xamã era páreo para o que estivesse do lado de fora. Ele contornou a fogueira e abriu a porta. Fechei os olhos e me encolhi junto à minha mãe quando o ar frio entrou.

— Abra os olhos, Helena — meu pai ordenou, com uma voz terrível. — Olhe! Aqui está o seu *wendigo*!

Apertei os olhos com mais força e puxei os pés para cima do banco. O *wendigo* estava lá dentro, eu podia sentir. Eu o ouvia ofegando. Sentia sua respiração horrível, malcheirosa. Algo frio e molhado tocou meu pé. Eu gritei.

Meu pai riu. Ele se sentou ao meu lado e me puxou para o colo.

— Abra os olhos, Bangii-Agawaateyaa — disse, usando o apelido que havia me dado, que significa "Pequena Sombra". E eu abri.

Maravilha das maravilhas, não era um *wendigo* que tinha vindo até nossa cabana de suar. *Era um cachorro.* Eu sabia que era um cachorro porque tinha visto fotografias nas *National Geographics*. Também porque seu pelo era curto e malhado e nada parecido com a pele de um coiote ou um lobo. As orelhas eram caídas e a cauda chicoteava de um lado para outro enquanto ele pressionava o focinho em meus dedos.

— Sente — meu pai mandou, e eu não entendi, porque já estava sentada. Então percebi que ele estava falando com o cachorro. Não só isso, mas o cachorro entendeu o que ele disse e obedeceu. Aboletou-se sobre o traseiro e olhou para meu pai com a cabeça de lado, como se dissesse: *Pronto, já fiz o que você mandou. E agora?*

Minha mãe estendeu a mão e acariciou o cachorro atrás da orelha. Era a coisa mais corajosa que eu já a tinha visto fazer. O cachorro ganiu e chegou mais perto dela. Ela se levantou e enrolou uma toalha em volta dos ombros.

— Venha — falou para o cachorro, que trotou atrás dela. Eu nunca tinha visto nada assim. Só podia pensar que minha mãe havia, de alguma forma, roubado um pedaço da magia de xamã do meu pai.

Minha mãe queria que o cachorro passasse a noite conosco na cabana. Meu pai riu e disse que o lugar de animais era do lado de fora. Ele amarrou uma corda no pescoço do cachorro e o levou para o galpão de lenha.

Muito depois que meus pais pararam de fazer as molas da cama rangerem, eu ainda estava na janela do meu quarto, olhando para o pátio. A lua refletindo na neve tornava a noite tão brilhante quanto o dia. Pelas frestas do galpão de lenha, eu via o cachorro se movimentando. Bati na janela com as unhas. Ele parou de andar e olhou para mim.

Enrolei o cobertor nos ombros e desci a escada na ponta dos pés. Lá fora, a noite estava fria e silenciosa. Sentei nos degraus da varanda, calcei as botas e atravessei o pátio até o galpão. O cachorro estava amarrado à argola de ferro nos fundos. Parei na porta e sussurrei o nome indígena que meu pai tinha dado a ele. O cachorro sacudiu a cauda. Pensei na história do meu pai, sobre como o Cachorro veio para o povo ojibwa. Como o gigante que abrigava os caçadores que se perdiam na floresta lhes deu seu Cachorro de estimação para protegê-los do *wendigo* em seu retorno. Como o Cachorro deixava que os homens o acariciassem, e comia de suas mãos, e brincava com seus filhos.

Entrei e me sentei sobre os talos secos de taboa que minha mãe espalhara no chão para servir de cama. Sussurrei o nome indígena que meu pai tinha dado ao cachorro uma segunda vez:

— Rambo.

Ele sacudiu a cauda de novo. Cheguei mais perto e estendi a mão. O cachorro se esticou para a frente e cheirou meus dedos. Eu me aproximei mais ainda e pus a mão em sua cabeça. Se minha mãe tinha coragem de tocar no cachorro, então eu também tinha. Ele se contorceu e saiu de baixo da minha mão. Antes que eu pudesse recuar, sua língua se projetou e lambeu meus dedos. A língua era áspera e macia. Pus a mão de novo em sua cabeça e o cachorro lambeu meu rosto.

Quando acordei, a luz do dia entrava pelas frestas do galpão de lenha. Estava tão frio que eu podia ver minha respiração. Rambo estava aconchegado junto de mim. Puxei uma ponta do meu cobertor e o estendi sobre o cachorro adormecido. Rambo suspirou.

Sinto uma dor física ao lembrar como eu amava aquele cachorro. Pelo resto do outono e começo do inverno, até ficar frio demais, dormi ao lado de Rambo no galpão de lenha. As laterais do galpão eram de tábuas espaçadas e desprotegidas do clima, então eu fazia um abrigo com a lenha e pendurava meus cobertores nos lados e no alto, como os fortes que Stephen e as meninas constroem com travesseiros e almofadas na sala de estar.

Rambo tinha sido treinado para instruções básicas como "venha", "sente" e "parado", mas eu não sabia disso. Então, enquanto gradualmente eu aprendia seu vocabulário, achava que ele estava aprendendo o meu. Sempre que Rambo parava de seguir uma trilha de coelho, ou de mastigar um chifre de veado, ou de perturbar um esquilo, e vinha para mim ou se sentava ao ouvir minha ordem, eu me sentia tão poderosa quanto um xamã.

Meu pai detestava meu cachorro. Na época eu não entendia por quê. Índios e cachorros deveriam ser amigos. No entanto, sempre que Rambo tentava segui-lo, ele o chutava, ou gritava, ou batia nele com um graveto. Quando não estava batendo em Rambo, estava reclamando que o cão era mais uma boca para alimentar. Eu não conseguia entender por que isso seria um problema. Meu pai dizia que Rambo era um cachorro caçador de ursos que havia se perdido durante uma caçada. A temporada de ursos era em agosto. Estávamos no meio de novembro, o que significava que Rambo tinha se alimentado perfeitamente bem sozinho durante meses. Eu só lhe dava os restos de comida que não queríamos. Por que meu pai se incomodava se Rambo comesse os ossos e entranhas que íamos jogar fora?

Hoje eu sei que meu pai odiava meu cachorro porque era um narcisista. Um narcisista só está feliz enquanto o mundo gira do jeito que ele quer. O plano do meu pai para nossa vida no pântano não incluía um cachorro, portanto ele só podia vê-lo como um problema.

Também acho que ele via Rambo como uma ameaça. Deixou que eu ficasse com o cão, no início como uma demonstração de generosidade, mas quando, com o tempo, passei a amar meu cachorro tão puramente quanto amava meu pai, ele teve ciúme, porque achava que minha afeição estava sendo dividida. Mas minha afeição *não estava* dividida; ela estava *multiplicada*. Meu amor por meu cachorro não diminuía meu amor por meu pai. É possível amar mais de uma pessoa, Rambo me ensinou isso.

Acho que Rambo foi a razão de, na primavera seguinte, meu pai ter desaparecido. Um dia ele estava conosco na cabana, e de repente não estava mais. Minha mãe e eu não tínhamos a menor ideia de para onde ele tinha ido ou por que, mas não havia nenhum motivo para pensar que dessa vez seria diferente das outras ocasiões em que ele desaparecera por horas ou mesmo um dia inteiro ou, de vez em quando, de um dia para o outro, então continuamos com nossa rotina normal tanto quanto possível. Minha mãe carregava a água e mantinha o fogo aceso enquanto eu cortava lenha e conferia as armadilhas, que quase sempre estavam vazias. Coelhos se reproduziam na primavera, por isso passavam a maior parte do tempo nas tocas e era mais difícil pegá-los. Eu teria tentado atirar em um veado, mas meu pai tinha levado a espingarda. Basicamente, comíamos os vegetais que restavam na despensa subterrânea. Pensei muitas vezes em usar o machado do meu pai para abrir a porta do depósito e pegar os suprimentos. Mas depois pensava no que ele ia fazer comigo na hora que voltasse e desistia. Quando Rambo cavou uma toca de coelhos para chegar aos filhotes, nós os comemos também.

E então, duas semanas depois, tão de repente quanto havia desaparecido, meu pai voltou, assobiando enquanto subia a encosta com a espingarda pendurada no ombro e uma calêndula amarela do pântano despontando da mochila, como se nunca tivesse ido embora. Trouxe um pacote de sal para minha mãe e uma ágata do lago Superior quase idêntica à que ele usava: um presente para mim. Nunca disse aonde tinha ido e o que foi fazer, e nós não perguntamos. Só ficamos contentes por ele ter voltado.

Nas semanas que se seguiram, continuamos nossa vida normal, como se nada tivesse mudado. Mas tinha mudado. Porque, pela primeira vez, eu pude imaginar um mundo sem o meu pai.

13

Estou dirigindo pela estrada, a cabeça girando como a de uma coruja, atenta a sinais do meu pai. Não sei o que estou procurando. Certamente não espero fazer uma curva e dar de cara com ele de pé no meio da estrada acenando para eu parar. Acho que saberei quando vir.

A correia de Rambo está presa na alça sobre a porta do passageiro. Não costumo prendê-lo quando ele anda comigo na picape, mas ele está tão ansioso quanto eu me sinto, focinho agitado, músculos trêmulos. De tempos em tempos, levanta a cabeça e gane, como se tivesse percebido um indício do meu pai. Toda vez que ele faz isso, minhas mãos apertam o volante e meu estômago se contrai.

Tenho pensado muito em Stephen enquanto dirijo. Na nossa discussão ontem à noite. Em ele ter voltado esta manhã. Em como ele quer me apoiar, apesar de tudo o que eu fiz. Penso nos papéis que desempenhamos no nosso relacionamento, eu como protetora e Stephen como cuidador, e como eu costumava pensar que isso era um problema.

E, claro, penso no dia em que nos conhecemos no festival do mirtilo, um dia que tenho certeza de que foi arranjado pelos deuses. Depois de arrumar os potes e pendurar a placa na frente da minha mesa, observei Stephen montar sua barraca bem diante da minha. Para ser sincera, fiquei mais impressionada com o modo como ele organizou a exposição do que com as fotografias em si. Entendo que fotos de faróis sejam populares entre os turistas, porque, com cerca de cinco mil quilômetros de costa, o Michigan tem mais faróis que qualquer outro estado, mas mesmo assim acho difícil entender por que alguém ia querer pendurar uma fotografia de um farol na parede.

Eu nunca teria entrado em sua barraca se não fosse porque, quando saí da minha mesa para usar o banheiro químico e passei por ela, olhei para dentro por acaso e vi a fotografia de um urso. Vejo muitas fotos e postais de ursos nas lojinhas de lembranças quando faço minhas entregas, mas algo naquele urso chamou minha atenção. É difícil dizer se foi a luz no momento em que ele tirou a foto, ou o ângulo que escolheu. Só sei que havia algo no brilho dos olhos do urso e no jeito de sua mandíbula que me atraiu.

Eu parei. Stephen sorriu e eu entrei. No lado oposto à armação de arame onde ele havia pendurado as fotos de faróis, estavam as imagens que ganharam meu coração: garças e abetouros, águias e martas, lontras e castores e andorinhas. Todos animais da minha infância, fotografados de maneira a mostrar suas características e personalidades únicas, como se Stephen pudesse ver a alma de cada um. Comprei a foto do urso, Stephen comprou todas as minhas geleias e compotas que sobraram, e o resto, como dizem, é história.

Eu sei o que vi em Stephen. Não sei bem o que ele viu em mim, mas tento não pensar muito nisso. Stephen é a única pessoa na face da Terra que me escolheu. Que me ama não porque é sua obrigação, mas porque quer. O presente que o universo me deu por ter sobrevivido ao meu passado.

Penso de novo em todos os anos e todas as chances que eu tive de ser honesta sobre quem sou, mas não o fiz. Os sacrifícios para manter meu segredo. Ficar longe do meu pai. Querer apresentar a recém-nascida Iris para a minha mãe e não poder. As vezes em que disse ou fiz algo fora do padrão, Stephen olhou para mim como se eu tivesse ficado louca e não pude oferecer uma explicação. As coisas teriam sido muito mais fáceis se eu tivesse contado a verdade.

Dez minutos mais tarde, saio da pista e estaciono. Rambo põe as patas na janela e pressiona o focinho contra o vidro, como se achasse que vou deixá-lo sair, mas desta vez sou eu que estou necessitada. Entro um pouco no meio dos arbustos e abro o zíper do jeans. Quase não há movimento nesta estrada, mas nunca se sabe. Meu pai e eu nunca nos preocupávamos com privacidade quando estávamos caçando ou pescando e precisávamos atender ao chamado da natureza, mas aqui as pessoas são muito mais sensíveis.

Estou quase terminando quando Rambo começa a latir no staccato forte de advertência que significa que ele avistou alguma coisa. Fecho o jeans, pego a Magnum, deito de barriga no chão com a arma nas duas mãos e espreito através da vegetação.

Nada. Rastejo pelo solo usando o vento como cobertura até um ponto de onde possa enxergar a picape por outro ângulo, imaginando se haverá um par de pernas agachadas do outro lado, mas está tudo quieto. Conto até vinte lentamente, e, quando nada muda, eu me levanto. Rambo me vê e começa a latir e a arranhar o vidro para sair. Dou a volta na picape e abro a porta do passageiro só o suficiente para enfiar a mão, então o seguro pela coleira e solto a correia da alça sobre a porta. Se eu deixar Rambo solto nessas condições, não tornarei a vê-lo por dias. Talvez nunca mais. Há uma razão para o primeiro Rambo ter aparecido na nossa cabana.

Assim que pisa no chão, Rambo me arrasta para um toco de árvore a menos de seis metros de onde eu estava ocupada e começa a latir e a andar em círculos em volta dele, como se tivesse encurralado um esquilo ou um guaxinim. Só que não há nenhum animal. Em vez disso, exatamente no meio do toco, há uma ágata do lago Superior.

14
A CABANA

A esposa do viking vivia em constante sofrimento e tristeza por causa da criança. Seu coração se apegou à pequena criatura, mas ela não podia explicar ao marido as circunstâncias em que a filha se encontrava. Se lhe contasse, ele muito provavelmente, como era o costume na época, exporia a pobre criança em uma via pública e deixaria que fosse levada por quem quisesse.

A boa esposa do viking não podia permitir que isso acontecesse, portanto decidiu que o marido nunca veria a criança a não ser à luz do dia. Depois de um tempo, a mãe adotiva começou a amar o pobre sapo, com seus olhos suaves e suspiros profundos, ainda mais que a pequena beldade que mordia e lutava com todos à sua volta.

— Hans Christian Andersen,
A filha do Rei do Pântano

inha infância chegou ao fim no dia em que meu pai tentou afogar minha mãe. Foi minha culpa. O incidente começou inocentemente, e, embora o resultado tenha sido algo que eu não poderia ter previsto, não tenho como mudar os fatos. Não é o tipo de coisa que se supera depressa. Até hoje, sempre que o rádio toca aquela música sobre o naufrágio do *Edmund Fitzgerald*, ou escuto alguma notícia sobre uma balsa adernando, ou um navio de cruzeiro soçobrando, ou uma mãe empurrando um carro cheio de crianças pequenas para dentro de um lago, tenho vontade de vomitar.

— Vi moitas de morangos na próxima colina — eu disse para minha mãe em uma manhã no fim de junho. Era o verão em que eu tinha onze anos, depois de ela ter reclamado que as frutinhas que eu havia colhido no nosso terreno não seriam suficientes para fazer a quantidade de geleia que ela queria.

Uma coisa que você precisa saber para entender o que aconteceu em seguida é que, quando contei para minha mãe que tinha visto moitas de morangos crescendo "na próxima colina", ela sabia exatamente de qual colina eu estava falando. Pessoas brancas tendem a batizar pontos geográficos dando a eles seu nome, ou o de pessoas importantes, mas nós seguíamos a tradição nativa e nomeávamos os lugares à nossa volta de acordo com o modo como o usávamos ou com sua proximidade. *A próxima colina. Os cedros onde os veados gostam de se reunir. O brejo onde crescem as ararutas.*

O lugar onde o Jacob atirou na águia. A pedra onde a Helena cortou a cabeça. É como a palavra ojibwa para o rio Tahquamenon, Adikamegong-ziibi, "rio onde os peixes-brancos são encontrados". Ainda acho que o modo nativo faz mais sentido.

— Pode colher para mim? — minha mãe pediu. — Se eu parar de mexer agora, esta remessa vai perder o ponto.

E é por isso que o quase afogamento da minha mãe foi minha culpa: eu queria dizer sim. Não havia nada que eu amasse mais que pegar a canoa do meu pai, exceto, talvez, caçar veados ou fazer armadilhas para castores. Normalmente eu não teria perdido a chance. Gostaria de poder voltar e ter feito assim. Mas, aos onze anos, eu estava chegando àquela idade em que, na maior parte do tempo, o que me motivava era a necessidade de autoafirmação. Então sacudi a cabeça.

— Eu vou pescar.

Minha mãe ficou me olhando por um longo tempo, como se quisesse dizer mais alguma coisa, mas não pudesse. Por fim, ela suspirou e tirou a panela do fogo. Pegou um dos cestos de ramos de salgueiro que meu pai tinha tecido no inverno anterior e saiu.

Assim que a porta de tela se fechou, espalhei um pouco do xarope quente de morango sobre um prato de biscoitos da véspera, peguei um copo de suco de chicória e levei meu café da manhã para a varanda dos fundos. O dia já estava quente. Na península Superior, o inverno dura para sempre e a primavera se arrasta indefinidamente, até que de repente a gente acorda uma manhã no meio de junho e é verão. Soltei as alças do macacão, tirei a camisa, depois enrolei as pernas da calça o máximo possível. Pensei seriamente em usar minha faca para cortar as pernas e transformar o macacão em macaquinho, mas aquele era o maior macacão que eu tinha e ia precisar das pernas da calça no inverno seguinte.

Tinha quase acabado de comer e ia voltar à cozinha para pegar mais quando meu pai veio pela encosta da colina com um balde de água em cada mão. Pousou os baldes na varanda e sentou ao meu lado. Eu lhe dei o último biscoito, joguei o finzinho do suco de chicória na terra e mergulhei o copo em um dos baldes. A água estava fresca e transparente. Às vezes vinham larvas de mosquito junto. Nós as encontrávamos nadando no balde, retorcendo-se e se debatendo como peixes em terra seca. Quando isso acontecia, mergulhávamos o copo em volta delas e as afastávamos com o dedo. Provavelmente deveríamos ferver a água antes de beber, mas quem resiste a um bom gole de água fresca do pântano em um dia quente de verão? De qualquer modo, nunca ficávamos doentes. Depois que deixamos o pântano, minha mãe e eu passamos os dois anos seguintes tossindo e fungando. Esse foi um benefício do nosso isolamento em que as pessoas nunca pensam: nada de micróbios. Sempre acho engraçado quando as pessoas dizem que pegaram um resfriado porque saíram sem gorro ou sem casaco. De acordo com essa lógica, a gente deveria ficar com febre no verão se passasse calor demais.

— Aonde sua mãe vai? — A voz do meu pai estava espessa de biscoito e xarope enquanto ele mastigava. Eu queria perguntar por que ele podia falar de boca cheia e eu e minha mãe não, mas não quis estragar o clima. Não havia muito contato físico na minha família, e eu gostava de me sentar ao lado do meu pai no degrau de cima da varanda com nossos quadris e joelhos encostados, como gêmeos siameses.

— Colher morangos — eu lhe contei, orgulhosa e satisfeita porque, graças a mim, esse ano teríamos muita geleia de morango. — Eu encontrei umas moitas na próxima colina.

A essa altura, minha mãe estava quase no bosque, na base da nossa colina. No fundo da mata havia a depressão em forma de V onde meu pai deixava sua canoa.

Ele apertou os olhos. Levantou da varanda em um pulo e correu colina abaixo. Eu nunca o tinha visto se mover tão rápido. Ainda não tinha a menor ideia do que estava prestes a acontecer, por que minha mãe pegar a canoa poderia ser um problema. Pensei, sinceramente, que meu pai só queria ir com ela para ajudar, embora ele sempre dissesse que colher frutas era trabalho para mulheres e crianças.

Ele a alcançou quando ela estava saindo com a canoa e se jogou na água. Mas, em vez de entrar na canoa, como eu esperava, ele agarrou minha mãe pelo cabelo, arrancou-a da canoa e a arrastou aos gritos por todo o caminho colina acima até a varanda dos fundos, onde enfiou a cabeça dela em um dos baldes de água e a segurou lá dentro enquanto ela se debatia e o arranhava. Quando ela ficou mole, achei que estivesse morta. A expressão no rosto dela quando ele puxou sua cabeça para fora — o cabelo pingando, os olhos arregalados enquanto ela sufocava e tossia e cuspia — dizia que ela pensou a mesma coisa.

Meu pai a jogou para o lado e foi embora. Depois de algum tempo, minha mãe se apoiou nos joelhos e se arrastou pelas tábuas da varanda para dentro da cabana. Eu me sentei na pedra grande do pátio e fiquei olhando para o rastro de água que ela deixou até secar. Sempre tive medo do meu pai, mas, até aquele momento, tinha sido mais um temor respeitoso. Um medo de desagradá-lo, não porque eu temesse ser castigada, mas porque não queria decepcioná-lo. Mas ver meu pai quase afogar minha mãe me aterrorizou — especialmente porque eu não entendia por que ele quis matá-la ou o que ela havia feito de errado. Eu não sabia, na ocasião, que minha mãe era sua prisioneira, ou que ela poderia de fato estar tentando fugir. Se eu fosse ela, aquele quase afogamento teria me deixado mais determinada do que nunca a escapar do meu sequestrador. Mas uma coisa que aprendi desde que deixei o pântano é que cada pessoa é diferente. O que uma pessoa *deve* fazer outra *não consegue*.

Seja como for, é por isso que eu tenho um problema com afogamentos.

Antes de meu pai tentar afogar minha mãe, eu gostava de fazer armadilhas para castores. Havia um lago de castores a menos de um quilômetro da nossa cabana, subindo o rio Tahquamenon. Meu pai os caçava em dezembro e janeiro, quando a pele deles estava perfeita. Caminhava pela margem do lago procurando lugares de onde os castores tinham saído em busca de ar fresco e sol e montava armadilhas de mandíbula e de laço. Imagino que o lago ainda esteja lá, mas quem pode saber? Às vezes o Departamento de Recursos Naturais desfaz uma barragem de castores se achar que está interferindo no fluxo normal do rio, ou se a barragem estiver, de alguma maneira, causando problemas para as pessoas. Danos a propriedades causados por castores chegam a milhões de dólares por ano, e o DRN leva suas responsabilidades de administração a sério. Perda de lenha, perda de plantações, danos a estradas e sistemas sépticos devido a alagamentos, até mesmo a destruição de paisagismo ornamental em jardins, são considerados razões legítimas para remover uma barragem de castores. Pouco importam as necessidades dos animais.

Nosso lago foi criado quando os castores fizeram uma barragem em um dos tributários menores sem nome do Tahquamenon. A maior barragem de castores registrada tem quase um quilômetro de extensão. Isso é duas vezes o comprimento da Represa Hoover, caso você esteja tentando imaginar, o que é muito impressionante quando se considera que um castor macho adulto tem mais ou menos o tamanho e o peso de uma criança de dois anos. Nossa barragem não chegava nem perto dessa extensão. Eu costumava andar por cima dela jogando pedras e gravetos no lago ou pescando achigãs, ou sentar com as pernas balançando do lado seco, mastigando uma maçã. Gostava da ideia de que o habitat que eu estava explorando tivesse sido criado pelos animais que viviam nele. Às vezes eu quebrava um pedaço da barragem para ver quanto tempo os castores levariam para consertá-la.

Além dos castores, nosso lago era o lar de muitas espécies de peixes, insetos aquáticos e aves, incluindo patos, garças-azuis, martins-pescadores, mergansos e águias-de-cabeça-branca. Se você nunca viu uma águia mergulhar como uma pedra do céu na água calma do lago e ir embora com um lúcio ou um picão-verde nas garras, não sabe o que está perdendo.

Depois que meu pai tentou afogar minha mãe, tive que parar de caçar castores. Não era um problema para mim matar animais, desde que isso fosse feito por necessidade e com respeito, mas armadilhas de mandíbula matam arrastando os castores para baixo da água e segurando-os lá, e a morte por afogamento me dava um nó no estômago.

O que me incomodava mais que afogar castores era que eu não entendia por que meu pai continuava a matá-los. Nosso barracão estava cheio de peles. Marta, castor, lontra, raposa, coiote, lobo, rato-almiscarado, arminho. Meu pai sempre ensinou que era importante mostrar respeito pelos animais que matamos. Que tínhamos que pensar antes de puxar o gatilho e não devíamos desperdiçar. Que não devíamos atirar no primeiro animal que víssemos, porque ele poderia ser o único de sua espécie que veríamos o dia inteiro, e isso significaria que a população era pequena e precisava ser deixada em paz por algum tempo. No entanto, a cada ano ele acrescentava mais peles às pilhas. Quando eu era bem pequena, achava que um dia ele iria carregar as peles em sua canoa, remar rio acima e comercializá-las, como os franceses e os indígenas costumavam fazer. Esperava que ele me levasse junto. Mas, depois que meu pai tentou afogar minha mãe, comecei a questionar esse comportamento. Sabia que o que ele tinha feito com ela era errado. Talvez seu excesso de capturas nas armadilhas também fosse. Se a intenção de todos aqueles abates era apenas acumular as peles em pilhas mais altas que a minha cabeça, para que fazer isso?

Eu pensava em coisas assim enquanto sentava na varanda dos fundos depois do jantar, com o verão se transformando em outono, folheando as *National Geographics* até estar escuro demais para enxergar, desejando encontrar um artigo que ainda não tivesse lido. Gostava de ver o vento da noite soprar a grama enquanto as sombras se espalhavam sobre o pântano e as estrelas apareciam uma por uma, mas, nos últimos tempos, o movimento só me deixava inquieta. Às vezes Rambo levantava a cabeça, farejava o ar e gania, deitado na madeira da varanda ao meu lado, como se sentisse também. Uma sensação de querer, mas não ter; uma impressão de que havia algo além dos limites do pântano que era maior, melhor, mais. Eu fixava o olhar na faixa escura de árvores no horizonte e tentava imaginar o que estaria atrás delas. Quando aviões passavam sobre a cabana, eu protegia os olhos com a mão e continuava olhando para o céu até muito depois de eles terem desaparecido. Imaginava as pessoas dentro deles. Será que elas desejavam estar ali embaixo, no pântano, comigo, tanto quanto eu desejava estar lá em cima, no ar, com elas?

Meu pai estava preocupado comigo, eu percebia isso. Como eu, ele também não entendia as mudanças que aconteciam em mim. Às vezes eu o pegava me examinando quando achava que eu não estava olhando, passando a mão pela barba rala daquele seu jeito que me dizia que estava pensando intensamente. Normalmente, esse era o prelúdio para uma história. Uma lenda nativa americana, ou uma história de caça ou de pescaria, ou sobre algo estranho, engraçado, dramático, assustador ou maravilhoso que tivesse acontecido com ele. Eu me sentava de pernas cruzadas, com as mãos unidas respeitosamente no colo, do modo como ele havia ensinado, e fingia ouvir enquanto meus pensamentos viajavam. Não era que eu não estivesse mais interessada. Meu pai era um dos melhores contadores de histórias que conheci. Mas agora eu queria fazer as minhas próprias histórias.

Em uma manhã melancólica e chuvosa naquele outono, meu pai decidiu que era hora de eu aprender a fazer geleia. Não entendi por que eu precisava disso. Queria pegar a canoa dele para checar as armadilhas. Havia uma família de raposas-vermelhas vivendo do outro lado da colina onde os veados gostavam de se reunir, e eu tinha a esperança de pegar uma para minha mãe me fazer um gorro com a cauda, com abas para as orelhas, como o que meu pai usava. Não me importava com a chuva. Eu não ia derreter, e tudo o que molha acaba secando. Quando minha mãe anunciou no café da manhã que, como estava chovendo, ela ia fazer geleia e disse que queria que eu ajudasse, vesti meu casaco mesmo assim, porque ela não podia me dizer o que fazer. Mas meu pai podia. Então, quando ele decretou que aquele era o dia em que eu ia aprender a fazer geleia, não tive saída.

Eu preferia ajudar meu pai. Ele estava sentado à mesa da cozinha usando uma pedra de amolar e um pano de polimento para afiar e polir sua coleção de facas, embora elas já estivessem reluzentes e afiadas. Nossa lamparina a óleo se encontrava no centro da mesa. Normalmente não acendíamos a lamparina durante o dia, porque não tínhamos muita gordura de urso sobrando, mas estava escuro na cabana naquela manhã por causa da chuva.

Minha mãe mexia o purê de maçã quente com uma colher de pau em uma panela sobre o balcão para esfriá-lo, enquanto outra panela fervia e espumava no fogão. Os potes vazios que ela tinha lavado e secado esperavam sobre panos de prato dobrados na mesa. Havia uma lata de metal com parafina derretida no fundo do fogão. Minha mãe derramava uma camada de parafina quente sobre a tampa da geleia depois de ela espessar, para selar os potes e não deixar o doce embolorar, apesar de que o bolor crescia de qualquer forma. Ela dizia que não nos faria mal, mas eu notava que ela raspava o bolor antes de comer a geleia e jogava fora as partes embo-loradas. A tina no chão estava cheia de cascas de maçã. Assim que parasse de chover, minha mãe a levaria para fora e despejaria as cascas em sua pilha de compostagem.

Minhas mãos estavam vermelhas de espremer o purê de maçã quente em um pedaço de gaze dobrada, para separar o sumo da polpa. A cozinha estava abafada e quente. Eu me sentia como uma mineira raspando um veio de carvão nas profundezas da terra. Arranquei a camiseta por cima da cabeça e a usei para enxugar o rosto.

— Ponha a blusa — minha mãe disse.

— Eu não quero. Está muito quente.

Minha mãe lançou um olhar para meu pai, que deu de ombros. Embolei a camiseta e a joguei em um canto, depois subi a escada para o meu quarto batendo os pés, me joguei na cama com os braços sob a cabeça e fiquei olhando para o teto, pensando maus pensamentos sobre meu pai e minha mãe.

— Helena! Desça aqui! — minha mãe chamou na escada.

Eu não me mexi. Ouvi meus pais discutirem.

— Jacob, faça alguma coisa.

— O que você quer que eu faça?

— Mande ela descer. Mande ela me ajudar. Não posso fazer tudo sozinha.

Rolei para fora da cama e procurei na pilha de roupas no chão uma camiseta seca, abotoei uma camisa de flanela sobre ela e desci novamente as escadas batendo os pés.

— Você não vai sair — minha mãe disse quando atravessei a cozinha e peguei meu casaco no gancho ao lado da porta. — Nós ainda não terminamos.

— Você não terminou. Para mim chega.

— Jacob.

— Escute sua mãe, Helena — meu pai disse, sem levantar os olhos da faca que estava afiando. Eu via o reflexo dele na lâmina. Meu pai estava sorrindo.

Joguei meu casaco no chão, corri para a sala, me atirei sobre o tapete de pele de urso e enfiei o rosto no pelo. Não queria aprender a fazer geleia. Não entendia por que meu pai não ficava do meu lado contra a minha mãe, ou o que estava acontecendo comigo e com a minha família. Não sabia por que eu tinha vontade de chorar mesmo sem querer.

Eu me sentei, abracei os joelhos e mordi o braço até sentir gosto de sangue. Se eu não conseguisse controlar o choro, pelo menos ia ter uma razão para isso.

Meu pai me seguiu para a sala e ficou parado ao meu lado, de braços cruzados. A faca que ele acabara de afiar estava em sua mão.

— Levante.

Eu levantei. Tentei não olhar para a faca enquanto estendia o corpo para ficar o mais alta possível. Cruzei os braços sobre o peito, ergui o queixo e o encarei. Eu não o estava desafiando. Ainda não. Só estava deixando claro que qualquer castigo que ele estivesse planejando por minha rebeldia teria um preço. Se eu pudesse voltar no tempo e perguntar para mim mesma aos onze anos o que pretendia fazer com meu pai em retaliação, não teria sabido responder. Só sabia que nada que ele pudesse dizer ou fazer ia me convencer a ajudar minha mãe a fazer geleia.

Meu pai encontrou meu olhar com a mesma firmeza. Levantou a faca e sorriu. Um sorriso matreiro, irônico, que dizia que eu teria sido muito mais esperta se tivesse feito como ele mandou, porque agora ele ia se divertir. Ele segurou meu pulso com tanta força que não consegui soltá-lo. Examinou a marca de mordida que eu tinha deixado no braço, depois encostou a ponta da faca em minha pele. Eu me encolhi. Não queria ter feito isso. Sabia que qualquer coisa que meu pai estivesse planejando seria pior se ele soubesse que eu estava com medo. E eu não estava com medo, não de fato, não da dor pelo menos. Tinha bastante experiência em suportar dor, por causa das minhas tatuagens. Pensando agora, acho que a razão de eu ter reagido foi não saber o que ele ia fazer. Há um componente psicológico quando se quer controlar uma pessoa que pode ser tão potente quanto a dor física, e acho que esse incidente é um bom exemplo.

Meu pai passou a faca pelo meu braço. Os cortes que fez não foram profundos. Só o suficiente para sangrar. Lentamente, ele conectou as marcas dos meus dentes até elas formarem um J imperfeito.

Ele parou, estudou seu trabalho, depois fez mais três linhas curtas ao lado do J.

Quando terminou, levantou meu braço para que eu pudesse ver. O sangue escorria e pingava do cotovelo.

— Vá ajudar sua mãe. — Ele bateu a ponta da faca na palavra que tinha cortado em meu braço e sorriu outra vez, como se fosse ficar satisfeito em continuar com aquilo pelo tempo que fosse necessário se eu não o obedecesse, então eu fui.

As cicatrizes clarearam com o tempo, mas, se você souber onde olhar, ainda poderá ler a palavra "JÁ" na parte interna do meu braço direito.

As cicatrizes que meu pai deixou em minha mãe, claro, foram muito mais profundas.

15

Fico olhando para a ágata que meu pai deixou no tronco. Não quero tocá-la. Esse é exatamente o tipo de truque que ele costumava usar quando me ensinava a seguir rastros. Bem quando eu achava que o jogo estava ganho e já antecipava alegremente o momento em que poderia atirar entre seus pés, ele fazia algo para me despistar: apagava seus rastros com um ramo de árvore, ou usava um galho longo para amassar a grama onde queria que eu achasse que ele tinha pisado, ou andava de costas, ou caminhava sobre as laterais dos pés para não deixar marcas de dedos ou calcanhar. Toda vez que eu achava que já sabia tudo o que havia para saber sobre rastrear uma pessoa pela selva, meu pai aparecia com algo novo.

Agora é uma ágata. O fato de que meu pai estava me observando sabe-se lá há quanto tempo e conseguiu se aproximar para deixar a ágata enquanto eu estava ocupada comprova que ele ainda é melhor na selva, mesmo depois de treze anos em uma cela de três metros por um e meio, do que eu jamais serei. Ele não só conseguiu escapar de uma prisão de segurança máxima como fez as pessoas que o perseguem acreditarem que está em uma área onde não está, depois me atraiu para cá sabendo que a nossa história me traria até este ponto. Eu sabia, quando saí à procura do meu pai esta manhã, que iria encontrá-lo.

O que não previ é que ele me encontraria primeiro.

Rambo está latindo como se achasse que a pedra vai criar pernas e fugir. Vou pegá-la para ele cheirar, mas antes quero entender como meu pai sabia que a pessoa que entrou no meio dos arbustos para se aliviar era eu.

Não me pareço nem um pouco com a menina que eu era. O cabelo preto que eu usava em maria-chiquinha ou trança agora só chega até os ombros, e é tão cheio de luzes que está quase loiro. Depois de duas filhas, estou mais arredondada. Nunca vou ser gorda, porque não tenho essa estrutura corporal ou metabolismo, mas não sou tão magricela quanto da última vez que ele me viu. Também cresci uns três centímetros, talvez cinco. Rambo pode ter sido uma pista, já que é da mesma raça do cachorro que apareceu no pântano, mas um plott hound de pelo malhado correndo pelas matas da península Superior durante a temporada de ursos não é bem uma raridade. A menos que eu tivesse dito o nome dele em voz alta, não vejo como meu pai poderia ter feito a conexão. E onde e como ele conseguiu a ágata? Tudo isso cheira pior que os restos de carne que costumávamos jogar no nosso fosso de lixo. Se meu pai pensa que vai me atrair para uma versão adulta do nosso velho jogo de seguir rastros, deveria lembrar que, nas três últimas vezes em que jogamos, eu ganhei.

Só que talvez ele não tenha posto a pedra no toco de árvore para se gabar de como é melhor que eu em caçar e rastrear. Talvez não seja uma provocação. Talvez seja um convite. *Eu não me esqueci de você. Eu me importo com você. Quero te ver mais uma vez antes de desaparecer.*

Puxo a ponta da camisa, pego a ágata com o tecido e seguro para Rambo cheirar. Ele fareja em meio aos gravetos e arbustos até um lugar na estrada seis metros à frente da minha picape. As pegadas no solo apontam para oeste. Marcas poderiam ter sido feitas pelos sapatos de um guarda de prisão morto. Volto para a picape, meio esperando que meu pai pule do meio dos arbustos e me agarre, do jeito que fazia quando eu voltava para a cabana depois de uma de suas histórias assustadoras na cabana de suar.

Jogo a pedra no banco da frente, depois prendo Rambo na traseira da picape e faço um sinal para ele deitar e ficar quieto. Não esqueci como meu pai se sente em relação a cachorros. Tiro do chaveiro a chave da ignição e a coloco no bolso, depois confiro se o celular está silenciado e o guardo no outro bolso. Costumo deixar as chaves na picape quando estou caçando — a península Superior não está propriamente lotada de ladrões de carros, e ninguém quer chaves fazendo barulho no bolso —, mas não vou seguir a trilha que meu pai deixou para depois voltar e descobrir que ele roubou minha picape. Tranco a porta por segurança extra e confiro minha faca e meu revólver. A polícia diz que meu pai é perigoso e está armado. Eu também estou.

Uns quinhentos metros estrada acima, as pegadas viram na direção de uma das cabanas que eu queria examinar. Contorno a entrada e faço um círculo largo para poder me aproximar em ângulo pelos fundos. Há menos cobertura do que eu gostaria. Estes bosques são principalmente de lariços e pinheiros, finos, descamados e secos como gravetos, impossíveis de percorrer sem fazer barulho. Por outro lado, se meu pai estiver esperando por mim dentro da cabana, ele já sabe que estou aqui.

A cabana é velha, pequena e tão no fundo da clareira que quase desaparece na floresta. Musgos e agulhas de pinheiro forram o telhado. Flores altas amarelas e trepadeiras esguias cobrem as laterais. Parece uma casinha de conto de fadas dos livros ilustrados das minhas filhas. Não do tipo que pertence a um casal inocente sem filhos ou a um pobre lenhador; mais do tipo de casinha feito para atrair crianças incautas para dentro. Fico de olho principalmente no galpão no fim da entrada de carros, onde uma velha picape está estacionada. Olho sob o carro e sobre as vigas. O galpão está vazio.

Sigo margeando a clareira e dou a volta na cabana até os fundos. A única janela se abre para um quarto pouco maior que a cama, cômoda e cadeira que alguém conseguiu espremer lá dentro. A cama é afundada no meio e não parece ter sido usada.

Vou para a lateral e olho pela janela seguinte. As peças do banheiro estão manchadas de ferrugem, e as toalhas são velhas. Há uma única escova de dentes pendurada sobre a pia em um suporte na parede. A água no vaso sanitário é marrom. Um círculo escuro sobre o nível da água indica que faz um bom tempo que a descarga não é acionada.

A próxima janela dá para uma sala de estar que poderia ser gêmea da dos meus avós: sofá florido desbotado, poltronas combinando, mesinha de centro de madeira com uma tigela no meio cheia de pinhas, pedaços ornamentais de madeira e ágatas, armário com porta de vidro lotado de bugigangas, saleiros, pimenteiros e peças de vidro coloridas. Toalhinhas de crochê amareladas nos braços e encosto das poltronas. Uma velha poltrona reclinável precisando muito de um novo estofamento. Uma caneca de café e um jornal dobrado na mesa ao lado dela. A sala parece intocada. Se meu pai estiver esperando dentro da cabana, não é aqui.

Dou a volta até a frente e subo em silêncio na varanda. Fico parada, escuto, cheiro o ar. Quando se está caçando pessoas, é preciso ir devagar.

Após longos minutos de nada, experimento a porta. A maçaneta vira livremente e eu entro.

Eu tinha quinze anos na primeira vez que invadi uma cabana. Na época, havia abandonado a escola e os tutores que o Estado enviou não sabiam o que fazer comigo mais que meus avós, portanto eu tinha muito tempo livre.

Gostaria de poder dizer que invadi a cabana por necessidade, porque fui pega por uma tempestade, uma nevasca ou algo assim, mas foi apenas uma brincadeira, uma ideia que tive de algo para fazer em um dia de tédio. A cabana era dos pais de um garoto da minha escola que gostava de criar problemas para mim, e eu achei que seria divertido virar o jogo e criar problemas para ele. Não planejava causar nenhum dano; só queria deixar vestígios suficientes de que havia estado lá, para ele saber que eu era capaz. Havia um daqueles avisos "Esta propriedade é protegida por" na porta, mas a casa dos meus avós tinha o mesmo aviso, então eu sabia que a advertência não era real. Meu avô dissera que avisos falsos funcionavam tão bem quanto os verdadeiros e eram muito mais baratos do que instalar um sistema de segurança.

Meu plano era simples:

1. Vestir as luvas de borracha amarelas que peguei embaixo da pia da minha avó.
2. Usar minha faca para soltar os pinos da dobradiça da porta da frente.
3. Abrir uma lata de alguma coisa na cozinha e acender o fogão a lenha para cozinhar o conteúdo, porque eu gostava mais de comida enlatada quente do que fria.

4. Deixar a lata no meio da sala de estar, com o rato morto que eu tinha trazido da pilha de lenha dos meus avós dentro.
5. Arrumar de novo a porta na dobradiça e ir embora.

O rato estava fresco, então eu contava que ele fosse feder o bastante no ambiente para o cheiro ser a primeira coisa que as pessoas notassem na próxima vez que entrassem na casa. Elas encontrariam a lata com o rato morto e saberiam que alguém havia entrado lá, mas não saberiam quem, por causa das luvas. Depois que tive a ideia do rato-na-lata, planejei invadir todas as cabanas de todas as famílias de todos os meninos que estavam me causando problemas, e esse seria meu cartão de visita. A polícia ia achar que as invasões eram aleatórias, mas meus carrascos acabariam percebendo a conexão e saberiam que tinha sido eu. Mas não poderiam dizer nada sem acusar a si mesmos, o que eu achava que era a melhor parte do plano.

Acontece que nem todos eram tão muquiranas quanto o meu avô: o aviso do sistema de segurança era verdadeiro. Eu estava sentada em uma cadeira ao lado do fogão a lenha, folheando uma pilha de *National Geographics* para ver se eles tinham a que publicou o artigo sobre os vikings enquanto esperava os feijões ferverem, quando um carro de polícia parou na frente com as luzes piscando. Eu poderia ter fugido pelos fundos, porque não havia um único policial na Terra que conseguiria me encontrar depois que eu desaparecesse no bosque se eu não quisesse ser encontrada, mas o assistente do xerife que desceu do carro era o mesmo que tinha me trazido de volta nas últimas duas vezes em que eu fugira, e nós tínhamos criado uma espécie de relação.

— Não atire! — gritei, saindo pela porta da frente com as mãos para cima, e nós dois rimos. O assistente do xerife me fez arrumar tudo do jeito que encontrei, depois abriu a porta do carro como se eu fosse uma artista de cinema e ele fosse meu motorista. Contamos histórias de caçadas e pescarias no caminho de volta para casa e foi muito divertido. Contei a história do meu pai sobre ter caído na toca do urso como se tivesse acontecido comigo, e ele ficou impressionado. Quando perguntei se ele queria ser meu namorado, porque parecíamos nos dar tão bem, ele disse que era casado e tinha dois filhos. Eu não entendia por que isso seria um problema, mas ele me garantiu que era.

O assistente do xerife me levou para a delegacia. Aparentemente, invasão de domicílio era um crime mais sério que fugir. Torci para ele me pôr na mesma cela do meu pai, para eu poder ver como era, mas ele me fez sentar em um banco de madeira no saguão enquanto telefonava para os meus avós. Quando eles chegaram, o assistente do xerife fez um longo sermão sobre como eu tinha sorte, porque os donos da cabana não iam prestar queixa, mas poderiam ter feito isso, e aí eu estaria realmente em apuros, e que eu precisava obedecer às leis e respeitar a propriedade das pessoas para que esse tipo de coisa não voltasse a acontecer. Eu não me importei. Ele só estava fazendo seu trabalho. Mas, quando ele começou a falar sobre o que aconteceria comigo se eu não parasse de me comportar de forma tão irresponsável e me perguntou se eu queria acabar na prisão como meu pai, fiquei feliz por ele não ser meu namorado. Decidi que, na próxima chance que tivesse, ia arrombar outra cabana só para contrariá-lo. Talvez a dele.

Depois disso, meu avô me fez trabalhar em sua loja em período integral. Até então, eu só trabalhava três dias por semana. Meus avós tinham um misto de loja de iscas de pesca e bicicletaria em um velho prédio de madeira na Main Street, espremido entre uma imobiliária e uma farmácia. As bicicletas ficavam alinhadas na frente da loja para que as pessoas vissem quando estivessem passando, e os tanques e refrigeradores cheios de minhocas e larvas ficavam nos fundos. Eu não entendia por que meu avô tinha escolhido associar pesca e bicicleta. Agora eu sei que muitas lojas na península Superior vendem uma combinação de coisas que não parecem ter relação porque é difícil sobreviver vendendo uma coisa só. Eu me viro bem com geleias e compotas, mas isso é porque muitas das minhas vendas são feitas pela internet.

Meu avô também disse que, já que eu estava trabalhando em período integral, deveria pagar minha estadia. O dinheiro que sobrasse eu poderia guardar e comprar uma bicicleta na loja a preço de custo. Ele já tinha vendido fazia muito tempo as bicicletas e tudo o mais que as pessoas haviam me mandado, então fiquei feliz por ter a chance de comprar outra. Ele desenhou três colunas em um pedaço de papel, com os títulos "Atacado", "Varejo" e "Lucro Líquido", e anotou números como exemplos para mostrar como um negócio de varejo funcionava, o que foi muito útil mais tarde, quando comecei meu próprio negócio.

A bicicleta que escolhi foi uma mountain bike Schwinn Frontier azul-metálico. Gostei da ideia de poder andar com a bicicleta tanto no asfalto como fora dele. Sei agora que havia bicicletas melhores e mais caras que meu avô poderia ter em estoque, mas ninguém podia ganhar a vida vendendo bicicletas top de linha na península Superior, mesmo que vendesse iscas de pesca também.

Toda vez que um cliente entrava na loja procurando uma bicicleta para comprar, eu o levava para longe da minha. Não sabia que meu avô podia encomendar outra igual se aquela fosse vendida. Entendo que a maioria das pessoas imaginaria que, depois de três anos, eu já compreenderia melhor como o sistema comercial funcionava, mas queria só ver como elas se sairiam começando do zero. Mesmo agora, às vezes ainda descubro coisas que não sei. Então, quando um dos meninos da escola comprou a bicicleta para a qual eu estava economizando, achei que era o fim. Levei a bicicleta até a picape dos pais dele, deixei-a na calçada sem ajudá-los a colocá-la na carroceria, como seria minha função, e continuei andando. Não tinha nenhum destino específico em mente, só sabia que meu avô havia me traído com a bicicleta que eu estava economizando para comprar e eu não ia voltar.

Ele me encontrou algumas horas depois. Já fazia tempo que havia escurecido. Se minha avó não estivesse no banco do passageiro, eu provavelmente não teria entrado no carro. Claro que me senti uma idiota depois que tudo foi esclarecido e meu avô prometeu que ia encomendar outra bicicleta igual à que havia sido vendida. Naqueles tempos, eu me sentia idiota muitas vezes.

Não estou contando essas histórias para fazer as pessoas ficarem com pena de mim. Deus sabe que eu não aguento mais isso. Só quero que entendam por que, depois de alguns anos, eu achei que precisava de um recomeço. Às vezes a pessoa acha que quer uma coisa, mas, depois que consegue, descobre que não era bem aquilo que queria. Foi o que aconteceu comigo quando saí do pântano. Achei que poderia construir uma vida nova para mim, ser feliz. Eu era inteligente, jovem, ansiosa para adotar o mundo exterior, ávida para aprender. O problema era que as pessoas não estavam igualmente ansiosas para me adotar. Há um estigma em ser a filha de um sequestrador, estuprador e assassino de que não é fácil se livrar. Se as pessoas acham que estou exagerando, deveriam pensar nisto: Elas me receberiam bem em sua casa sabendo quem era meu pai e o que ele fez com a minha mãe? Me deixariam ser amiga de seus filhos e filhas? Confiariam em mim para ser a babá de seus filhos? Mesmo que alguém responda sim para alguma dessas perguntas, aposto que hesitaria antes.

Por sorte, os pais do meu pai morreram com apenas alguns meses de diferença um do outro, pouco depois de eu fazer dezoito anos, e deixaram para mim a casa onde ele tinha crescido. Como eu era maior de idade, o advogado concordou em transferir a propriedade para mim sem consultar minha mãe ou meus avós. Assim que os documentos ficaram prontos, fiz minha mala, disse a eles que estava me mudando, mas não contei para onde, troquei meu sobrenome para Eriksson, porque sempre havia amado os vikings e achei que essa era a minha chance de ser um deles, cortei o cabelo curto e tingi de loiro. E, assim, a filha do Rei do Pântano desapareceu.

A porta da cabana abre diretamente para a sala de estar. É pequena, talvez três metros e meio por três, e o teto é tão baixo que eu poderia tocá-lo se ficasse na ponta dos pés. Deixo a porta da frente aberta. Tenho um problema com lugares fechados que cheiram a umidade e bolor.

A televisão está ligada, sem som. Na tela, um apresentador move a boca com as últimas notícias sobre a busca por meu pai. Imagens são mostradas em um quadro acima do ombro esquerdo do homem: um helicóptero agitando a superfície de um pequeno lago enquanto barcos de patrulha navegam em círculos. Na base da tela, palavras vão passando: "A busca continua" e "FBI traz reforços" e "Encontrado corpo do prisioneiro?"

Fico tão imóvel quanto possível, tentando sentir o balanço de uma cortina, uma leve respiração, um deslocamento molecular que possa indicar que não estou sozinha. Sob o mofo e o bolor, sinto o cheiro de bacon, ovos, café, o resíduo de fumaça de uma arma disparada recentemente e o odor penetrante e metálico de sangue fresco.

Eu espero. Nenhum som. Nenhum movimento. O que quer que tenha acontecido acabou muito antes de eu chegar. Espero mais um pouco, depois atravesso a sala e paro na porta da cozinha.

Um homem nu está caído de lado entre a mesa e o fogão. Há sangue e massa encefálica respingados no chão.

Stephen.

16

A CABANA

O bardo falou do tesouro dourado que a esposa do viking trouxera para seu rico marido e da alegria dele diante da bela criança, que só tinha visto sob o encantador disfarce da luz do dia. Ele admirava a natureza impetuosa da menina e dizia que ela cresceria para se tornar uma valente donzela guerreira ou valquíria, capaz de ficar firme em uma batalha. Seria do tipo que não piscaria se uma mão hábil lhe cortasse as sobrancelhas por brincadeira com uma espada afiada.

A cada mês, esse temperamento se mostrava em contornos mais nítidos. Com os anos, a criança cresceu até ser quase uma mulher e, antes que qualquer um tomasse consciência disso, era uma donzela maravilhosamente bela de dezesseis anos. O estojo era esplêndido, mas o conteúdo nada valia.

— *Hans Christian Andersen,*
A filha do Rei do Pântano

— **P**egue seu casaco — meu pai me disse bem cedo em uma manhã de inverno, quando eu tinha onze anos. Esse seria meu último inverno no pântano, embora eu ainda não soubesse. — Quero te mostrar uma coisa.

Minha mãe levantou os olhos do couro em que estava trabalhando. Assim que percebeu que meu pai não estava falando com ela, baixou a cabeça rapidamente outra vez. A tensão entre eles era espessa como neblina. Era assim desde que ele tentara afogá-la. "Ele vai me matar", minha mãe sussurrou não muito tempo depois, quando tinha certeza de que meu pai não estava por perto. Eu achei que poderia ser verdade. Ela não pediu minha ajuda nem esperou que eu ficasse do seu lado contra meu pai, e a agradeço por isso. Se meu pai realmente quisesse matá-la, não haveria nada que eu pudesse fazer.

Minha mãe estava trabalhando com o couro de veado que meu pai tinha curtido. Além de cozinhar e limpar, essa era sua principal tarefa no inverno. No inverno anterior, ela tinha feito uma linda jaqueta de camurça com franjas para o meu pai. Naquele inverno, assim que tivesse couro suficiente, ia fazer uma para mim. Meu pai prometeu decorar minha jaqueta com espinhos de porco-espinho seguindo o desenho que fiz com carvão em um pedaço de casca de bétula, porque estávamos sem lápis e papel. Ele era um artista talentoso. A jaqueta ia ficar muito melhor que o meu desenho.

Vesti a roupa de inverno e segui meu pai para fora. Minhas luvas malhadas de pele de filhote de corça estavam pequenas agora, mas eu queria usá-las o máximo possível antes de ter que adicioná-las à pilha de descartes. Gostaria que minha mãe as tivesse feito maiores, mas ela disse que meu filhote era tão pequenino que isso foi o melhor que pôde fazer. Quando meu pai matou um veado na primavera, eu torci para ser uma corça grávida de gêmeos.

O dia estava ensolarado e frio. O sol refletido na neve era tão brilhante que tive que apertar os olhos. Meu pai chamava esse tipo de clima de degelo de janeiro, mas nada estava degelando hoje. Nós nos sentamos na borda da varanda e calçamos as raquetes de neve. Tivemos muita neve naquele inverno, e ninguém podia ir a lugar algum sem elas. Meu pai fez as minhas raquetes de neve de ramos de amieiro e couro cru no inverno em que eu tinha nove anos. Ele usava um par de Iversons que haviam pertencido ao seu pai. E prometeu que, quando ficasse velho demais para andar na neve, os daria para mim.

Partimos a passos vigorosos. Agora que eu estava quase da altura do meu pai, não tinha mais dificuldade para acompanhá-lo. Não perguntei para onde estávamos indo. Ele costumava me surpreender com passeios misteriosos como aquele, quase sempre relacionados a me ensinar a rastrear, mas já fazia algum tempo. Enquanto o seguia para a base da nossa colina, tentei adivinhar nosso destino. Não foi difícil. Na mochila que meu pai levava havia um pequeno bule com tampa para derreter neve para chá, seis biscoitos duros como pedra, mas que amoleciam depois de molhados, quatro tiras de uma mistura de carne de veado seca e mirtilos que ele chamava de *pemmican* e um pote de geleia de mirtilo, então eu soube que não estaríamos de volta a tempo para o almoço. A espingarda estava trancada no depósito e Rambo amarrado no galpão de lenha, então não íamos caçar. Levávamos bastões para neve, o que significava que íamos andar uma distância considerável. Não havia nada entre a nossa colina e o rio, exceto mais alguns pequenos morros que já tínhamos explorado, e não havia nada neles que valesse a pena andar até lá para ver, então esse não podia ser o nosso destino. Considerando tudo, era óbvio que estávamos indo para o rio, mas eu ainda não sabia por quê. Eu já o tinha visto muitas vezes e em todas as estações. Só podia imaginar que meu pai tinha encontrado alguma formação de gelo interessante e queria me mostrar. Se isso estivesse correto, não parecia valer todo o esforço.

Quando por fim chegamos ao rio, eu esperava que meu pai caminhasse pela margem até o que quer que fosse que eu deveria ver. Em vez disso, ele continuou em frente sobre o gelo sem diminuir o passo. Isso *foi* uma surpresa. O Tahquamenon era rápido e tinha pelo menos trinta metros de largura e, embora a maior parte estivesse congelada, grandes porções dele não estavam. Mas meu pai seguiu resoluto para o outro lado, sem nem olhar para trás, como se estivesse andando em chão firme. Só consegui parar na margem e ficar olhando. Normalmente eu o seguiria para onde ele me levasse, mas como ele poderia achar que era seguro atravessar o rio? Desde que tive idade suficiente para andar pelo pântano sozinha, meu pai me advertiu repetidas vezes para nunca entrar no rio no inverno, por mais sólido que o gelo parecesse. Gelo de rio não era como gelo de lago, por causa das correntes. Podia ser espesso em alguns lugares e fino em outros, e, a menos que se usasse um bastão para testar a espessura, o que meu pai não estava fazendo, não havia como saber. Se eu caísse através do gelo em um lago ou lagoa, ficaria gelada e molhada, mas não correria um perigo sério, porque lagos e lagoas do pântano costumam ser rasos. Mesmo que tivesse de nadar até um lugar em que o gelo fosse forte o bastante para suportar meu peso, eu conseguiria. Mas, se caísse no rio, a corrente me arrastaria para baixo do gelo antes que eu sequer tivesse tempo de respirar e gritar por socorro, e ninguém nunca mais me escutaria ou veria.

Isso foi o que meu pai me ensinou. No entanto, agora ele estava fazendo o oposto. Sempre pensei nele como tão poderoso que era quase indestrutível. Algo como um deus. Eu sabia que ele era humano, mortal, mas, se apenas metade das histórias que me contava fosse verdadeira, meu pai havia enfrentado e escapado de muitas situações perigosas. Porém nem mesmo ele poderia sobreviver a uma queda no rio congelado. E morte por afogamento não era o modo que eu escolheria.

Só que, talvez... talvez essa fosse a ideia. Meu pai nunca fazia nada sem um propósito. Talvez fosse por *isso* que ele me trouxera ao rio. Ele sabia que eu tinha medo de me afogar. Também sabia que eu era desesperada para explorar o outro lado do rio; eu tinha lhe pedido muitas vezes que me levasse em sua canoa. Não havia passado pela minha cabeça que ele pudesse saber como o pântano tinha se tornado claustrofóbico para mim, ou quanto eu desejava ver ou fazer algo novo, mas talvez ele soubesse. De qualquer modo, ele havia juntado as duas coisas, o que eu mais queria e o que eu mais temia, e me trazido ao rio para que eu pudesse enfrentar meu medo, em vez de mantê-lo apodrecendo dentro de mim.

Rapidamente, subi nos blocos de gelo junto à margem e avancei para o rio antes que tivesse tempo de mudar de ideia. Meu coração batia acelerado. Dentro das luvas, as mãos estavam úmidas de suor. Eu apoiava os pés com cuidado, tentando lembrar o caminho que meu pai havia feito para seguir exatamente seus passos. O gelo se movia para cima e para baixo enquanto eu andava, como se o rio estivesse respirando, como se fosse uma coisa viva e estivesse ofendido com essa menina arrogante que ousava atravessar sua superfície congelada. Imaginei o Espírito do Rio estendendo uma mão gelada para fora da água por um dos muitos buracos no gelo, agarrando meu tornozelo e me puxando para dentro. Vi a mim mesma olhando de baixo do gelo, meu cabelo espalhado e os pulmões lutando enquanto o Espírito do Rio me puxava para baixo, e para baixo, e para baixo, meu rosto aterrorizado e de olhos arregalados, como o da minha mãe.

Continuei andando. A água marrom passando em correnteza pelos buracos abertos me deixava tonta. Sentia a boca azeda de medo. Olhei para trás para ver quanto já havia avançado, depois para o meu pai para ver quanto faltava, e percebi que agora teria a mesma distância a percorrer para a segurança de um lado ou de outro. Queria parar, acenar alegremente para ele e mostrar como eu era corajosa e destemida. Em vez disso, eu corri, voando sobre o gelo o mais depressa que uma pessoa usando raquetes de neve feitas em casa conseguiria. Meu pai estendeu a mão e me ajudou a subir para a margem do rio e para o meio das árvores. Eu me curvei com as mãos nos joelhos até minha respiração voltar ao normal. A importância do que havia realizado era quase indescritível. Eu tive medo, mas ele não me impediu de fazer o que queria. *Essa* era a lição que meu pai queria que eu aprendesse. O conhecimento me encheu de poder. Estendi bem os braços, olhei para o céu e agradeci ao Grande Espírito pela sabedoria que ele dera ao meu pai.

Viramos para leste e caminhamos rio abaixo pela margem. Eu era Erik, o Ruivo, ou seu filho, Leif Eriksson, pondo os pés nas praias da Groenlândia ou da América do Norte pela primeira vez. Cada árvore, cada arbusto, cada pedra era uma pedra ou um arbusto ou uma árvore que eu nunca tinha visto. Até o ar parecia diferente. No nosso lado do rio, o pântano era constituído principalmente de áreas planas de gramíneas cobertas de água parada, com apenas uma ou outra elevação de terreno. Este lado era todo terra sólida, com enormes pinheiros brancos, tão grandes que duas pessoas não conseguiriam abraçá-los inteiros. Havia madeira suficiente para construir mil cabanas como a nossa, lenha suficiente para manter as famílias que vivessem nelas aquecidas por dezenas de anos. Eu me perguntei por que as pessoas que construíram nossa cabana não a construíram aqui.

Enquanto eu andava com as minhas raquetes de neve atrás do meu pai, sentia que seria capaz de caminhar por quilômetros. Então percebi que de fato *podia*. Não havia nada que me impedisse de andar para onde quisesse, porque eu não estava mais limitada pela água. Não era de surpreender que o pântano parecesse pequeno.

Claro que eu sabia que, por mais longe que fôssemos, em algum ponto teríamos que dar meia-volta e retornar a mesma distância. Também teríamos que atravessar o rio outra vez e, se não cronometrássemos muito bem a viagem de volta, poderia estar escuro quando chegássemos lá. Não tinha ideia de como faríamos nessa situação, mas não ia ficar pensando nisso. Meu pai tinha me feito atravessar o rio uma vez; ele podia fazer de novo. Tudo o que importava era que finalmente — *finalmente* — eu estava vendo e experimentando algo totalmente novo.

O rio ficou mais largo. A distância, eu ouvia um rugido baixo. A princípio, o som era tão tênue que eu não tinha certeza se era real. Mas gradualmente ficou mais alto. Soava como o barulho que o rio fazia quando o gelo quebra na primavera, só que não era primavera, e o rio estava congelado. Queria perguntar o que era aquele estrondo, por que ele estava ficando mais alto, por que a correnteza estava mais forte, mas meu pai andava tão depressa que eu mal conseguia manter o ritmo.

Chegamos a um lugar em que um cabo grosso feito de fios de metal entrelaçados estava estendido sobre o rio. Do nosso lado, o cabo se enrolava em uma árvore. A casca tinha crescido sobre os fios, por isso eu soube que ele estava ali havia muito tempo. Imaginei que estivesse preso de forma semelhante do outro lado. Pendurada no cabo no meio do rio havia uma placa. Exceto pela palavra "PERIGO" no alto em grandes letras vermelhas, o escrito era pequeno demais para ler. Eu não entendia por que alguém teria todo esse trabalho de pendurar uma placa em um lugar onde as únicas pessoas que conseguiriam ler teriam que estar em um barco. E qual era o perigo?

Continuamos andando. A neve ficou escorregadia e molhada. As árvores estavam cobertas com o que parecia geada, mas, quando puxei um galho, a cobertura não caiu como aconteceria com geada.

E então o rio desapareceu. Essa é a única maneira em que posso pensar para descrever aquilo. Ao nosso lado, o leito corria rápido e largo. Cem metros à frente, não havia nada além de céu. O rio simplesmente acabava, como se tivesse sido cortado com uma faca. O rio desaparecido, a geada que não era geada, o rugido que soava como trovões, mas nunca parava — eu me sentia como se tivesse saído do mundo real e entrado em uma das histórias do meu pai.

Ele me levou por uma brecha nas árvores em direção à borda de um rochedo gelado. Por um momento aterrorizante, achei que esperava que nós déssemos as mãos e pulássemos, como nas lendas sobre guerreiros e donzelas indígenas proibidos de se casarem. Em vez disso, ele pôs as mãos em meus ombros e me virou gentilmente.

Fiquei de boca aberta. A menos de quinze metros de onde nos encontrávamos, o rio explodia pela beira do rochedo em uma densa parede de água marrom e dourada e despencava infinitamente nas pedras abaixo. Pedaços de gelo tão grandes quanto a nossa cabana congestionavam o rio na base. Gelo espesso revestia as árvores e as pedras. As laterais da cachoeira estavam congeladas em enormes colunas de gelo, como os pilares de uma catedral medieval. Diretamente à nossa frente, uma plataforma de madeira se projetava sobre o topo da cachoeira. Degraus subiam da plataforma por uma encosta íngreme e para o meio das árvores. Eu tinha visto fotografias das cataratas do Niágara nas *National Geographics*, mas aquilo estava além de qualquer coisa que eu pudesse ter imaginado. Não tinha ideia de que uma coisa assim existia no nosso pântano, que dirá a menos de um dia de caminhada.

Ficamos ali olhando por um longo tempo. A névoa molhava meu cabelo, meu rosto, meus cílios. Por fim, meu pai deu uma batidinha em meu braço. Eu não queria ir embora, mas o segui para o meio das árvores e me sentei ao lado dele sobre um tronco caído. Como tudo o mais naquela floresta mágica, o tronco era imenso, pelo menos três vezes o tamanho do maior tronco caído que eu já tinha visto.

Meu pai sorriu e fez um gesto amplo com a mão.

— O que você acha?

— É maravilhoso — foi tudo o que pude dizer. Esperava que fosse suficiente. O barulho, os borrifos, a água caindo eternamente. Eu não tinha palavras para descrever a magnitude do que estava pensando e sentindo.

— Isso é nosso, Bangii-Agawaateyaa. O rio, a terra, essa cachoeira, tudo pertence a nós. Muito antes de o homem branco chegar, nosso povo pescava nessas águas e caçava nessas margens.

— E a plataforma de madeira? Nós construímos isso também?

O rosto do meu pai ficou sério. No mesmo instante, desejei não ter feito a pergunta, mas era tarde demais para pegá-la de volta.

— Do outro lado da cachoeira é um lugar que os homens brancos chamam de parque. Os homens brancos construíram os degraus e a plataforma para as pessoas lhes darem dinheiro para olhar a nossa cachoeira.

— Eu achei que a plataforma podia ser para pescar.

Meu pai bateu as mãos e riu alto e demorado. Normalmente eu teria ficado contente com sua reação, mas não estava tentando ser engraçada. Assim que as palavras saíram da minha boca, me dei conta de que não havia peixes naquelas águas. Meu pai tinha me dito que nosso rio desembocava em um grande lago chamado Gitche Gumee, em um lugar que os ojibwa chamam de Ne-adikamegwaning e os brancos chamam de baía

Whitefish. Eu também sabia, pelas *National Geographics*, que os salmões nadam rio acima pelas corredeiras para desovar nos rios do Noroeste Pacífico, mas nenhum peixe poderia nadar pelo meio daquilo.

A risada do meu pai ecoou de volta do outro lado, aguda, como a de uma mulher ou uma criança. Ele ficou em silêncio, mas o eco de seu riso continuou. Meu coração bateu forte. Nanabozho, o pregador de peças, tinha que ser ele, escondido do outro lado do rio, ampliando a risada do meu pai por minha tolice e lançando-a de volta sobre a água para debochar de mim. Levantei depressa. Queria ver que forma o velho troca-peles havia assumido hoje. Meu pai segurou minha mão e me puxou para baixo. Levantei a cabeça mesmo assim. Se Nanabozho estava visitando esta floresta, eu tinha que ver.

Um novo som, como um tinido de metal, e duas pessoas desceram a escada correndo. Aquilo não era o que eu esperava. Nanabozho costumava aparecer como um coelho ou uma raposa. Mas Nanabozho era filho de um pai espírito e uma mãe humana, então eu imaginava que devia ser possível ele assumir a forma humana. Só que, a menos que ele também pudesse se dividir em dois, os humanos na plataforma deviam ser reais.

Pessoas. As primeiras pessoas, sem ser minha mãe e meu pai, que eu via. Elas usavam gorros, cachecóis e casacos, por isso não dava para ter certeza, mas, se tivesse que chutar, eu diria que pareciam um menino e uma menina.

Um menino e uma menina.

Crianças.

Mais vozes, graves, e outras duas pessoas desceram os degraus. Adultos. Um homem e uma mulher. A mãe e o pai das crianças.

Uma família.

Prendi a respiração. Tive medo de que, se eu a soltasse, o som pudesse atravessar a água e afugentá-los. Meu pai apertou meu braço, me alertando para ficar quieta, mas nem era necessário. Eu não queria chamar a atenção deles. Só queria olhar. Gostaria que tivéssemos trazido a espingarda, assim eu poderia observá-los pela mira.

A família conversou, riu, brincou. Eu não conseguia entender o que diziam, mas era evidente que estavam se divertindo. Quando o pai, por fim, levantou a criança menor, colocou-a sentada em seus ombros e subiu os degraus, minhas pernas estavam duras de frio e meu estômago roncava. A mãe seguiu mais devagar com a outra criança. Continuei a ouvir seus risos até muito depois de a família ter desaparecido.

Meu pai e eu ficamos agachados atrás do tronco por um longo tempo. Enfim ele se levantou, se alongou, abriu a mochila e colocou nosso almoço sobre o tronco. Normalmente, meu pai teria acendido uma fogueira para fazer chá, mas ele não fez isso, então comi neve para ajudar os biscoitos da minha mãe a descerem.

Quando terminamos de comer, meu pai guardou tudo de novo na mochila e se virou para ir embora sem falar nada. Enquanto caminhávamos de volta para nossa cabana, eu não conseguia parar de pensar naquela família. Estávamos tão perto que eu achava que poderia ter jogado uma pedra e acertado neles. Com certeza poderia ter chamado sua atenção se tivesse disparado uma bala nas árvores sobre a cabeça deles. Eu me perguntava o que aconteceria se tivesse feito isso.

Estive na cachoeira do Tahquamenon muitas vezes depois. As cataratas são sempre impressionantes: sessenta metros de largura, com uma queda vertical de quase quinze metros. Duzentos mil litros de água se despejam pela borda a cada segundo durante as cheias de primavera, fazendo da cachoeira do Tahquamenon a terceira mais volumosa a leste do Mississippi. Mais de quinhentas mil pessoas de todo o mundo visitam a região a cada ano. Por alguma razão, ela é especialmente popular entre os turistas do Japão. O parque tem um centro de visitantes, um restaurante/microcervejaria, banheiros públicos e uma loja de lembranças onde vendo minhas compotas e geleias. O caminho para a cachoeira é pavimentado para facilitar o acesso, e o serviço do parque construiu cercas de cedro ao longo das bordas do rochedo para as pessoas não caírem. Já houve mortes na cachoeira, como o homem que pulou no redemoinho no fundo para pegar o tênis de sua namorada que havia caído na água, mas isso não é culpa da administração do parque.

Stephen e eu trouxemos as meninas em março passado. Foi a primeira vez que voltei no inverno. Pensando agora, eu devia ter previsto o que ia acontecer. Mas, na ocasião, só pensei em como as meninas iam gostar de sua primeira visão das cataratas. Stephen vinha insistindo em fazer o passeio havia algum tempo, mas eu quis esperar até que Mari tivesse idade suficiente para apreciar o que estava vendo. Além disso, são noventa e quatro degraus de descida até a plataforma de observação e noventa e quatro degraus para subir de volta, portanto não é muito aconselhável levar uma criança que precise ir no colo.

Eu estava de pé junto à cerca na plataforma, observando Stephen e as meninas rirem e jogarem bolas de neve, apenas desfrutando o dia de modo geral, quando me virei para olhar para o outro lado, para o lugar onde meu pai e eu havíamos estado tantos anos antes. No mesmo instante eu tinha onze anos outra vez, agachada atrás do tronco com meu pai, olhando para a plataforma do outro lado da cachoeira onde estava agora com Stephen e as minhas filhas. Foi então que percebi.

Nós éramos aquela família.

Fui tomada de tristeza pela menina que eu era aos onze anos. Na maior parte do tempo, quando lembro o modo como fui criada, consigo ver as coisas com bastante objetividade. Sim, eu era a filha de uma jovem raptada com seu raptor. Por doze anos, vivi praticamente sem ver ou falar com nenhuma outra pessoa além dos meus pais. Posto nesses termos, parece terrível. Mas essas eram as cartas que a vida tinha me dado, e era com elas que eu precisava jogar se quisesse seguir em frente, como a terapeuta indicada pelo tribunal costumava dizer. Como se a analogia pudesse significar alguma coisa para uma menina de doze anos que nunca tinha visto um baralho.

Mas, enquanto eu estava ali parada junto à cerca, olhando para o fantasma do meu passado do outro lado da cachoeira, meu coração se partiu pela pobre criança selvagem que eu fui. Tão ignorante do mundo exterior, apesar de suas preciosas *National Geographics*. Uma criança que não sabia que uma bola pulava, ou que, quando as pessoas se cumprimentavam com as mãos estendidas, isso se chamava aperto de mãos, porque as mãos de fato se apertavam. Que não sabia que as pessoas tinham vozes diferentes, porque nunca tinha ouvido alguém falar, além de seu pai e sua mãe. Que não conhecia nada da cultura moderna, ou de música popular, ou de tecnologia. Que se escondeu da primeira oportunidade de contato com o mundo exterior, porque seu pai lhe disse para fazer isso.

Também fiquei triste por meu pai. Ele sabia que eu era inquieta. Tenho certeza de que, ao me mostrar o que considerava o maior tesouro do pântano, ele esperava me convencer a ficar. Mas, depois que vi aquela família, tudo o que eu queria era ir embora.

Virei de costas para a cerca sem ter nenhuma explicação para as minhas lágrimas, a não ser que não estava me sentindo bem e precisava voltar para casa. Claro que as meninas ficaram decepcionadas. Stephen levantou Mari sobre os ombros e começou a subir os degraus sem questionar. Mas, enquanto eu subia mais devagar com Iris, sabia que ele não havia acreditado em mim.

17

O homem nu caído na cozinha da cabana não é meu marido. A ideia de que poderia ser Stephen foi só um pensamento momentâneo, uma dessas reações emocionais ilógicas que surgem na cabeça nos primeiros segundos quando se tem uma surpresa ou um choque e são descartadas com a mesma rapidez.

O fato de que o homem está nu é perturbador. É fácil pressupor que, quando meu pai o abordou, ele não estava cozinhando seu café da manhã sem roupa. É igualmente fácil deduzir que o homem não está usando roupas porque meu pai o fez tirá-las antes de atirar. Isso significa que o homem não só sabia que estava prestes a morrer como meu pai ainda quis humilhá-lo em seus momentos finais. Mas, claro, meu pai sempre teve um lado sádico. Duvido de que treze anos em uma prisão de segurança máxima tenham melhorado suas inclinações.

O que me incomoda, mais do que o jeito como meu pai matou o homem, é que ele não tinha necessidade nenhuma de matá-lo. Poderia tê-lo amarrado em uma cadeira, colocado uma mordaça se não quisesse ficar ouvindo seus protestos, preparado alguma coisa para comer, trocado de roupa, tirado um cochilo, jogado cartas, escutado música, ou qualquer outra coisa que quisesse fazer na cabana enquanto as equipes de busca vasculhavam o pântano à sua procura, e então seguido caminho quando anoitecesse. Alguém acabaria encontrando o homem, provavelmente em poucos dias, quando as equipes de busca percebessem que haviam sido enganadas e voltassem a atenção para o norte. Se o homem tivesse um mínimo de expediente, poderia pensar em inúmeras maneiras de se soltar sozinho. Em vez disso, meu pai o fez tirar as roupas, ajoelhar e suplicar pela vida, depois o matou com um tiro na nuca.

Pego meu celular. Está sem serviço. Ligo para a emergência mesmo assim. Às vezes uma ligação ou mensagem acaba passando. Dessa vez, porém, não funciona. Mas outra notificação aparece na tela. Quatro mensagens de Stephen:

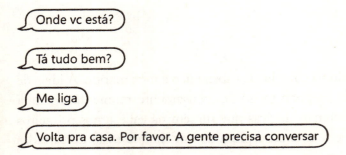

Leio a primeira mensagem outra vez e olho para o corpo do homem. Onde eu estou? Stephen com certeza não gostaria de saber.

Atravesso a cozinha para tentar o telefone fixo. Sem tom de discagem. Se foi o homem que não pagou a conta ou meu pai que cortou a linha não importa. Saio e caminho pela frente da casa com o celular na mão, para ver se consigo sinal. Nem me preocupo em procurar pegadas ou outros sinais de que meu pai esteve aqui. Seja lá qual for o jogo que ele está jogando, estou fora. Vou pegar meu carro e dirigir até conseguir sinal de celular, ou ir até o departamento de polícia e comunicar o assassinato, se for preciso, e depois voltar direto para casa, para o meu marido. A polícia não vai gostar de eu ter saído à procura do meu pai, nem Stephen, mas esse é o menor dos meus problemas. Talvez Stephen pense que seguir em frente será simplesmente uma questão de nós dois dizermos "Desculpe, eu amo você", mas eu sei que não é assim. No fundo da mente dele sempre haverá o conhecimento de que o pai da mulher com quem se casou é um homem muito mau. Stephen pode fingir que nada mudou. Pode até se iludir e acreditar que isso é verdade. A realidade, porém, é que ele nunca vai conseguir esquecer que metade da minha composição genética vem do meu pai. Provavelmente ele está no computador agora mesmo, lendo tudo o que conseguir encontrar sobre o Rei do Pântano e sua filha.

E desta vez, quando os abutres da imprensa caírem em cima de mim para me destroçar, será pior, por causa das minhas filhas. Stephen e eu podemos tentar protegê-las da atenção, mas será como tentar conter uma cachoeira. Mari provavelmente vai conseguir lidar com a notoriedade. Iris, nem tanto. De qualquer modo, um dia elas vão saber tudo sobre mim, sobre seus avós e sobre a abominação que seu avô fez com sua avó. Está tudo na internet, inclusive o artigo da revista *People* com aquela capa ridícula. Basta elas procurarem no Google.

Espero que, quando esse momento chegar, minhas filhas saibam que tentei ser uma mãe melhor para elas do que a minha mãe foi para mim. Entendo que foi difícil para ela depois que saímos do pântano. Ela voltou para um mundo que havia continuado sem ela. As meninas com quem ela ia para a escola tinham crescido, se casado, tido filhos, se mudado. Sem a notoriedade que seu rapto lhe trouxe, é difícil dizer como a vida da minha mãe teria sido. Eu a imagino se casando assim que terminasse o colégio, tendo dois filhos em rápida sucessão, morando em um trailer nos fundos da propriedade de seus pais ou na cabana vazia de alguém, lavando pratos, limpando a casa e cozinhando o jantar enquanto seu marido entregava pizzas ou cortava madeira. Não tão diferente de sua vida no pântano, se a gente pensar bem. Se isso parece muito duro, é preciso lembrar que minha mãe tinha apenas vinte e oito anos quando saiu do pântano. Ela poderia ter completado os estudos, feito alguma coisa da vida. Eu entendo que meu pai a raptou quando ela estava em uma idade vulnerável; sei que há um preço terrível para crianças que crescem em cativeiro. O confinamento as atrofia exatamente no momento da vida em que elas deveriam estar amadurecendo emocional e intelectualmente. Muitas vezes eu me perguntei se a boneca que minha mãe fez para mim em meu aniversário de cinco anos teria sido, na verdade, para ela.

Mas estava sendo difícil para mim também. Eu não tinha amigos. Tinha largado a escola. Meus avós me odiavam, ou pelo menos agiam como se odiassem, e eu definitivamente os odiava pelo modo como me tratavam.

Odiava o jeito como minha mãe ficava no quarto o dia inteiro, e odiava meu pai pelo que quer que tivesse feito a ela que a deixava com medo de sair. Pensava em meu pai todos os dias. Sentia falta dele. Eu o amava. Queria mais que tudo que as coisas voltassem a ser como eram antes de sairmos do pântano. Não os dias caóticos imediatamente antes da nossa fuga, mas o tempo em que eu era pequena, a única época da minha vida em que tinha sido realmente feliz.

Eu soube que minha mãe nunca seria o tipo de mãe de que eu precisava desesperadamente no dia em que encontrei um homem em sua cama. Não sei havia quanto tempo eles estavam juntos. Podia ser a primeira noite ou a centésima. Talvez ele a amasse. Talvez ela o amasse também. Talvez ela estivesse pronta para finalmente deixar o passado para trás. Se era isso, acho que acabei com a festa.

Eu tinha me vestido e subido a escada para usar o banheiro. Havia duas camas de solteiro no quarto da minha mãe, mas, depois de semanas compartilhando seu quarto de infância, achei que já bastava de ficar junto e me mudei para o sofá no porão.

A porta do banheiro estava fechada. Imaginei que minha mãe o estava usando, então fui ao quarto dela pegar alguma coisa para ler enquanto a esperava sair. Minha mãe costumava passar muito tempo no banheiro externo quando eu era criança, e supus que fosse demorar. Eu achava que era porque ela vivia sentindo enjoo, mas, pensando em retrospecto, acho agora que era porque o banheiro externo era o único lugar no terreno onde ela podia ter a certeza de ficar em paz.

Parei na porta quando vi um homem deitado de lado na cama da minha mãe. O lençol estava jogado para trás, expondo sua nudez, a cabeça apoiada no cotovelo. Eu sabia o que eles tinham feito. A maioria das crianças de catorze anos saberia. Quando se mora com a mãe e o pai em uma cabana minúscula e se passa tempo com eles regularmente em uma cabana de suar sem nenhuma roupa e se tem muitas fotos de povos primitivos nus na *National Geographic* para examinar, só sendo muito burro para não acabar entendendo o que aqueles barulhos de molas rangendo na cama significam.

O homem parou de sorrir quando viu que era eu e não minha mãe. Ele se sentou depressa e puxou o lençol sobre o colo. Pus um dedo nos lábios, puxei minha faca e sentei na cama na frente dele, com a faca apontada para suas partes íntimas. O homem esticou o corpo e levantou as mãos sobre a cabeça tão depressa que eu quase ri. Acenei com a faca indicando a pilha de roupas no chão. Ele procurou no meio delas, vestiu a camisa, a cueca, as meias e a calça, pegou as botas e saiu silenciosamente, sem que nenhum de nós dissesse uma só palavra. A coisa toda levou menos de um minuto. Minha mãe começou a chorar quando viu que ele tinha ido embora. Até onde eu sei, ele nunca voltou.

Depois disso, comecei a fazer planos para fugir. Eu costumava passar as noites no bosque sempre que tinha vontade desde que saí do pântano, mas dessa vez era diferente. Mais calculado. Permanente. Enchi uma mochila com tudo de que precisaria para passar o verão na cabana, talvez mais tempo, me esgueirei até o Tahquamenon e roubei uma canoa. Pensei em pescar e caçar um pouco, talvez procurar meu pai, desfrutar a sensação de estar sozinha por algum tempo, para variar. O assistente do xerife me alcançou no dia seguinte, em um barco de patrulha. Eu devia ter imaginado que uma canoa roubada e uma menina do mato desaparecida levariam direto até a nossa cabana.

Essa foi a primeira de muitas vezes que fugi. E, de certa maneira, pode-se dizer que nunca mais parei.

Um raio, uma trovoada, e a garoa se transforma em chuva. Guardo o celular no bolso e corro em direção à picape. Rambo está estranhamente silencioso. Normalmente ele estaria latindo para me avisar que quer entrar, mesmo eu tendo lhe dito para deitar na traseira e ficar quieto. Ele é tão bem treinado quanto possível para um plott hound, mas cada raça tem seus limites.

Saio da entrada de carros e me escondo atrás do maior pinheiro que consigo encontrar, o que não é grande coisa. A árvore tem uns vinte e cinco centímetros de diâmetro, no máximo. Fico absolutamente imóvel. Um caçador usando roupa camuflada, com as costas em uma árvore para esconder seu contorno, é praticamente invisível desde que fique quieto. Não estou com roupa camuflada, mas, quando a ideia é se confundir com o ambiente em uma floresta, tenho mais prática que a maioria das pessoas. Também tenho uma audição excelente, bem melhor que qualquer pessoa com quem já cacei, com a possível exceção do meu pai, o que costumava me surpreender, até eu me dar conta de que isso também é consequência da maneira como fui criada. Sem rádio, televisão, tráfego e os milhares de outros barulhos a que as pessoas estão expostas todos os dias, aprendi a discernir os sons mais sutis. Um rato procurando comida entre agulhas de pinheiro. Uma única folha caindo na floresta. O bater de asas quase inaudível de uma coruja-das-neves.

Espero. Não há nenhum ganido vindo da traseira da picape, nenhum raspar de garras no metal. Assobio uma nota longa seguida por três curtas. A primeira, grave, as três seguintes ligeiramente mais agudas. O assobio a que treinei meu cachorro para responder não enganaria um chapim, mas, se meu pai estiver por perto, o fato de fazer treze anos que ele não ouve o canto de um chapim deve jogar a meu favor.

Ainda nada. Pego a Magnum de trás do meu jeans e rastejo de barriga pelo meio dos arbustos. A picape parece estar mais baixa. Chego um pouco mais perto. Os dois pneus do lado do motorista foram cortados.

Eu me levanto, respiro fundo e me aproximo para olhar a traseira. A carroceria está vazia. Rambo sumiu.

Solto a respiração. A correia do cachorro foi cortada, sem dúvida com a mesma faca que meu pai pegou na cabana para rasgar meus pneus. Como fui burra por não ter pensado nisso. Eu deveria saber que ele não me conduziria até esta cabana só porque queria me ver de novo. Isto é um teste. Ele quer jogar nosso velho jogo de seguir rastros uma última vez, para provar definitivamente que é melhor do que eu em caçar e rastrear. *Eu lhe ensinei tudo o que você sabe. Vamos ver se você aprendeu bem.*

Ele levou Rambo para que eu não tivesse escolha a não ser segui-lo. Não é a primeira vez que faz isso. Quando eu tinha uns nove ou dez anos e já era muito boa em seguir rastros, meu pai arrumou uma maneira de tornar o jogo mais desafiador aumentando as apostas. Se o encontrasse dentro do prazo definido, geralmente antes do pôr do sol, mas nem sempre, eu poderia atirar nele. Se não, meu pai pegaria algo importante para mim: minha coleção de espigas de taboa, minha camisa de reserva, o terceiro conjunto de arco e flechas que eu tinha feito com ramos jovens de salgueiro e que realmente funcionava. Nas últimas três vezes que jogamos — e, não por coincidência, as últimas três vezes que eu ganhei —, as apostas foram minhas luvas de couro de filhote de veado, minha faca e meu cachorro.

Dou a volta para checar o outro lado da picape. Os pneus do lado do passageiro também estão murchos. Dois conjuntos de pegadas se afastam em ângulo do carro pela estrada e para o meio das árvores, homem e cachorro. As pegadas são tão fáceis de ver que poderiam ter sido pintadas em neon e com setas de direção. Se uma pessoa olhasse de cima, traçasse uma linha pelas pegadas a partir de onde estou agora e extrapolasse para onde o homem e o cachorro estão viajando, a linha terminaria na minha casa.

O que significa que não estamos jogando pelo meu cachorro. Estamos jogando pela minha família.

18
A CABANA

Às vezes era como se Helga agisse por pura maldade, pois com frequência, quando sua mãe aparecia na soleira da porta ou saía para o pátio, ela se sentava na borda do poço, agitava os braços e as pernas no ar e de repente caía para dentro.

Ali, por sua natureza de sapo, ela mergulhava e nadava na água do poço profundo, até que, por fim, subia de volta como um gato e retornava pingando para o saguão da casa, fazendo as folhas verdes espalhadas no chão rodopiarem na água e serem levadas pelos rios que escorriam dela.

— *Hans Christian Andersen,*
A filha do Rei do Pântano

Por semanas depois que meu pai me levou para ver a cachoeira, não consegui parar de pensar naquela família. O jeito como as crianças corriam para cima e para baixo nos degraus. Como seus pais ficaram abraçados, sorrindo, enquanto o menino e a menina jogavam bolas de neve, brincavam de luta e riam. Eu não tinha certeza se eram mesmo um menino e uma menina, porque estavam de cachecol, gorro e casaco, mas imaginei assim. Chamei o menino de Cousteau, porque ele usava um gorro vermelho como o de Jacques-Yves Cousteau nas fotografias da *National Geographic*, e sua irmã de Calypso, como o navio de Cousteau. Antes de eu descobrir o artigo sobre Cousteau, Erik, o Ruivo, e seu filho Leif Eriksson eram meus exploradores favoritos. Mas eles só viajavam na superfície da água, enquanto Cousteau explorava o que havia embaixo. Sempre que eu tentava contar ao meu pai sobre as descobertas de Cousteau, ele dizia que um dia os deuses iam castigá-lo por ter ousado ir até uma parte da Terra que os homens nunca deveriam ver. Eu não entendia por que os deuses se incomodariam com isso. Teria gostado de saber o que havia no fundo do nosso pântano.

Cousteau, Calypso e eu fazíamos tudo juntos. Eu os imaginei mais velhos que as crianças na plataforma, para que fossem melhores companhias para mim e pudessem me ajudar nas minhas tarefas. Às vezes eu inventava histórias: "Cousteau, Calypso e Helena nadam na lagoa dos castores",

"Cousteau e Calypso vão pescar no gelo com Helena", "Cousteau e Calypso ajudam Helena a pegar uma tartaruga-mordedora". Não podia escrever as histórias porque não tínhamos lápis ou papel, então eu repetia as melhores muitas vezes na minha cabeça para não esquecer. Sabia que os verdadeiros Cousteau e Calypso moravam com os pais em uma casa com uma cozinha como as das *National Geographics*. Eu poderia ter criado histórias que se passassem lá: "Cousteau, Calypso e Helena comem pipoca enquanto veem televisão em seu novíssimo televisor RCA em cores", mas era mais fácil trazê-los para o meu mundo do que me imaginar no deles.

Minha mãe chamava Cousteau e Calypso de meus amigos imaginários. Ela perguntava por que eu não brincava com a boneca que tinha feito para mim do mesmo jeito que brincava com eles. Mas agora era tarde demais para isso, mesmo que eu quisesse, e eu não queria. A boneca ainda estava pendurada nas algemas no galpão de lenha, mas não restava muito dela. Ratos tinham acabado com a maior parte do enchimento e a roupa estava toda perfurada de buracos de flechas.

Meu pai nunca disse uma palavra sobre aquela família, nem no caminho de volta da cachoeira, nem nas semanas seguintes. No começo, o silêncio dele me incomodou. Eu tinha muitas perguntas. De onde a família tinha vindo? Como eles chegaram à cachoeira? Vieram de carro ou andaram até lá? Se vieram andando, deviam morar perto, porque as crianças eram pequenas demais para caminhar muito tempo e eles não estavam usando sapatos de neve. Qual era o nome das crianças — não os que eu tinha inventado, mas os nomes reais? Quantos anos elas tinham? O que gostavam de comer? Elas iam para a escola? Tinham televisão? E viram meu pai e eu observando do outro lado da cachoeira? Estariam agora pensando as mesmas coisas sobre mim?

Eu gostaria de saber pelo menos algumas das respostas. Pensei em arrumar a mochila com suprimentos suficientes para dois ou três dias e caminhar até a linha das árvores, enquanto o pântano ainda estava congelado, para ver se conseguia encontrar a casa deles. Ou, se não conseguisse encontrar aquela família, talvez achasse outra igualmente interessante. Eu sempre soube que o mundo era cheio de pessoas. Agora eu sabia que algumas delas não estavam tão distantes.

Uma coisa era certa: eu não poderia ficar no pântano para sempre. Não era só o fato de nossos suprimentos estarem acabando. Meu pai era muito mais velho que minha mãe. Um dia ele ia morrer. Nós duas poderíamos nos virar sozinhas enquanto tivéssemos munição para a espingarda, mas um dia minha mãe ia morrer também, e então o que eu faria? Não queria morar no pântano sozinha. Queria encontrar um parceiro. Havia um menino no artigo sobre os ianomâmi que me parecia bonito. Ele usava um macaco morto sobre os ombros como capa e mais nada. Eu sabia que ele morava em outra parte do mundo e provavelmente nunca nos encontraríamos. Mas devia haver outros meninos como ele que viviam mais perto e com quem eu poderia me juntar. Eu achava que, se conseguisse encontrar um, poderia trazê-lo para o pântano comigo e formar minha própria família. Ter um filho e uma filha seria bom.

Até ver aquela família, eu não sabia bem como isso tudo poderia funcionar. Mas agora tinha algumas ideias.

Meu pai saiu três vezes durante aquelas semanas para caçar nosso veado de primavera e, em todas as vezes, voltou de mãos vazias. Ele dizia que a razão de não ter conseguido abater um veado era que a terra estava amaldiçoada. Disse que os deuses estavam nos castigando. Não disse por quê.

Na quarta vez, ele me levou junto. Meu pai achava que, se eu atirasse, isso anularia a maldição. Eu não sabia se era verdade, mas, se significava que eu finalmente teria a chance de atirar em outro veado, estava ótimo para mim. Todos os anos desde que atirara em meu primeiro veado eu perguntava ao meu pai se podia ir caçar outra vez, e todos os anos ele dizia não. Eu não entendia por que ele teve todo o trabalho de me ensinar a atirar se não pretendia me deixar dividir a tarefa de pôr carne de veado na mesa.

Cousteau e Calypso ficaram em casa. Meu pai não gostava quando eu dizia o nome deles ou brincava com eles. Às vezes eu fazia isso de propósito só para irritá-lo, mas não hoje. Ele andava tão bravo o tempo todo por causa da maldição que eu já estava pensando em mandá-los embora.

("Cousteau e Calypso visitam os ianomâmi na floresta tropical sem Helena.") Rambo ficou amarrado no galpão de lenha. Ele era bom para espantar um urso de dentro da toca ou encurralar um guaxinim em uma árvore, meu pai dizia, mas não para caçar veados, porque eles se assustam com muita facilidade. Eu não entendia por que isso seria um problema. Mesmo que Rambo assustasse os veados, poderia persegui-los facilmente, porque conseguia correr sobre a crosta de neve, enquanto as pernas finas dos veados a atravessavam. Aí nós só teríamos que ir até lá e atirar em um. Às vezes eu achava que a única razão de meu pai criar tantas regras e proibições era para mostrar que podia.

Fui na frente, porque estava com a espingarda. Eu gostava que isso significasse que meu pai tinha que seguir para onde eu quisesse ir. Pensava no apelido que ele tinha me dado, Bangii-Agawaateyaa, e sorria. Eu não era mais sua Pequena Sombra.

Tomei a direção da colina onde atirei em meu primeiro veado, porque aquele lugar havia me trazido sorte. E ainda tinha a esperança de atirar em uma corça que estivesse grávida de gêmeos.

Quando chegamos à toca de castores abandonada onde meu pai costumava montar suas armadilhas, fiz sinal para ele se abaixar, tirei as luvas e agachei ao lado dele. Molhei o dedo para testar o vento e contei até cem, para dar tempo de os veados se acalmarem se algum deles tivesse nos escutado. Lentamente, levantei a cabeça.

Do outro lado da toca dos castores, a meio caminho entre nós e o pântano de cedros onde os veados deveriam estar, parado em campo aberto, tão ousado e destemido quanto se poderia imaginar, estava um lobo. Era um macho, duas vezes maior que um coiote e três vezes maior que meu cachorro, com uma cabeça enorme, testa larga, peito sólido e pelo espesso e escuro. Eu nunca tinha visto um lobo, a não ser a pele no barracão, mas não havia como confundir o que era aquilo. Agora eu entendia por que meu pai não tinha conseguido abater um veado. A terra não estava amaldiçoada, ela só era o lar de um novo caçador.

Meu pai puxou a manga da minha camisa e apontou para a espingarda. "Atire", disse, só movendo os lábios. Ele bateu no peito para mostrar onde eu deveria acertar a fim de não arruinar a pele. Levantei a espingarda com o máximo cuidado possível e olhei pela mira. O lobo nos olhava com um ar calmo, inteligente, como se soubesse que estávamos ali e não se importasse. Deslizei o dedo para o gatilho. O lobo não se moveu. Pensei nas histórias do meu pai. Como Gitche Manitou enviou o lobo para fazer companhia ao Homem Original enquanto este caminhava pela Terra dando nomes às plantas e aos animais. Como, quando terminaram, Gitche Manitou decretou que Mai'iigan e o Homem deveriam seguir caminhos separados, mas a essa altura eles haviam passado tanto tempo juntos que eram próximos como irmãos. Como, para os Anishinaabe, matar um lobo era o mesmo que matar uma pessoa.

Meu pai apertou meu braço. Eu sentia sua agitação, sua raiva, sua impaciência. "Atire", ele teria sibilado se pudesse. Meu estômago se apertou. Pensei nas pilhas de peles no barracão. Em como, por causa das armadilhas do meu pai, os castores que antes viviam na toca atrás da qual estávamos agachados tinham todos desaparecido. Em como o lobo era tão confiante que atirar em Mai'iigan não seria diferente de atirar em meu cachorro.

Baixei a espingarda. Levantei, bati palmas e gritei. O lobo ficou olhando por mais um momento. Depois, com dois grandes e belos saltos, desapareceu.

Eu sabia, quando decidi não atirar no lobo, que ia acabar dentro do poço. Não sabia que meu pai ia arrancar a espingarda de mim e bater com a coronha em meu rosto com tanta força que aterrissei de costas na neve. Também não esperava que ele me levasse de volta para a cabana com a ponta da arma em minhas costas, como se eu fosse uma prisioneira. Gostaria de poder dizer que não me importava. Mesmo assim, eu não via como poderia ter agido de modo diferente. Eu não gostava de ir contra o meu pai. Sabia quanto ele queria a pele daquele lobo. Mas o lobo também a queria.

Pensei nessas coisas agachada sobre os calcanhares na escuridão. Não podia sentar, porque meu pai tinha forrado o fundo do poço com chifres de veado, ossos de costela, vidro quebrado e cacos de louça — qualquer coisa que pudesse me machucar ou cortar se eu tentasse sentar. Quando eu era pequena, conseguia me encolher de lado e deitar nas folhas caídas no fundo. Às vezes eu dormia. Acho que foi por isso que meu pai começou a encher o poço de detritos. O tempo para pensar não era para ser confortável.

O poço era fundo e estreito. O único jeito de estender completamente os braços era levantá-los sobre a cabeça. Eu fazia isso sempre que minhas mãos começavam a formigar. Teria que crescer mais uns dois metros para alcançar a tampa.

Eu não sabia que horas eram ou quanto tempo fazia que estava no poço, porque a tampa não deixava passar nenhuma luz. Meu pai disse que as pessoas que construíram a cabana fizeram a tampa desse jeito para as crianças não caírem dentro. Eu só sabia que ele ia me manter no poço por tanto tempo quanto quisesse e me deixar sair quando tivesse vontade. Às vezes eu pensava no que aconteceria se ele não abrisse o poço. Se a União Soviética jogasse uma bomba nos Estados Unidos, como as *National Geographics* diziam que Nikita Khrushchev queria fazer, e a bomba matasse meus pais, o que aconteceria comigo? Eu tentava não pensar nessas coisas com muita frequência. Quando pensava, ficava difícil respirar.

Eu estava muito cansada. Minhas mãos e meus pés estavam dormentes e os dentes batiam, mas eu tinha parado de tremer, o que era bom. Meu pai me deixou ficar de roupa dessa vez, o que ajudou. Meus dentes da frente estavam moles e a lateral do rosto doía, mas o que realmente me preocupava era minha perna. Eu a cortei em algo afiado quando meu pai me jogou lá dentro. Limpei o sangue com a barra da camisa e enrolei o cachecol no alto da perna como um torniquete, mas não sabia se estava funcionando. Tentei não pensar na vez em que compartilhei o poço com um rato.

— Você está bem?

Abri os olhos. Calypso estava sentada no banco da frente da canoa do meu pai. A canoa balançava suavemente na correnteza. O dia era ensolarado e quente. As taboas se inclinavam e oscilavam na brisa. No alto, um falcão descia velozmente em um mergulho. A distância, um pássaro-preto-da-asa-vermelha cantava. A canoa se aproximou devagar pelo meio dos juncos. Cousteau estava sentado atrás.

— Venha conosco — disse Calypso. — Nós vamos explorar. — Ela sorriu e estendeu a mão.

Quando levantei, senti as pernas trêmulas, como se não pudessem me apoiar. Segurei a mão dela e entrei com cuidado na canoa. A canoa do meu pai tinha dois bancos, então eu me sentei no chão, entre os dois. A canoa era de metal, e o chão estava frio.

Cousteau empurrou a margem com o remo. A correnteza era muito forte. Os dois só precisavam manobrar. Enquanto flutuávamos rio abaixo, pensei no dia em que nos conhecemos. Estava feliz por sermos amigos.

— Vocês têm alguma coisa para comer? — Eu estava com muita fome.

— Claro. — Calypso se virou e sorriu. Seus dentes eram brancos e perfeitos. Os olhos eram azuis como os da minha mãe. O cabelo era espesso, escuro e trançado como o meu. Ela procurou na mochila entre seus pés e me deu uma maçã. Era do tamanho dos meus dois punhos juntos, uma Wolf River, como meu pai a chamava, um dos três tipos de maçãs que cresciam perto da nossa cabana. Dei uma mordida e o sumo escorreu pelo meu queixo.

Comi a maçã inteira, com sementes e tudo. Calypso sorriu e me deu outra. Dessa vez comi até chegar ao miolo. Joguei o restante no rio para os peixes mordiscarem e passei os dedos pela água para lavar a sensação pegajosa. A água estava muito fria. Também eram frios os borrifos que respingaram na minha cabeça quando Cousteau mudou o remo de lado. Passamos por marigolds-do-pântano e íris-versicolores, castillejas e lírios-selvagens, ervas-de-são-joão e íris-amarelos, flores aquáticas e marias-sem-vergonha. Eu nunca tinha visto tanta cor. As flores, que normalmente não desabrochavam juntas, estavam todas abertas ao mesmo tempo, como se o pântano estivesse fazendo um show para mim.

A correnteza ficou mais forte. Quando chegamos à placa de madeira pendurada no cabo que cruzava o rio, consegui ler o texto inteiro: "PERIGO. CORREDEIRAS À FRENTE. BARCOS A REMO NÃO DEVEM PASSAR DESTE PONTO". Abaixei a cabeça enquanto passávamos por baixo.

O rugido ficou mais alto. Eu sabia que estávamos indo para a cachoeira. Vi a canoa se inclinando para a frente quando chegamos à beira, mergulhando pelo meio da espuma e da névoa para desaparecer no redemoi-

173

nho no fundo. Eu sabia que ia me afogar. Não estava com medo.

— Seu pai não ama você — Cousteau disse de repente atrás de mim. Eu o ouvia claramente, embora meu pai e eu tivéssemos que gritar quando estávamos assim tão perto da cachoeira. — Ele só ama a si mesmo.

— É verdade — disse Calypso. — Nosso pai nos ama. Ele nunca nos fecharia no poço.

Pensei no dia em que os havia conhecido. Como o pai brincava com eles. O jeito como sorriu quando pegou a pequena Calypso e a levantou nos ombros, rindo todo o caminho escada acima. Eu sabia que ela falava a verdade.

Passei a manga do casaco nos olhos. Não sabia por que eles estavam molhados. Eu nunca chorava.

— Está tudo bem. — Calypso se inclinou para a frente e segurou minhas mãos. — Não tenha medo. Nós amamos você.

— Estou tão cansada.

— Nós sabemos — disse Cousteau. — Está tudo bem. Deite-se. Feche os olhos. Nós vamos cuidar de você.

Eu sabia que isso também era verdade. Então obedeci.

Minha mãe me contou que eu fiquei no poço por três dias. Eu não imaginaria que uma pessoa pudesse durar todo esse tempo sem comida e água, mas aparentemente é possível. Ela disse que, quando meu pai finalmente puxou a tampa para o lado e baixou a escada, eu estava fraca demais para subir, então ele teve que me jogar sobre o ombro como um veado morto e me carregar para fora. Ela falou que quis arrastar a tampa e baixar comida e água para mim muitas vezes, mas meu pai a fez ficar sentada em uma cadeira na cozinha com a espingarda apontada para ela durante o tempo todo que permaneci no poço, então ela não pôde.

Minha mãe disse que, depois que meu pai me carregou para a cabana, me largou no chão ao lado do fogão a lenha como um saco de farinha e foi embora. Ela achou que eu estivesse morta. Puxou o colchão da cama deles e o arrastou para a cozinha, me rolou para cima e me cobriu com cobertores, então tirou toda a sua roupa, se enfiou embaixo dos cobertores e me abraçou até eu me aquecer outra vez. Se ela fez tudo isso, eu não me lembro. Só lembro de acordar tremendo, embora meu rosto, mãos e pés parecessem estar em brasa. Rolei para fora do colchão, vesti minhas roupas e cambaleei para o banheiro externo. Quando tentei fazer xixi, não saiu quase nada.

No dia seguinte, meu pai perguntou se eu tinha aprendido a lição. Eu lhe disse que sim. Mas não acho que a lição que aprendi foi a que ele queria me ensinar.

19

As pegadas na estrada transmitem uma mensagem que é impossível não ver: *Estou indo para a sua casa. Venha me pegar... me impeça... salve-os... se puder.*

Abro a picape. Encho os bolsos com tantos cartuchos de munição quanto cabem e pego a Ruger na alça sobre a janela. Confiro a Magnum, ajusto a faca em meu cinto. Meu pai tem dois revólveres e uma faca que pegou na cabana do homem. Eu tenho um revólver, uma espingarda e a faca Bowie que trago comigo desde criança. Acho que estamos equilibrados.

Não posso ter certeza se ele sabe que eu tenho família, assim como não posso provar que ele sabe que estou morando na propriedade em que ele cresceu. Mas tenho de pressupor que sim. Posso imaginar várias maneiras de ele ter descoberto. Os prisioneiros não têm acesso à internet, mas meu pai tem um advogado. Advogados têm acesso a impostos, registros de imóveis, certidões de casamento, nascimento e óbito. Meu pai pode ter pedido para o advogado obter informações sobre as pessoas que moram na propriedade de seus pais, sem que o homem sequer percebesse que estava sendo manipulado. Talvez o advogado tenha vigiado minha casa com algum pretexto inócuo, a pedido do meu pai. Se ele me viu e por acaso mencionou minhas tatuagens quando fez seu relatório, meu pai saberia de imediato que era eu. Eu me pergunto, e não pela primeira vez, se deveria ter removido totalmente as tatuagens, por mais caro e demorado que fosse o processo. Percebo agora que também deveria ter mudado meu primeiro nome, além do sobrenome. Mas como poderia saber que, nove anos à frente, essas coisas poriam minha família em perigo? Eu não estava fugindo da justiça, ou do crime organizado, ou me escondendo como em um programa de proteção a testemunhas. Era apenas uma menina de dezoito anos tentando recomeçar a vida.

Há outra possibilidade de como meu pai pode saber onde estou morando, muito mais sinistra e ardilosa que a primeira. É possível que eu esteja morando na propriedade dos pais dele porque ele me pôs lá. Talvez meus avós originalmente tenham deixado para *ele* a propriedade, e ele tenha deixado a herança passar para mim para poder me rastrear. Pode ser que eu esteja dando crédito demais a meu pai. Mas, se ele conseguiu planejar sua fuga de tal maneira que eu seria forçada a vir procurá-lo segundo as condições dele, estou disposta a admitir que o subestimei. Não farei isso de novo.

Dou uma olhada no celular. Ainda não há sinal. Envio uma mensagem para Stephen alertando-o para sair de lá, rezando para que a mensagem chegue, e viro para oeste. Afasto-me da trilha que meu pai espera que eu siga. Não há dúvida de que eu poderia rastreá-lo se quisesse. Uma pessoa se movendo pelo bosque sempre deixa vestígios, por mais habilidosamente que esconda seus rastros. Há galhos quebrados. Terra deslocada. Grama danificada quando se pisa nela. Musgo amassado sob os pés. Pedregulhos pressionados contra o solo. Material carregado do chão pelas botas e transferido para outras superfícies: grãos de areia em um tronco caído, pedaços de musgo em uma rocha nua. Além disso, meu pai está se locomovendo com meu cachorro. A menos que ele esteja carregando Rambo nos braços ou sobre os ombros, meu canino de três patas vai deixar um rastro impossível de confundir.

Mas, mesmo que a chuva não estivesse lavando rapidamente todos os vestígios da trilha do meu pai, não vou rastreá-lo. Se eu apenas seguir para onde ele me levar, já perdi. Tenho que ficar à frente dele. Meu pai não sabe que minhas filhas não estão em casa, mas eu sei que meu marido está. Estamos a menos de oito quilômetros da minha casa. Cacei muitas vezes por esta área e a conheço bem. Entre esta estrada e minha casa há dois pequenos regatos, um lago de castores e uma ravina íngreme com um riozinho de tamanho razoável no fundo, que meu pai terá de atravessar. O terreno mais elevado é basicamente uma floresta secundária de choupos e pinheiros, sem muita cobertura, o que significa que ele vai ter que se manter nos terrenos baixos o máximo possível. Do jeito que a chuva está caindo, os regatos estão se transformando rapidamente em torrentes. Se meu pai quiser atravessar o riacho no fundo da ravina antes que ele se torne um rio caudaloso, vai ter que avançar depressa.

Ele sabe tudo isso tão bem quanto eu, do tempo em que vagueava por estes bosques quando criança. O que ele não sabe, o que não tem como saber — a menos que tenha visto de alguma forma uma imagem por satélite recente da área, o que eu duvido muito —, é que, entre aqui e minha casa, há uma seção de floresta que foi desmatada três ou quatro anos atrás. Ele também não sabe da estrada esburacada que os madeireiros deixaram e que leva quase até o brejo atrás da minha casa.

Esse é seu primeiro erro.

Parto em uma corrida leve. Meu pai tem no máximo uns quinze minutos de vantagem sobre mim. Se eu fizer uma média de oito quilômetros por hora em comparação com uns cinco dele, posso ultrapassá-lo e cortar seu caminho. Imagino-o avançando pelo mato baixo, subindo e descendo colinas e vadeando riachos, enquanto eu mal começo a suar. Vejo-o se empenhando tanto para esconder os rastros que eu nem vou seguir. Meu pai não tem ideia de que eu vou levar a melhor sobre ele outra vez. Ele não pode imaginar nenhum resultado diferente do que planejou, porque, em seu universo, em que ele é o sol e todo o resto orbita à sua volta, as coisas só podem acontecer da maneira como ele decretar.

Só que eu não sou mais a criança adoradora que ele manipulava e controlava. Pensar assim é seu segundo erro.

Vou encontrá-lo e vou detê-lo. Já o levei para a prisão uma vez; posso fazer isso de novo.

Pego o celular no bolso do casaco sem diminuir o passo e confiro o horário. Meia hora. Parece muito mais. Calculo que esteja a meio caminho da minha casa. Talvez seja mais, mas possivelmente é menos. É difícil saber com exatidão onde estou, porque as árvores que eu costumava usar como referência não existem mais. Os pinheiros na margem à minha direita são comuns, nada que eu possa usar para avaliar meu progresso, apenas os restos que os madeireiros não se interessaram em cortar.

À minha esquerda, a terra é tão árida que as árvores à direita parecem luxuriantes em comparação. Não há nada mais feio que uma floresta derrubada. Hectare após hectare de pilhas de restos de madeira espalhados, sulcos profundos de tratores e tocos de árvore. Os turistas imaginam que a península Superior é toda constituída de natureza bela e intocada, mas o que eles não sabem é que muitas vezes, a poucas dezenas de metros da rodovia, grandes áreas de floresta foram reduzidas a polpa.

Tempos atrás, o estado inteiro era coberto de magníficos bosques de pinheiros vermelhos e brancos, até o fim do século XIX, quando os barões da madeira tomaram posse das florestas virgens e transportaram as toras pelo lago Michigan para construir Chicago. As árvores que os madeireiros cortam hoje são todas secundárias: bétulas, choupos, carvalhos, pinheiros-do-labrador. Quando estes se vão, o solo está tão maltratado que nada mais cresce além de musgo e mirtilos.

Quando meu pai e eu cortávamos lenha, só derrubávamos as árvores maiores e apenas o que precisávamos. Isso de fato ajudava a floresta, porque dava espaço para as árvores menores crescerem. "Só quando a última árvore for cortada e o último rio tiver sido envenenado e o último peixe for pescado, o homem branco entenderá que não pode comer dinheiro" era uma das frases favoritas do meu pai. "Nós não herdamos a Terra dos nossos ancestrais, mas a pegamos emprestada dos nossos filhos" era outra. Na época, eu achava que ele mesmo as havia criado. Agora sei que são provérbios famosos de nativos americanos. Seja como for, os nativos entendiam o conceito de silvicultura sustentável muito antes de termos uma palavra para isso.

Continuo correndo. Não posso ter certeza de que pegar a rota mais longa, mas potencialmente mais rápida, me permitirá chegar antes do meu pai. Se permitir, sei que vai ser por pouco. Correr não é tão fácil quanto eu esperava. A estrada dos madeireiros é uma estrada só no nome: irregular, acidentada e tão inclinada em alguns pontos que parece que estou correndo na lateral de um barranco. Há areia funda, pedras e raízes de árvores se projetando, buracos tão grandes quanto lagoas de patos. Minha respiração é difícil e os pulmões ardem. O cabelo e o casaco estão encharcados da chuva, e as botas e a calça, molhadas até os joelhos de chapinhar nas poças. A espingarda pendurada no ombro machuca minhas costas a cada passo. Os músculos das panturrilhas gritam pedindo que eu pare. Preciso desesperadamente recuperar o fôlego, descansar, fazer xixi. Só o que me mantém em movimento é saber o que acontecerá com Stephen se eu não continuar.

E é quando, à minha direita, um cachorro late. Um latido nítido, distintivo, que qualquer dono de plott hound reconheceria instantaneamente. Eu me dobro com as mãos nos joelhos até minha respiração desacelerar. E sorrio.

20
A CABANA

A esposa do viking olhou para a menina selvagem e geniosa com grande tristeza; e, quando a noite veio e a bela forma e o humor de sua filha se transformaram, a mulher falou em palavras eloquentes para Helga sobre a dor e o profundo sofrimento em seu coração. O feio sapo, em sua forma monstruosa, ficou diante dela e elevou os olhos castanhos tristonhos para seu rosto, escutando as palavras e parecendo entendê-las com a inteligência de um ser humano.

"Tempos amargos virão para ti", disse a esposa do viking, "e serão terríveis para mim também. Teria sido melhor para ti se tivesses sido deixada na estrada, com o vento frio da noite a embalar teu sono." E a esposa do viking derramou lágrimas amargas e foi embora, cheia de raiva e tristeza.

— Hans Christian Andersen,
A filha do Rei do Pântano

Os dias e as noites que passei no poço me ensinaram três coisas. Meu pai não me amava. Ele faria o que quisesse, sem se importar com minha segurança ou meus sentimentos. Minha mãe não era tão indiferente a mim quanto eu pensava. Para mim, essas eram ideias grandiosas. O bastante para exigir muita reflexão cuidadosa. Depois de três dias, Cousteau, Calypso e eu ainda estávamos tentando esmiuçá-las.

Enquanto isso, aprendi que a coisa boa de quase morrer de hipotermia, palavra que eu havia aprendido no artigo da *National Geographic* sobre a expedição fracassada de Scott em 1912 ao polo Sul, era isto: desde que não perdesse nenhum dedo das mãos ou dos pés congelado, assim que você se aquecesse de novo, ficaria bem. A parte do aquecimento não era divertida — bem mais dolorosa que esmagar o polegar com um martelo, ou que o coice de uma espingarda, ou que fazer uma grande tatuagem —, e eu sinceramente esperava nunca mais ter que passar por nada disso. Por outro lado, agora eu sabia que era muito mais durona do que imaginava, o que devia contar para alguma coisa.

Eu não sabia se meu pai tinha me tirado do poço porque entendeu que eu havia chegado ao limite, ou se ele queria me matar e calculou mal o tempo. Isso foi o que Cousteau e Calypso disseram. Talvez estivessem certos.

Eu só sabia que, desde o momento em que abri os olhos, todos estavam bravos. Cousteau e Calypso estavam bravos com o meu pai pelo que ele fez comigo. Minha mãe estava brava com ele pela mesma razão. Também estava brava comigo, por eu ter deixado o meu pai tão bravo que ele quis me matar. E meu pai estava bravo comigo por ter me recusado a atirar no lobo e com a minha mãe por ter me ajudado depois que ele me tirou do poço. Eu não me lembrava da minha mãe se enfiando debaixo do cobertor para me aquecer, mas havia um hematoma novo em seu rosto que provava que sim. E assim continuamente. Havia tanta raiva enchendo a cabana que era como se não sobrasse mais ar para respirar. Meu pai ficava sozinho no pântano a maior parte do tempo, e isso ajudava. Eu não tinha ideia se ele ainda estava tentando atirar no nosso veado de primavera ou se estava caçando o lobo. Não me importava muito. Só sabia que, a cada noite, ele voltava mais bravo do que havia saído. Dizia que só olhar para mim e minha mãe já o deixava nauseado, e que era por isso que ficava longe. Eu não lhe contei que Cousteau e Calypso sentiam o mesmo por ele.

Também estávamos sem sal. Quando a minha mãe descobriu que todo o sal tinha acabado, jogou a caixa de sal vazia na parede e gritou que não aguentava mais, e por que meu pai não cuidou disso antes, e agora como ela ia cozinhar sem sal? Achei que meu pai fosse bater nela por ter gritado e respondido para ele, mas tudo o que ele fez foi dizer que os ojibwa nunca tiveram sal até os homens brancos chegarem, e ela teria que se acostumar a viver sem isso. Eu ia sentir falta. Nem todas as comidas silvestres tinham gosto bom, mesmo depois de serem fervidas em várias trocas de água. Era preciso se acostumar com o gosto da raiz de bardana. E jamais gostei de folhas de mostarda selvagem. O sal ajudava.

Na manhã seguinte, porém, estava tudo quieto. Minha mãe preparou a aveia quente que comíamos no café da manhã sem fazer nenhum comentário sobre o sal. Eu não gostei muito do sabor, e, pelo jeito que meu pai ficou mexendo a colher na tigela e deixou metade intocada quando levantou da mesa, ele também não. Minha mãe comeu a dela como se não houvesse nada errado. Imaginei que ela devia ter uma provisão secreta de sal escondida em algum lugar da cabana só para si. Depois que meu pai amarrou suas raquetes de neve nos pés, pendurou a espingarda no ombro e saiu para passar o dia no pântano, fiquei o restante da manhã e boa parte da tarde procurando esse esconderijo. Olhei no depósito, na sala e na cozinha. Não acho que minha mãe esconderia sua provisão no quarto que dividia com meu pai e sabia que não a esconderia em meu quarto. Seria um bom truque se tivesse feito isso, e era algo que eu teria feito se fosse ela, mas minha mãe não era tão esperta.

O único lugar que faltava olhar era o armário embaixo da escada. Eu gostaria de ter procurado no armário antes que começasse a nevar e a cabana ficasse escura. Quando eu era pequena, costumava me fechar no armário e fingir que era um submarino, ou uma toca de urso, ou um túmulo viking, mas agora eu não gostava de lugares apertados e escuros.

Mas eu queria aquele sal. Então, quando minha mãe saiu para ir ao banheiro externo, abri as cortinas da cozinha o máximo possível e encostei uma cadeira na porta do armário para que ela não fechasse. Teria sido bom usar a lamparina a óleo para iluminar o armário, mas não tínhamos permissão para acendê-la quando meu pai não estava em casa.

O armário era muito pequeno. Não sei o que as pessoas que construíram nossa cabana guardavam lá dentro, mas, até onde posso lembrar, ele sempre esteve vazio. Quando eu era pequena, cabia lá dentro com folga, mas agora eu era tão grande que tive de sentar com as costas na parede e os joelhos puxados para junto do queixo. Fechei os olhos para o escuro parecer mais natural e apalpei rapidamente as paredes e a parte de baixo da escada. Teias de aranha grudaram em meus dedos. O pó me fez espirrar. Eu estava procurando uma tábua solta ou um buraco na madeira, ou um prego para fora que pudesse ser usado como gancho. Qualquer lugar em que uma caixa ou saquinho de sal pudesse ser escondido.

No espaço entre um degrau e a parede externa, meus dedos tocaram papel. As pessoas que construíram nossa cabana pregaram jornais nas paredes externas como isolante contra o frio, mas aquilo não parecia jornal e, de qualquer modo, nós tínhamos usado todo o jornal para fazer fogo havia muito tempo. Soltei o papel, levei-o para a mesa e sentei com ele ao lado da janela. O papel estava enrolado como um tubo e amarrado bem apertado com um pedaço de barbante. Desfiz o nó e o papel abriu em minhas mãos.

Era uma revista. Não uma *National Geographic*. A capa não era amarela e o papel era fino demais. Estava muito escuro para discernir os detalhes, então abri a porta do fogão a lenha, encostei uma lasca de cedro nos carvões até pegar fogo e acendi a lamparina, depois coloquei a lasca dentro da pia para não queimar a cabana por acidente. Então, puxei a lamparina para perto.

Impressa em grandes letras amarelas no alto da página sobre um fundo cor-de-rosa estava a palavra "TEEN". Imaginei que fosse o nome da revista. Havia uma menina na capa, que parecia ter mais ou menos a minha idade. Tinha cabelos castanhos e lisos como os meus. Usava um blusão laranja, rosa, azul e amarelo com um padrão em zigue-zague, como as tatuagens em minha perna. "LOOKS NOTA 10", dizia de um lado da fotografia, e "TRANSFORMAÇÕES MAGNÉTICAS: DICAS PARA ATRAIR" do outro. Dentro da revista havia mais fotografias da mesma menina. A legenda embaixo de uma das fotos dizia que o nome dela era Shannen Doherty, estrela de um programa de televisão chamado *Barrados no baile*.

Virei para o índice: "S.O.S. Terra: como você pode ajudar"; "Dietas da moda: confiáveis ou arriscadas?"; "Para destacar e guardar: planejador de looks"; "Os gatos mais gatos da TV"; "Príncipe Encantado: será que você encontrou o seu?"; "Adolescentes com aids: histórias comoventes". Eu não tinha ideia do que esses títulos significavam ou do que os artigos falavam. Virei as páginas. "Looks transados para a escola", dizia a legenda embaixo da foto de um grupo de meninas de pé ao lado de um ônibus amarelo. Elas pareciam alegres. Nenhum anúncio de eletrodomésticos, até onde pude ver. Em vez disso, os anúncios eram de coisas chamadas "batom", "delineador" e "blush", que, pelo que entendi, era o que as meninas usavam para pintar os lábios de vermelho e as bochechas de cor-de-rosa e as pálpebras de azul. Por que elas iriam querer fazer isso, eu não sabia.

Eu me recostei na cadeira, bati os dedos na mesa, mordi a junta do polegar, tentei pensar. Não podia imaginar de onde essa revista tinha vindo, como tinha chegado ali, havia quanto tempo estava escondida no armário. Por que alguém ia fazer uma revista apenas sobre meninos e meninas?

Puxei a lamparina para mais perto e virei as páginas uma segunda vez. Tudo era descrito como "máximo" e "súper" e "arraso". As crianças dançavam, ouviam música, faziam festas. As fotos eram luminosas e coloridas. Os carros não pareciam de jeito nenhum os que estavam nas *National Geographics*. Eram alongados e baixos até o chão, como doninhas, em vez de grandes, redondos e gordos como castores. Também tinham nomes. Gostei especialmente de um carro amarelo que a revista chamava de Mustang, porque tinha o mesmo nome de um cavalo. Imaginei que fosse porque o carro podia ser muito veloz.

Do lado de fora, na varanda, minha mãe bateu a neve das botas. Comecei a puxar a revista da mesa e parei. Não importava que minha mãe me visse com ela. Eu não estava fazendo nada de errado.

— O que está fazendo? — ela gritou, enquanto fechava a porta e sacudia a neve do cabelo. — Você sabe muito bem que não pode acender a lamparina antes do Jacob chegar em casa. — Pendurou o casaco no gancho ao lado da porta e veio depressa para apagar a lamparina, mas parou quando viu a revista. — Onde você pegou isso? O que está fazendo com ela? É minha. Me devolva.

Ela estendeu a mão para pegar a revista. Eu bati na mão dela, levantei e peguei minha faca. A ideia de que a revista fosse da minha mãe era absurda. Minha mãe não tinha nada que fosse dela.

Ela recuou um passo e ergueu as mãos.

— Por favor, Helena. Dê para mim. Se você me devolver, deixo você pegar sempre que quiser.

Como se ela pudesse me impedir. Balancei minha faca indicando a cadeira.

— Sente.

Minha mãe obedeceu. Eu sentei na frente dela. Pus a faca sobre a mesa e a revista entre nós.

— O que é isso? De onde veio?

— Posso pegar?

Consenti com a cabeça. Ela puxou a revista e virou lentamente as páginas. Parou na foto de um garoto de cabelos claros e olhos azuis.

— Neil Patrick Harris. — Ela suspirou. — Eu era *tão* louca por ele quando tinha a sua idade. Você não faz ideia. Ainda acho ele bonito. *Tal pai, tal filho* era o meu programa de TV favorito. Eu também amava *Três é demais* e *Uma galera do barulho*.

Não gostei que minha mãe soubesse coisas que eu não sabia. Eu nem imaginava do que ela estava falando, quem eram aquelas pessoas, por que minha mãe agia como se as conhecesse. Ou por que ela parecia se importar com os meninos e meninas naquela revista tanto quanto eu me importava com Cousteau e Calypso.

— Por favor, não conte para o Jacob — disse ela. — Você sabe o que ele vai fazer se encontrar isso.

Eu sabia exatamente o que o meu pai ia fazer com essa revista se soubesse dela, especialmente se achasse que era importante para a minha mãe. Havia uma razão para eu guardar minhas *National Geographics* favoritas embaixo da cama. Eu prometi, não porque quisesse proteger minha mãe do meu pai, mas porque ainda não tinha acabado de ver a revista.

Ela folheou as páginas uma segunda vez, então parou em uma e a virou para mim.

— Olhe. Está vendo esta blusa cor-de-rosa? Eu tinha uma igual. Usava tanto que a minha mãe dizia que eu dormiria com ela se deixasse. E esta. — Ela virou de volta para a capa. — Minha mãe ia comprar uma jaqueta como esta para mim quando a gente fosse ver as roupas para a escola.

Era difícil imaginar minha mãe como uma menina parecida com aquelas na revista, usando aquelas roupas, indo fazer compras, indo para a escola.

— Onde você arrumou isso? — perguntei de novo, porque ela ainda não havia respondido.

— É... é uma longa história. — Ela apertou os lábios, como fazia quando meu pai lhe perguntava algo que não queria responder, por exemplo: por que ela deixou o fogo apagar, ou por que a camisa favorita dele ainda estava suja, mesmo ela tendo dito que havia lavado, ou por que ela não tinha consertado os furos nas meias dele ou trazido mais água ou lenha, ou quando ela ia aprender a fazer um biscoito decente.

— Então é melhor começar logo. — Olhei firme para ela, do jeito que meu pai fazia, para que ela soubesse que eu não ia aceitar o silêncio como resposta. Isso seria interessante. Minha mãe nunca contava histórias.

Ela desviou o olhar e mordeu o lábio. Por fim, suspirou.

— Eu tinha dezesseis anos quando o seu pai me disse que eu ia ter um bebê — começou. — Ele queria que eu fizesse as fraldas e as roupinhas para você com as cortinas e os cobertores da cabana. Mas eu não sabia costurar.

Ela sorriu para si mesma, como se não saber costurar fosse engraçado. Ou como se ela estivesse inventando a história.

— Consegui cortar um cobertor na forma de fraldas usando uma das facas dele, mas não tinha como fazer roupas para você sem tesoura, agulha e linha. E precisávamos também de alfinetes para prender as fraldas em você. Seu pai saiu furioso quando eu disse isso. Você sabe como ele fica. Passou um tempão fora. Quando voltou, disse que íamos fazer compras. Era a primeira vez que eu ia sair do pântano desde... desde que ele me trouxe para cá, então fiquei muito animada. Fomos a uma loja grande chamada Kmart e compramos tudo de que você ia precisar. Enquanto a gente estava na fila do caixa, eu vi essa revista. Sabia que seu pai nunca me deixaria ficar com ela, então, quando ele não estava olhando, eu a enrolei e enfiei dentro da blusa. Quando chegamos à cabana, escondi a revista no armário enquanto ele descarregava as compras. E ficou lá desde então.

Minha mãe sacudiu a cabeça, como se não pudesse acreditar que havia tido tanta coragem. Se não fosse pela revista na mesa entre nós, eu também não teria acreditado. Imagino-a indo ao armário quando meu pai e eu estávamos fora, pegando a revista no esconderijo, levando-a para a mesa da cozinha ou para a varanda dos fundos, se fosse um dia de sol, lendo as histórias e olhando as fotografias quando deveria estar cozinhando e limpando. Era difícil acreditar que ela fazia isso desde que eu nasci e meu pai nunca a pegou. Que essa revista tinha a mesma idade que eu.

Uma ideia começou a se formar. Olhei a data na capa da revista. Se minha mãe a pegou quando estava grávida de mim e eu tinha quase doze anos, então a revista também tinha quase doze anos. Isso significava que a menina na capa não era mais uma menina — era uma mulher, como a minha mãe. Assim como o resto das crianças.

Admito que fiquei decepcionada. Gostava mais quando aqueles meninos e meninas eram como eu. Eu entendia o conceito de datas e anos, claro, e por que acontecimentos importantes eram ligados ao número de seu ano, para que as pessoas pudessem saber qual veio antes e qual veio depois. Mas nunca tinha pensado no número do ano em que eu nasci, ou no ano que era agora. Minha mãe acompanhava as semanas e os meses no calendário que desenhava com carvão na parede da nossa cozinha, mas eu sempre estive mais interessada em como estaria o clima em determinado dia e nas estações.

Agora eu percebia que os números dos meus anos eram importantes também. Subtraí as datas das *National Geographics* do ano atual e me senti como se meu pai tivesse me dado um soco no estômago. As *National Geographics* tinham cinquenta anos. Muito mais velhas que a revista *Teen*. Mais velhas que a minha mãe. Mais velhas até que o meu pai. Meus irmãos e irmãs ianomâmi não eram crianças, eram homens e mulheres velhos. O menino com a fileira dupla de pontos tatuada nas faces, cuja fotografia eu mostrei a meu pai para ele fazer o mesmo em mim, não era um menino; era um homem velho como meu pai. Cousteau, o verdadeiro Jacques-Yves Cousteau, era um homem adulto nas fotos da *National Geographic*, o que significava que devia ser muito velho. Talvez até já estivesse morto.

Olhei para minha mãe, sentada do outro lado da mesa, sorrindo como se estivesse feliz por eu ter encontrado sua revista, porque agora poderíamos ler juntas, e só o que consegui pensar foi: *Mentirosa*. Eu tinha confiado nas *National Geographics*. Tinha confiado em minha mãe. Ela sabia que as revistas tinham cinquenta anos, mas me deixou acreditar que tudo o que elas diziam estava acontecendo no presente. A televisão em cores, o velcro e a vacina contra pólio não eram invenções recentes. Os soviéticos não haviam acabado de colocar a cachorrinha Laika em órbita no *Sputnik 2* como a primeira criatura viva a orbitar a Terra. As surpreendentes descobertas de Cousteau já tinham cinquenta anos. Por que ela tinha feito isso comigo? Por que havia mentido para mim? O que mais ela não estava me contando?

Puxei a revista da mesa, a enrolei e enfiei em meu bolso traseiro. Depois disso, ela nunca mais a teria de volta.

Um barulho soou do lado de fora. Parecia a motosserra do meu pai, só que já estava quase escuro e ele não cortava lenha à noite. Corri para a janela. Uma pequena luz amarela estava vindo da linha das árvores na nossa direção. Parecia uma estrela amarela, exceto por estar próxima do solo e em movimento.

Minha mãe veio para a janela e parou ao meu lado. O barulho ficou mais forte. Ela pôs as mãos em concha sobre o vidro diante dos olhos para poder ver.

— É uma moto de neve — disse quando finalmente se virou, com a voz cheia de espanto. — Alguém está vindo.

21

Rambo não late de novo, mas uma vez é o suficiente. Minha jogada compensou. Eu não só alcancei meu pai como o latido do meu cachorro prova que ele não está muito longe. Imagine a seção de estrada de uns quatrocentos metros, entre o local em que o rastro do meu pai começou e a estrada de madeireiros onde estou correndo, como a base de um triângulo isósceles. Minha casa é o vértice, e os caminhos que meu pai e eu estamos percorrendo são os lados. Quanto mais perto chegarmos da minha casa, mais depressa nossos caminhos vão convergir.

Eu poderia identificar sua localização com mais precisão se Rambo latisse uma segunda vez, mas, sinceramente, já estou surpresa por ele ter conseguido latir. Imagino que a calça que meu pai roubou do homem que matou não tenha vindo com cinto. Na cabana, ele costumava amarrar seu cinto em volta do focinho do meu cachorro como uma focinheira, quando estávamos caçando e meu pai não queria que ele latisse, ou quando Rambo estava amarrado no galpão de lenha e meu pai se cansava de ouvi-lo querendo sair. Às vezes ele punha a focinheira em Rambo sem nenhuma razão que eu pudesse perceber e a deixava por muito mais tempo do que eu achava que deveria. Li que um dos sinais de que uma pessoa pode se tornar um terrorista ou serial killer quando crescer é ter sido cruel com animais na infância. Não sei o que significa se ainda for cruel depois de adulto.

Protejo os olhos da chuva e examino o alto da colina, meio esperando que a cabeça do meu pai apareça no topo a qualquer segundo. Saio da estrada para o meio das árvores. Agulhas de pinheiro molhadas abafam meus passos. Sacudo a chuva do cabelo e deslizo a Ruger do ombro, segurando a espingarda com o cano apontado para baixo, para poder virá-lo para cima ao primeiro sinal de perigo. A colina é íngreme. Subo o mais rápido e silenciosamente que posso. Normalmente usaria as árvores baixas como apoio, mas pinheiros-do-labrador são muito quebradiços, e não posso me arriscar ao som de um galho partindo.

Chego perto do topo, deito de bruços e rastejo o restante do caminho, usando os pés e cotovelos, do jeito que meu pai me ensinou. Monto o bipé da Ruger e olho pela mira.

Nada.

Giro lentamente para norte e sul, depois confiro o outro lado da ravina em busca de movimento. É o movimento que entrega uma pessoa. Se você estiver fugindo de alguém pela floresta, a melhor coisa que pode fazer é se esconder o mais depressa possível e ficar totalmente imóvel. Esquadrinho cada esconderijo possível uma segunda vez, para o caso de o meu pai ter feito Rambo latir de propósito para me atrair, depois desmonto a Ruger, desço com cuidado a colina e começo a subir a seguinte.

Repito o processo mais duas vezes, até chegar ao topo da quarta colina e ter vontade de festejar. Na base da encosta, não mais de quinze metros abaixo de mim e menos de cinquenta metros ao sul, caminhando resoluto pelo meio de um riacho que normalmente não passaria muito do tornozelo, mas agora quase alcança seus joelhos, está meu pai.

Meu pai.

Eu o encontrei. Passei na frente dele. Fui mais esperta que ele em todos os sentidos.

Monto a Ruger uma última vez e o observo pela mira. Ele parece, claro, mais velho do que me lembro. Mais magro. As roupas do homem morto pendem soltas sobre seu corpo. O cabelo e a barba estão grisalhos, e a pele é enrugada e amarelada. Na fotografia que a polícia está divulgando, meu pai parece desgrenhado, os olhos alucinados como os de Charles Manson. Imaginei que haviam escolhido a foto mais intimidadora que puderam encontrar, para que não restasse dúvida de que o meu pai é perigoso. Em pessoa, ele está ainda pior: as faces encovadas como as de um cadáver, olhos tão fundos nas órbitas que parece o *wendigo* de suas velhas histórias na cabana de suar. Agora que o estou vendo pela primeira vez depois de adulta, percebo precisamente como ele parece desequilibrado. Suponho que, para minha mãe, ele sempre pareceu.

Meu pai leva meu cachorro em uma correia curta, com a ponta cortada enrolada várias vezes em sua mão esquerda. Carrega uma pistola Glock na mão direita. Imagino que a arma do outro guarda esteja embaixo do casaco, presa atrás do jeans. Rambo trota tranquilamente pela margem do riacho ao lado dele. Não pela primeira vez, eu me maravilho ao ver como meu cachorro se move sem esforço com apenas três pernas. A veterinária que o tratou depois do incidente com o urso me disse que muitos caçadores teriam sacrificado um cão ferido com tanta gravidade. Entendi que isso significava que, se eu não pudesse pagar a cirurgia para consertá-lo, ela compreenderia. A maioria das pessoas que moram na península Superior já tem dificuldade suficiente para sustentar a família, quanto mais pagar uma operação cara para um animal, por mais que queira. Percebi que ela ficou feliz quando eu disse que preferia desistir de caçar ursos a desistir do meu cachorro.

Acompanho meu pai pela mira enquanto ele prossegue em minha direção, desprevenido. Eu costumava ter a fantasia de matá-lo quando era criança, não porque quisesse fazer isso, mas porque ele havia plantado a ideia quando mudou as regras do nosso jogo de seguir rastros. Eu o observava por um longo tempo depois que o encontrava, pensando em como seria se atirasse nele e não na árvore. Como matar meu pai me faria sentir. O que minha mãe diria quando descobrisse que agora era a chefe da família.

Enquanto o observo se aproximar ainda mais, penso de novo em matá-lo. Desta vez, de verdade. Desta distância e ângulo, eu poderia abatê-lo facilmente. Enfiar uma bala em seu coração ou na cabeça, e o jogo estaria terminado sem que ele sequer percebesse que eu havia vencido. Poderia acertá-lo na barriga. Fazê-lo sangrar lenta e dolorosamente, como vingança pelo que fez com a minha mãe. Poderia atirar no ombro ou no joelho. Feri-lo com gravidade suficiente para ele não poder mais ir a lugar nenhum sem uma maca. Voltar para casa, chamar a polícia assim que conseguisse sinal no celular e dizer a eles onde pegá-lo.

Tantas escolhas.

Na cabana, meu pai e eu brincávamos de um jogo de adivinhar em que ele escondia em uma mão um objeto pequeno de que sabia que eu ia gostar, como um pedaço de quartzo branco liso ou um ovo de pintarroxo inteiro, e eu tinha que dizer em que mão estava o tesouro. Se eu adivinhasse certo, ganhava o prêmio. Se não, meu pai jogava o tesouro no fosso de lixo. Lembro de tentar com tanto empenho raciocinar. Se meu pai pôs o tesouro na mão direita na última vez que jogamos, isso significava que dessa vez o tesouro estaria na esquerda? Ou ele o seguraria na mão direita de novo para me enganar? Talvez várias vezes? Eu não percebia, então, que razão e lógica não tinham nada a ver com o resultado. Qualquer que fosse a mão escolhida, a probabilidade de acertar continuava a mesma.

Isto é diferente. Desta vez *não* há escolha errada. Solto a trava de segurança. Deslizo o dedo pelo gatilho, prendo a respiração e conto até dez.

E atiro.

Fiquei aterrorizada na primeira vez que atirei em meu pai. Ainda me espanto por ele ter me deixado fazer isso. Tento imaginar pôr uma arma nas mãos de Iris, mandá-la apontar para mim e apertar o gatilho — e, ah, claro, garantir que vai errar — e simplesmente não consigo. Duvido de que também pudesse passar pela minha cabeça fazer tal coisa com Mari, por melhor atiradora que ela venha a se tornar. É imprudente a ponto de ser suicida. No entanto, foi exatamente o que meu pai fez.

Aconteceu no verão em que eu tinha dez anos. Não fazíamos nosso jogo de seguir rastros no inverno porque, depois que a neve estava no chão, seguir a pista do meu pai era muito fácil, e também não jogávamos no fim do outono ou no início da primavera, depois que as folhas tivessem caído ou antes que as árvores recuperassem as folhas, pela mesma razão. Só quando a folhagem era abundante e densa se tornava um verdadeiro desafio rastrear uma pessoa pela floresta, meu pai dizia. Essa também era a época do ano em que os insetos estavam em seu pior período. É de admirar o autocontrole que ele devia ter para ficar sentado no pântano durante horas enquanto esperava que eu o encontrasse, com os insetos enxameando e picando e ele resistindo ao impulso de espantá-los ou mesmo de se contrair.

Meu pai explicou as novas regras do jogo no café da manhã. Depois que o encontrasse, eu tinha duas opções. Poderia atirar na árvore atrás da qual ele estaria escondido, ao lado dele ou acima de sua cabeça, ou poderia atirar no chão perto de seus pés.

Se não o encontrasse, ou, pior, se ficasse muito apavorada para atirar quando o achasse, eu teria que abrir mão de algo que fosse importante para mim. Começaríamos pela *National Geographic* com as fotografias dos vikings que eu havia escondido embaixo da cama. Nem sei como meu pai sabia que ela estava lá.

Ele me levou em sua canoa para uma colina onde eu nunca havia estado. Fui até lá vendada, para que fosse mais difícil calcular a distância que havíamos percorrido e quanto tempo tinha passado, e também para eu não poder ver a direção que ele tomasse quando chegássemos. Eu estava muito nervosa. Não queria atirar em meu pai. Queria muito ficar com a minha *National Geographic*. Pensei bastante em minhas duas opções. Atirar no chão seria mais fácil e mais seguro do que atirar em uma árvore, porque a bala se enfiaria na terra e teria menos chance de ricochetear e machucar meu pai ou a mim. Além disso, se eu errasse e o atingisse acidentalmente, acertá-lo na perna ou no pé seria muito menos traumático do que no peito ou na cabeça.

Mas atirar no chão era a escolha do covarde, e eu não era covarde.

— Fique aqui — meu pai disse, quando a canoa tocou a margem. — Conte até mil, depois pode tirar a venda.

A canoa balançou quando ele saiu. Ouvi o chapinhar na água quando ele vadeou até a margem, um farfalhar enquanto atravessava a vegetação — araruta e taboas, provavelmente —, depois mais nada. Tudo o que eu escutava era o vento balançando os pinheiros, que meu olfato já havia me contado que cresciam naquela colina, e o som como de papel das folhas de choupos se chocando umas nas outras com a brisa. A água estava quieta e o sol quente em minha cabeça. A luz parecia ligeiramente mais quente no meu lado direito que no esquerdo, o que significava que a canoa estava virada para a norte. Eu não imaginava como isso poderia ajudar, mas era bom saber. A espingarda Remington pesava sobre meus joelhos. Sob a venda, eu começava a suar.

De repente, percebi que fiquei tão ocupada reunindo pistas sobre os arredores que esqueci de contar. Decidi começar de quinhentos para compensar o tempo perdido. A questão era: será que meu pai esperava que eu contasse de fato até mil, como ele havia instruído, ou esperava que eu tirasse a venda antes de terminar de contar e já começasse a procurar por ele? Era difícil saber. Na maior parte do tempo, eu fazia exatamente o que ele mandava, porque sempre havia algum tipo de castigo se eu não fizesse. Mas aquilo era diferente. O objetivo de rastrear meu pai era aprender a ser mais esperta que ele. Ardis e truques eram parte do jogo.

Tirei a venda, amarrei-a na testa para o suor não escorrer nos olhos e saí da canoa. O rastro do meu pai era fácil de seguir. Eu via claramente onde ele havia passado pelo meio dos juncos — não araruta e taboa, como eu havia suposto — e subido à margem. A perturbação nas agulhas de pinheiro na clareira que ele tinha atravessado, antes de desaparecer no meio das samambaias do outro lado, também era rapidamente visível. Imaginei que o fato de conseguir seguir a trilha do meu pai com tanta facilidade significava que eu havia ficado muito boa em rastrear. Pensando agora, tenho certeza de que ele deixou um rastro fácil naquele dia porque queria que o jogo chegasse à sua conclusão e, para isso, precisava garantir que eu o encontrasse.

Quase perdi o rastro no alto da colina, quando as pegadas terminaram em pedras lisas e descobertas. Então, vi uma pilha minúscula de areia onde ela não deveria estar. Retomei o rastro do outro lado e o segui até a borda de um pequeno rochedo. Samambaias amassadas e pedras soltas mostraram por onde meu pai tinha descido. Segui a trilha pela mira da Remington e o encontrei agachado sobre os calcanhares atrás de uma faia, a uns trinta metros de distância. A árvore era gorda, mas não o suficiente. Eu via os ombros dele aparecendo.

Abri um sorriso. Os deuses estavam realmente a meu favor naquele dia. Não só eu havia encontrado meu pai como as condições de tiro eram quase perfeitas. Eu estava em uma posição elevada. Não havia vento. O sol estava em minhas costas, e, embora isso significasse que meu pai poderia ver minha silhueta contra o sol se saísse de trás da árvore, virasse e olhasse para cima, também significava que eu poderia vê-lo claramente quando desse o tiro e teria menos chance de errar.

Eu me escondi atrás de um grande pinheiro vermelho e segurei a Remington bem perto de mim enquanto refletia sobre meu próximo movimento. A espingarda era quase do meu tamanho. Deitei de bruços e a empurrei à minha frente até estar em melhor posição para atirar de trás de um arbusto. Apoiei a Remington no ombro e olhei pela mira. Meu pai não havia se movido.

Deslizei o dedo pelo gatilho. Meu estômago apertou. Imaginei o estalo da espingarda, a cabeça do meu pai virando depressa em surpresa. Já o via saindo de trás da árvore e subindo a encosta para dar um tapinha em minha cabeça e me parabenizar pelo tiro. Ou talvez ele baixasse os olhos, consternado, enquanto seu ombro ficava vermelho, e nesse caso subiria a encosta ferozmente, como um rinoceronte ferido. Minhas mãos tremiam. Eu não entendia por que tinha que atirar nele. Por que meu pai tinha mudado as regras do nosso jogo. Por que ele havia transformado uma brincadeira divertida em algo perigoso e assustador. Queria que tudo pudesse ser sempre igual.

E, com esse pensamento, eu entendi. As coisas tinham que mudar, porque *eu* estava mudando. Eu estava crescendo. Essa era a minha iniciação, minha chance de provar que poderia ser um membro digno da nossa tribo. Para um homem ianomâmi, a coragem era valorizada acima de tudo. Era por isso que eles viviam lutando com outras tribos e roubando as mulheres uns dos outros, e por isso brigavam até a morte, mesmo que estivessem cobertos de flechas, em vez de fugir e ser rotulados de covardes. De acordo com a *National Geographic*, quase metade dos homens ianomâmi já havia matado alguém.

Apoiei a Remington com mais firmeza no ombro. Minhas mãos não tremiam mais. É impossível descrever o misto de terror e excitação que senti quando apertei o gatilho. Imagino que é semelhante ao que uma pessoa sente quando pula de um avião ou mergulha de um penhasco, ou ao que uma cirurgiã cardíaca sente quando faz o primeiro corte. Eu não era mais uma menininha que amava e admirava seu pai e esperava um dia ser como ele. Eu era igual a ele.

Depois disso, mal podia esperar para ter uma oportunidade de atirar nele outra vez.

O estampido da espingarda e o estalo do galho acima da cabeça do meu pai são quase simultâneos. O galho cai no riacho à frente dele. Exatamente onde eu pretendia que caísse. O mesmo movimento que encerrou nosso último jogo de caçar e rastrear.

Meu pai se detém. Olha para cima, para o lugar de onde o tiro se originou, com a boca aberta, como se não pudesse acreditar que eu o venci mais uma vez, e ainda do mesmo jeito. Ele sacode a cabeça e ergue os braços para o lado em rendição. A correia de Rambo está enrolada em sua mão esquerda. A Glock pende da direita.

Mantenho o dedo no gatilho. Só porque um homem parece vencido, não significa que está pronto para desistir. Especialmente quando esse homem é tão ardiloso e manipulador quanto meu pai.

— Jacob. — O nome parece estranho em minha língua.

— Bangii-Agawaateyaa.

Estremeço, e não por causa da chuva. Bangii-Agawaateyaa. Pequena Sombra. O nome que ele me deu quando eu era criança. O nome que nunca mais ouvi. Não sei nem começar a articular como essas palavras, saindo da boca do meu pai depois de todos esses anos, me fazem sentir. Toda a raiva, o ódio e o ressentimento que eu vinha abrigando há mais de uma década evaporam, como gelo no fogão a lenha. Sinto como se uma parte de mim que eu nem percebia que estava quebrada tivesse sido consertada. As lembranças me inundam: meu pai me ensinando a seguir rastros, a caçar, a andar de raquetes de neve, a nadar. Como afiar minha faca, esfolar um coelho, abotoar minha camisa e amarrar os cadarços do sapato. Identificar pelo nome as aves, os insetos, as plantas, os animais. Compartilhar os infinitos segredos do pântano: um aglomerado de ovos de rã flutuando na água parada da lagoa, embaixo de um ramo pendente, uma toca de raposa cavada fundo na areia da encosta de uma colina.

Tudo o que eu sei sobre o pântano que vale a pena saber foi esse homem que me ensinou.

Seguro a Ruger com mais força.

— Jogue as armas.

Meu pai fica olhando por um longo tempo antes de lançar a Glock nos arbustos. Ele puxa uma faca Bowie de dentro da bota direita e a joga atrás da pistola.

— Devagar — digo, quando ele leva a mão às costas para pegar o segundo revólver. Se eu fosse ele, este seria o momento em que eu faria a minha jogada. Sacaria rapidamente a arma e a encostaria na cabeça de Rambo, e usaria o sentimento da minha adversária por seu cachorro para desarmá-la.

Meu pai pega a segunda Glock de trás lentamente, como eu instruí. Leva o braço para trás, como se fosse jogá-la, mas, em vez de soltar a arma, quando seu braço chega à frente ele baixa sobre um joelho e atira.

Não em Rambo.

Em mim.

A bala atinge meu ombro. Pelo mais breve dos momentos, minha única sensação é de choque. *Ele atirou em mim.* Deliberadamente e sem pensar nas consequências, apenas para me abater.

Eu não o venci. Não salvei minha família. Não ganhei, porque meu pai mudou as regras do nosso jogo outra vez.

Então, meu ombro explode. Alguém enfiou uma banana de dinamite dentro de mim e a detonou. Fui atingida por um taco de beisebol e atravessada por um atiçador em brasa. Fui atropelada por um ônibus. Aperto a mão sobre o ferimento, caio no chão e me contorço enquanto a dor me percorre em ondas. O sangue jorra entre meus dedos. *Pegue a Ruger*, meu cérebro diz para minhas mãos. *Atire nele como ele atirou em você.* Minhas mãos não respondem.

Meu pai sobe a encosta e fica em pé ao meu lado, olhando para baixo. A Glock aponta para meu peito.

Que incrivelmente burra eu sou. Achei que estivesse sendo estratégica quando atirei no galho em vez de atirar nele. Que trágicas serão as consequências da minha decisão. A verdade é que eu não *queria* matar meu pai. Eu o amo, embora ele não me ame. E ele usou o meu amor contra mim.

Prendo a respiração enquanto espero meu pai acabar comigo. Ele me olha por um longo tempo, depois torna a guardar a Glock atrás do jeans e chuta a Ruger para o outro lado da colina. Então me rola de costas e pega minha Magnum. Não sei como ele sabia que eu a carregava, mas sabia. Tira um par de algemas do bolso de trás, sem dúvida as mesmas que estava usando quando escapou da prisão, puxa meus braços para a frente apesar do ombro ferido e as fecha em meus pulsos. Todo o meu corpo treme com o esforço para não gritar.

Ele dá um passo para trás, com a respiração ofegante.

— E *assim* — diz, olhando para baixo com um sorriso de triunfo — é que se vence alguém em caçar e rastrear.

22

A CABANA

No começo do outono, o viking retornou uma vez mais para casa, carregado de espólios e trazendo prisioneiros. Entre estes havia um jovem padre cristão, um daqueles que viam com desprezo os deuses do norte. Nos profundos porões de pedra do castelo, o padre foi enclausurado, com mãos e pés atados com tiras de casca de árvore.

A esposa do viking o achou tão belo quanto Baldur, e o sofrimento do jovem lhe deu pena, mas Helga disse que ele deveria ter cordas amarradas nos calcanhares e ser preso à cauda de animais selvagens.

"Eu soltaria os cachorros atrás dele", disse ela, "pela charneca e através dos brejos. Urra! Isso seria um espetáculo para os deuses, e coisas ainda melhores viriam em consequência."

Mas o viking não permitiu que o jovem padre cristão morresse de tal morte, especialmente por ele repudiar e desrespeitar os altos deuses. O viking havia decidido oferecê-lo em sacrifício sobre o jaspe-de-sangue no bosque. Pela primeira vez, um homem seria sacrificado ali.

Helga suplicou que lhe fosse permitido borrifar o povo reunido com o sangue do padre. Ela afiou sua faca reluzente e, quando um dos grandes cães selvagens, que corriam pelos terrenos do castelo em grande número, pulou em sua direção, Helga enfiou a faca em seu flanco, meramente, como disse, para testar o corte.

— Hans Christian Andersen,
A filha do Rei do Pântano

— **A**lguém está vindo — minha mãe disse de novo, enquanto olhávamos juntas pela janela da cozinha, como se não pudesse acreditar nas próprias palavras se não as dissesse duas vezes.

Eu também estava surpresa. Meu pai sempre foi tão cuidadoso em não chamar atenção para a nossa cabana: cortar lenha na base da colina para que o som da motosserra não repercutisse; atirar com a espingarda só quando necessário para obter a carne de veado de que precisávamos; nunca deixar o pântano para reabastecer, mesmo que estivéssemos ficando sem alguns suprimentos que seria bom ter; se esconder daquela família para não conduzi-la acidentalmente à nossa cabana; fazer simulações para que minha mãe e eu soubéssemos como agir no caso de alguém aparecer no nosso terreno. Era difícil acreditar que, depois de tudo isso, alguém tinha vindo de fato.

Pressionei o nariz contra o vidro e vi o farol da moto de neve oscilar e ziguezaguear na nossa direção. Estava escuro demais para discernir detalhes, mas eu sabia como era uma moto de neve. Ou pelo menos sabia como era uma cinquenta anos atrás. Ainda estava me esforçando para assimilar a enormidade da traição da minha mãe.

Ela sacudiu a cabeça devagar, como se estivesse acordando de um longo sono. Fechou as cortinas depressa e agarrou minha mão.

— Rápido. Temos que nos esconder.

Esconder onde?, tive vontade de dizer. Eu sabia que era isso o que o meu pai queria. Também sabia o que ele faria conosco se não obedecêssemos a suas instruções. Mas era tarde demais para correr para o pântano e rolar na lama como camuflagem, mesmo que o pântano não estivesse congelado. Quem quer que estivesse dirigindo a moto de neve já tinha visto nossa cabana. E estava vindo direto até nós. Havia fogo no fogão a lenha, fumaça saindo da chaminé, lenha no galpão, pegadas na neve. Do lado de dentro, nossos casacos estavam pendurados perto da porta, os pratos postos na mesa, o cozido de coelho borbulhando no fogão. E quanto a Rambo?

Rambo.

Agarrei o casaco e corri para o galpão de lenha. Ele estava ganindo e puxando a corrente com tanta força que tive medo de que sufocasse. Desprendi a coleira e o soltei. Depois agachei entre uma pilha de lenha e a parede do galpão para observar entre as frestas. O som do motor mudou quando a moto de neve começou a subir nossa colina. Momentos depois, ela passou por minha linha de visão em uma nuvem de neve e fumaça de escapamento. Corri para o outro lado do galpão, subi na pilha de lenha e agachei com a faca pronta, do jeito que o meu pai tinha me ensinado. A moto de neve parou exatamente abaixo de mim. O barulho era tão alto que meus ouvidos ficaram zunindo por muito tempo depois que o motorista desligou o motor.

— E aí, garoto. — O motorista assobiou e bateu na perna enquanto Rambo latia e corria em volta. Não dava para ver seu rosto, porque ele estava com um capacete do tipo que os mergulhadores usavam no fundo do mar, ou pelo menos o tipo de capacete que os mergulhadores usavam *no passado*, mas eu sabia que era um homem pela voz. — Aqui, garoto. Venha. Está tudo bem. Não vou machucar você.

Rambo parou de latir, correu abanando o rabo e pousou o queixo no joelho do homem. Ele tirou uma das luvas e o afagou atrás da orelha. Eu me perguntei como ele sabia que esse era o lugar em que meu cachorro gostava de ser afagado.

— Bom menino. Que cachorro mais bonzinho. Ah, você é, sim. Você é. — Nunca tinha ouvido ninguém falar tanto com um cachorro.

O homem afastou Rambo e desceu da moto de neve. Ele usava uma calça preta grossa e um casaco preto com uma faixa nas mangas de um tom de verde que eu nunca tinha visto. A moto de neve tinha a mesma faixa colorida na lateral, com as palavras "ARCTIC CAT" escritas em letras brancas. Ele tirou o capacete e o deixou no assento. O homem tinha cabelo loiro como o da minha mãe e uma barba grande e cheia como um viking. Era mais alto que meu pai, e mais jovem. Suas roupas farfalhavam como folhas secas quando ele andava. Com certeza não serviam para caçar, mas pareciam quentes.

Ele subiu os degraus da varanda e bateu na porta com os nós dos dedos.

— Olá! Alguém em casa? — Esperou, depois bateu outra vez. Eu não entendia bem o que ele estava esperando. — Olá!

A porta da cabana se abriu e minha mãe saiu. Eu não podia ver sua expressão, porque a luz estava atrás. Mas vi que suas mãos estavam trêmulas.

— Desculpe incomodar — disse o homem —, mas posso usar seu telefone? Eu me separei do meu grupo e perdi a trilha.

— Nosso telefone — minha mãe disse baixinho.

— Se não se importar. A bateria do meu celular acabou.

— Você tem um celular. — Minha mãe riu. Não entendi por quê.

— Hum, tenho. Bom, se eu puder usar seu telefone para avisar os meus colegas que estou bem, seria ótimo. Meu nome é John. John Laukkanen. — O homem sorriu e estendeu a mão.

Minha mãe fez um som de espanto e agarrou a mão dele como um afogado agarra uma boia salva-vidas. Continuou a segurar a mão do homem até muito depois de eles terem parado de balançar as mãos para cima e para baixo.

— Eu sei quem você é. — Ela olhou em volta e o puxou rapidamente para dentro.

Fiquei olhando para a porta fechada da cabana por um longo tempo. Mais mentiras. Mais truques. Mais enganação. Minha mãe conhecia esse homem. Ele veio para vê-la enquanto meu pai estava fora. Eu não sabia o que o homem e a minha mãe estavam fazendo dentro da cabana, mas sabia que era errado. Guardei a faca e desci da pilha de lenha. A moto de neve se acocorava no pátio como um grande urso-negro. Tive vontade de dar um tapa em sua traseira para espantá-la. Chamar meu pai para vir com sua espingarda e atirar nela. Atravessei a varanda dos fundos na ponta dos pés e espiei por uma fresta nas cortinas. Minha mãe e o homem estavam de pé no meio da cozinha. Ela falava e agitava as mãos. Não dava para ouvir o que dizia. Parecia assustada e empolgada. Ficava olhando toda hora para a porta, como se tivesse medo de que meu pai entrasse a qualquer instante. Eu queria que ele entrasse.

O homem só parecia assustado. Minha mãe continuou falando e gesticulando até que, por fim, ele concordou com a cabeça. Lentamente, como se não quisesse fazer o que ela estava pedindo, mas tivesse que fazer, como eu quando meu pai me mandava ajudar minha mãe a fazer geleia. Ela riu, ficou na ponta dos pés, pôs os braços em volta do pescoço do homem e beijou seu rosto. As bochechas dele ficaram vermelhas. Minha mãe pousou a cabeça em seu ombro. Os ombros dela balançavam. Eu não sabia se ela estava rindo ou chorando. Depois de um momento, o homem também abraçou minha mãe, deu um tapinha em suas costas e a manteve junto de si.

Baixei sobre os calcanhares na neve. Minhas bochechas também ardiam. Eu sabia o que um beijo significava. Um beijo queria dizer que você amava a pessoa que estava beijando. Era por isso que minha mãe nunca beijava meu pai. Eu não podia acreditar que ela tinha beijado aquele homem, aquele estranho, depois de trazê-lo para dentro da nossa cabana enquanto meu pai estava fora. Mas eu sabia o que meu pai faria com eles se estivesse ali. Tirei minha faca. Caminhei silenciosamente pela varanda e abri a porta.

— Helena! — minha mãe gritou. O homem e ela se afastaram enquanto o ar frio invadia a cabana. O rosto dela estava corado. — Eu pensei que você estava... Não importa. Rápido, feche a porta.

Deixei a porta aberta.

— Você tem que ir embora — falei para o homem, com a voz mais dura que pude. — Agora. — Agitei a faca para que ele soubesse que eu estava falando sério. Eu a usaria se precisasse.

Ele recuou e levantou as mãos.

— Ei, calma. Guarde a faca. Está tudo bem. Eu não vou machucar você.

— Falando comigo como se eu fosse meu cachorro.

Fiz uma expressão tão brava quanto a do meu pai e dei mais um passo à frente.

— Você tem que ir. *Agora*. Antes que o meu pai volte.

O rosto da minha mãe empalideceu quando o mencionei, como deveria mesmo. Não sei o que passou pela cabeça dela quando trouxe esse homem para dentro da nossa cabana, como ela achou que isso poderia acabar.

Ela desabou sobre uma cadeira.

— Helena, por favor. Você não está entendendo. Esse homem é nosso amigo.

— Nosso amigo? *Nosso* amigo? Eu vi você beijando ele. *Eu vi.*

— Você viu... Ah, não, Helena, não, não. Eu só estava agradecendo ao John porque ele vai nos tirar daqui. Guarde a faca. Temos que ir, depressa.

Olhei para minha mãe, entusiasmada, esperançosa, alegre, como se fosse o melhor dia da sua vida porque aquele homem apareceu na nossa colina. Eu só podia pensar que ela estava louca. Sabia que ela não gostava de viver no pântano, mas ela realmente achava que poderia ir embora agora, no frio e no escuro? Subir em uma moto de neve atrás desse estranho e deixar que ele a levasse sem a autorização do meu pai? Não passava pela minha cabeça como ela pôde pensar por um segundo que eu concordaria com esse plano.

— Por favor, Helena. Eu sei que você está com medo...

Eu com certeza não estava.

— ...e que tudo isso é muito confuso.

Eu não estava nem um pouco confusa.

— Mas você tem que confiar em mim.

Confiar nela? A revista no meu bolso de trás queimava como brasa. Depois disso, eu nunca mais confiaria na minha mãe.

— Helena, por favor. Eu vou explicar tudo, prometo. Mas temos que cor...

Ela parou quando os passos do meu pai soaram na varanda.

— O que está acontecendo? — ele rugiu enquanto irrompia na cozinha. Em um instante avaliou a situação e balançou a espingarda entre o homem e minha mãe, como se não conseguisse decidir em qual deles deveria atirar primeiro.

O homem levantou as mãos.

— Por favor. Eu não quero criar nenhum problema...

— Cale a boca! Sente.

O homem caiu em uma das cadeiras da cozinha, como se tivesse sido empurrado.

— Escute, não há necessidade da arma. Eu só queria usar o telefone. Eu me perdi. Sua, hã... esposa me deixou entrar e...

— Eu disse *cale a boca.* — Meu pai girou o corpo e enfiou violentamente a coronha da espingarda na barriga do homem. Ele arfou, caiu da cadeira e rolou pelo chão, gemendo e segurando o estômago.

— Não! — minha mãe gritou e cobriu o rosto.

Meu pai me entregou a espingarda.

— Se ele se mexer, atire.

Então se postou na frente da minha mãe e levou o punho para trás. O homem levantou sobre os joelhos, rastejou em direção ao meu pai e o segurou pelo tornozelo. Eu sabia que deveria atirar. Não queria apertar o gatilho.

— Deixe ela em paz! — o homem gritou. — Eu sei quem você é. *Eu sei o que você fez.*

Meu pai parou e se virou. Havia um artigo em uma das *National Geographics* que descrevia o rosto de uma pessoa como "vermelho de raiva". Meu pai estava assim agora. Furioso o bastante para matar todos nós.

Ele rugiu como um urso-negro ferido, avançou para o homem e o chutou nos rins. O homem gritou e caiu de cara no chão. Meu pai agarrou seu pulso esquerdo e apoiou o pé em seu cotovelo, depois torceu o braço do homem mais alto e mais alto em direção às costas, até o osso partir. O grito do homem encheu a cabana, misturado com o da minha mãe, e com o meu.

Meu pai pegou o homem pelo braço quebrado e o levantou. O homem berrou de novo.

— *Por favor! Não! Ai, meu Deus... não! Pare! Por favor!* — ele gritava enquanto meu pai o arrastava pelo pátio em direção ao galpão de lenha. Minha mãe soluçava. Minhas mãos tremiam. Baixei os olhos e percebi que ainda estava segurando a espingarda, apontada para minha mãe. Ela me olhava como se achasse que eu fosse atirar nela. Não lhe contei que a arma estava com a trava de segurança.

Meu pai voltou para a cabana. Tinha o casaco sujo de sangue e os nós dos dedos vermelhos. Ele tirou a espingarda das minhas mãos trêmulas e a trancou no depósito. Esperei na cozinha com a minha mãe. Não sabia o que ele queria que eu fizesse.

Quando ele voltou, sua expressão estava calma, como se nada tivesse acontecido, como se aquele fosse um dia comum e ele não tivesse acabado de quebrar o braço da primeira pessoa que apareceu na nossa colina. Isso podia significar uma de duas coisas: sua raiva tinha sido descarregada ou ele estava apenas começando.

— Vá para o quarto, Helena.

Corri escada acima. Atrás de mim, ouvi o som de punho atingindo carne. Minha mãe gritou. Eu fechei a porta.

Muito depois que a cabana ficou em silêncio, eu estava deitada na cama com os braços atrás da cabeça e os olhos fixos no teto. Lembranças atulhavam meus sonhos.

Meu pai e eu estávamos nadando no lago dos castores. Ele me ensinava a boiar. O sol era quente e a água fria. Fiquei deitada de costas na superfície da água com os braços abertos. Meu pai estava de pé junto de mim. A água chegava à sua cintura. Suas mãos estavam nas minhas costas, me segurando no alto, embora eu mal as sentisse.

— Suba as pernas — ele disse, quando meus pés começaram a baixar. — Barriga para fora. Curve as costas.

Empurrei a barriga para fora e curvei os ombros para trás o máximo que pude. Meu rosto mergulhou na água. Cuspi e comecei a afundar. Meu pai me pegou, me levantou. Tentei de novo. Mais tarde, depois que aprendi a boiar, era tão fácil que eu mal podia lembrar que houve um tempo em que não sabia fazer aquilo.

Meu pai estava me ajudando a pôr a isca no anzol, muito afiado. Na primeira vez que peguei um anzol na caixa de equipamentos de pesca do meu pai, ele enganchou em meu polegar. Doeu, mas não tanto como quando meu pai o tirou. Depois disso, tive o cuidado de só segurar o anzol pela alça no alto. Nossa lata de iscas era cheia de minhocas. Nós as pegávamos no solo úmido na base da nossa colina. Enfiei a mão na terra dentro da lata e tirei uma. A minhoca era escorregadia e molhada. Meu pai me mostrou como passar o anzol pelo meio dela, enrolá-la em volta do metal e passá-lo de novo através da cauda e da cabeça.

— Não dói — ele disse, quando perguntei como a minhoca se sentia com aquilo. — Minhocas não sentem nada.

Se isso era verdade, perguntei, então por que ela se agitava e retorcia? Meu pai sorriu. Disse que era bom que eu estivesse aprendendo a pensar por conta própria e deu um tapinha em minha cabeça.

Meu pai e eu estávamos sentados na cabana de suar. Ele contava outra vez a história de quando caiu na toca do urso. Dessa vez notei que, sempre que a contava, ele mudava os detalhes para torná-la mais empolgante. O buraco era mais fundo, meu pai caiu mais longe, foi mais difícil subir de volta, o urso começou a acordar quando meu pai aterrissou em suas costas, o pescoço do filhote quebrou. Eu percebia que, embora fosse importante sempre dizer a verdade, quando se estava contando uma história não havia problema em mudar os fatos para deixá-la mais interessante. Desejava ser uma contadora de histórias tão boa quanto ele quando crescesse.

Levantei, atravessei o quarto até a janela e olhei para o pátio iluminado de luar. Rambo se movimentava no barracão. A moto de neve estava abaixo de mim. O homem no galpão de lenha estava quieto.

Eu tinha amado meu pai quando era pequena. Ainda amava. Cousteau e Calypso diziam que ele era um homem mau. Sei que eles se importavam comigo, mas eu não conseguia acreditar que isso fosse verdade.

No dia seguinte, meu pai fez o café da manhã enquanto minha mãe ficou na cama. A aveia que ele preparou era sem graça e insossa. Era difícil acreditar que no dia anterior o que mais me preocupava era não ter sal. Agora eu só pensava na traição da minha mãe. Não só na mentira que ela contou sobre as *National Geographics*, mas no jeito como ela traiu meu pai. Eu sabia que ele tinha batido nela por ter trazido o homem para a cabana e que era por isso que ela ainda estava na cama. Eu não gostava quando meu pai batia na minha mãe, mas havia vezes, como agora, que ela merecia. Meu pai disse que, como a minha mãe ficou sozinha na cabana com outro homem, isso significava que ela havia cometido algo chamado adultério, e, quando uma mulher ojibwa cometia adultério, o marido tinha o direito de mutilá-la ou mesmo matá-la, como achasse adequado. Minha mãe não era nativa americana, mas, como era a esposa do meu pai, tinha que viver de acordo com as regras dele. Eu sabia que ela merecia ser castigada, mas mesmo assim fiquei feliz por não ter contado ao meu pai que a **vi** beijando o homem.

Esfreguei nossas tigelas de cereal e a panela com água fria e um punhado de areia e levei uma caneca de chicória quente para o homem no galpão de lenha, como meu pai mandou. A manhã era ensolarada e luminosa. A moto de neve parecia maior à luz do dia, reluzente, preta, brilhante como neve fresca, com o para-brisa da cor de fumaça e aquela extraordinária faixa verde. Não era nada como as fotografias das *National Geographics*.

Deixei a caneca no degrau da varanda e peguei o capacete. Era mais pesado do que eu esperava, com um pedaço de vidro escuro curvo na frente, com a forma de um escudo. Dentro, o forro era espesso e macio. Pus o capacete na cabeça, sentei no banco com as pernas uma de cada lado, como o homem tinha feito, e fingi que estava dirigindo. Eu costumava desejar que tivéssemos uma moto de neve. Se tivéssemos, poderíamos conferir nossas linhas de pesca no gelo em metade do tempo que levava para ir de raquetes de neve de um buraco para outro. Perguntei ao meu pai uma vez se ele não poderia vender algumas de suas peles para comprar uma. Isso levou a um longo discurso sobre como os modos indígenas eram melhores que as invenções dos homens brancos, e que mais rápido nem sempre era melhor. Mas eu achava que, se o nosso povo tivesse motos de neve nos tempos antigos, eles as teriam usado.

Desci da moto de neve, peguei a caneca e atravessei o pátio para o galpão de lenha. A chicória não estava mais fumegante. O homem estava algemado no poste no canto. Havia sangue em seu cabelo e o rosto estava inchado. Seu casaco e sua calça haviam sumido. Ele usava roupa de baixo branca térmica, como meu pai e eu usávamos no inverno, e nada mais. Tinha os pés enfiados em lascas de madeira e serragem para mantê-los aquecidos, embora eu pudesse ver os dedos despontando. Os braços estavam algemados acima da cabeça. Ele estava com os olhos fechados e a barba pousada no peito. Não parecia muito um viking agora.

Parei na porta. Não sabia bem por quê. Aqueles eram meu galpão de lenha, minha cabana, minha colina. Eu tinha todo o direito de estar ali. Era aquele homem que não pertencia ao lugar. Acho que tive medo de entrar porque não queria ficar sozinha com ele e talvez cometer adultério. Foi meu pai que me mandou trazer uma caneca de chicória para o homem, mas adultério era um conceito novo. Eu não sabia bem como funcionava.

— Está com sede? — Uma pergunta óbvia, mas eu não sabia o que mais dizer.

O homem abriu um olho. O outro estava inchado demais. Meu pai sempre me dizia que, se um dia eu me encontrasse em uma situação em que tivesse de manter alguém preso, por mais que precisasse espancá-lo, deveria sempre garantir que ele tivesse um olho bom, para poder me ver chegando e imaginar o que eu poderia fazer, assim eu não perderia a vantagem psicológica. Quando o homem me viu parada na entrada do galpão, ele se encolheu para tão longe quanto as algemas permitiam, o que provou que meu pai tinha dito a verdade.

— Trouxe algo para você beber. — Ajoelhei na serragem e levei a caneca até seus lábios, depois peguei o biscoito que tinha escondido no bolso do casaco, parti em pedaços e o alimentei. A sensação do bigode dele em meus dedos e de sua respiração em minha pele me fez estremecer. Nunca havia estado tão perto de um homem que não fosse meu pai. Pensei de novo em adultério e limpei as migalhas que tinham caído no peito do homem.

Ele pareceu melhor quando terminou, ainda que não muito. Um corte sangrava sobre seu olho, e o lado esquerdo do rosto estava inchado e roxo, onde meu pai o havia esmurrado. O braço quebrado estendido sobre a cabeça ia ser um problema. Eu já tinha visto animais morrerem por menos.

— Sua mãe está bem? — ele perguntou.

— Está. — Não contei a ele que o braço esquerdo da minha mãe estava similarmente quebrado. "Para os dois combinarem", meu pai dissera naquela manhã quando me contou que, na noite anterior, havia torcido o braço da minha mãe nas costas do mesmo jeito que fizera com o homem.

— Seu pai é louco. — Ele pôs o queixo para a frente, indicando o galpão, as algemas, sua falta de roupas. Não gostei quando ele disse isso. Esse homem não conhecia meu pai. Não tinha o direito de dizer coisas ruins sobre ele.

— Você não devia ter vindo — falei com frieza. — Devia ter nos deixado em paz. — De repente, eu tinha que saber. — Como encontrou a gente?

A pergunta não saiu do jeito que eu pretendia. Soou como se eu achasse que estávamos perdidos.

— Eu estava seguindo a trilha com dois amigos e fiz uma curva errada. A gente tinha bebido — ele disse, como se fosse explicação. — Uísque. Cerveja. Não importa. Dirigi muito tempo procurando alguma indicação da trilha. Então vi a fumaça da sua cabana. Não sabia que esta cabana... que a sua mãe...

— O que tem a minha mãe? — Não me importava quanto esse homem já estava machucado. Se ele dissesse que tinha vindo aqui porque amava a minha mãe, eu ia bater no braço quebrado dele.

— Eu não sabia que a sua mãe estava aqui o tempo todo. Depois de todos esses anos, alguém finalmente a encontrou, e o seu pai... — Ele parou e olhou para mim de um jeito estranho. — Ah, meu Deus. Você não sabe.

— Não sei o quê?

— Que a sua mãe... o seu pai...

— Eu o quê? — meu pai perguntou.

O homem se encolheu quando a sombra do meu pai encheu a entrada do galpão. Ele fechou o olho bom e começou a choramingar.

212

— Vá para dentro, Helena — meu pai disse. — Sua mãe precisa de você.

Peguei a caneca vazia, levantei depressa e passei correndo por ele em direção à cabana. Lavei a caneca, pus para secar, depois fiquei na janela da cozinha por um longo tempo, vendo pelas fendas do galpão de lenha enquanto meu pai esmurrava e chutava o homem, que gritava e berrava. Eu queria saber o que ele ia me contar.

23

Meu ombro lateja. Não tenho ideia da gravidade do ferimento. É possível que a bala tenha só roçado o ombro e que alguns pontos sejam suficientes. Também é possível que o ferimento seja muito pior. Se a bala atingiu uma artéria, vou sangrar até morrer. Se pegou um dos grandes nervos, posso perder os movimentos do braço. No momento, só sei que dói. Muito.

Se esse tivesse sido o tiro acidental típico, eu estaria em uma ambulância a caminho do hospital, enquanto a equipe de emergência trabalhava para me estabilizar, em vez de estar sentada no chão com as costas apoiadas em uma árvore. Portas se abririam quando chegássemos, assistentes de enfermagem sairiam apressados e me levariam em uma maca para dentro. Médicos tratariam o ferimento, me dariam algo para aliviar a dor.

Mas esse tiro não foi acidental.

Depois que meu pai atirou e me algemou, ele me arrastou pelos ombros até um grande pinheiro vermelho, me levantou e me apoiou nele. Não dá nem para tentar descrever o que senti.

Rambo sumiu. Acho que gritei "Casa!" quando meu pai subiu a encosta para me desarmar, mas é difícil ter certeza se de fato gritei o comando ou só pensei. Os primeiros segundos depois que ele atirou em mim são uma névoa.

Eu pisco. Forço os pensamentos a se afastarem da dor. Tento permanecer focada. Que burra eu fui de pensar que meu pai ia se render. Devia tê-lo matado quando tive a chance. Da próxima vez, é o que farei.

Meu pai está sentado no chão com as costas apoiadas em um tronco caído. Tem minha Magnum na mão. Minha faca está pendurada no meu cinto, na cintura dele. Meu celular morreu, e não estou falando da bateria. Quando ele encontrou o iPhone que Stephen me deu no nosso último aniversário de casamento, jogou-o para o ar e atirou nele.

Meu pai está relaxado, totalmente tranquilo. Por que não estaria? Ele tem todas as vantagens, e eu não tenho nenhuma.

— Eu não queria machucar você — ele diz. — Você me obrigou.

O típico narcisista. O que quer que aconteça, a culpa é sempre da outra pessoa.

— Você não devia ter ido embora — ele prossegue quando não respondo. — Estragou tudo.

Gostaria de lembrar a ele que a culpa pelo jeito como a nossa vida desmoronou não é minha. Se meu pai fosse capaz da mínima lógica, eu lhe diria que a vida que ele imaginou sempre foi inalcançável, que sua ilusão de que poderia criar uma vida no pântano de acordo com seus desejos e preferências terminou no momento em que eu fui concebida. Eu era a fenda em sua armadura, seu calcanhar de aquiles. Ele me criou e me moldou para ser uma versão de si mesmo, mas, ao fazê-lo, plantou as sementes de sua própria queda. Ele podia controlar a minha mãe. Mas nunca pôde me controlar.

— Ela morreu — digo. — Minha mãe.

Não sei por que estou lhe contando isso. Nem tenho certeza de como minha mãe morreu. Só sei o que li nos jornais: que ela morreu de maneira inesperada, em casa. Pareceu um lugar apropriado para ela morrer. Quando eu morava com meus avós, aquelas quatro paredes cor-de-rosa do quarto, enfeitadas com borboletas, arco-íris e unicórnios, me sufocavam. Sempre que o barulho e a turbulência do mundo fora do pântano ficavam excessivos para mim, eu tinha que sair. Desde que pudesse levantar os olhos e ver as árvores se movendo, eu estava bem. Minha mãe era o oposto. Pensando agora, acho que a razão de ela passar tanto tempo em seu quarto depois que deixamos o pântano é que era o último lugar em que ela havia se sentido segura.

Meu pai bufa com desdém.

— Sua mãe foi uma decepção. Muitas vezes eu desejei ter pegado a outra.

A outra? A outra menina que estava brincando com ela naquele dia? Dói em mim ouvi-lo falar com tanta indiferença do rapto da minha mãe. Penso no dia em que ele a levou, como ela caiu na história dele sobre o cachorro, como deve ter ficado aterrorizada quando percebeu que meu pai pretendia lhe fazer mal. Deve ter havido um ponto, enquanto o ajudava a procurar o cachorro inexistente, em que percebeu que ele não estava falando a verdade. *Eu tenho que ir para casa agora*, ela deve ter dito. Provavelmente mais de uma vez. *Meus pais devem estar me procurando.* Hesitante, como se estivesse pedindo permissão, porque naquele tempo não ensinavam meninas a ser assertivas como ensinam agora. Talvez meu pai tenha prometido comprar um sorvete para ela se o ajudasse a procurar um pouco mais. Talvez a tenha atraído com um passeio em sua canoa. Meu pai sabe ser convincente quando serve a seus interesses.

O que quer que minha mãe estivesse pensando ou sentindo, no momento em que entrou na canoa, foi fim de jogo para ela. Nos primeiros quilômetros a leste de Newberry, o rio Tahquamenon atravessa florestas de madeira de lei e é relativamente estreito. Talvez minha mãe tenha pensado em pular na água e nadar até a margem quando percebeu que estava em apuros. Talvez tenha prendido a respiração em expectativa cada vez que contornavam uma curva, achando que passariam por um pescador ou uma família e ela poderia gritar por socorro. Mas, assim que o rio se abriu na área pantanosa, ela deve ter entendido que não havia mais jeito. Eu acho o pântano bonito, mas, para minha mãe, as gramíneas balançando interminavelmente devem ter parecido tão desoladas quanto a lua. Será que então ela entendeu que *não* havia nenhum cachorro? Que meu pai a enganara? Que ela nunca mais veria sua amiga, sua casa, seu quarto, suas roupas, seus brinquedos, livros e filmes, ou seus pais? Ela chorou? Gritou? Lutou? Ou deslizou para o estado de fuga que foi seu refúgio ao longo dos catorze anos seguintes? Minha mãe nunca contou os detalhes daquele dia, então só posso imaginar.

— Você planejou isso desde o início — digo, quando finalmente compreendo. — Atacou os guardas na Faixa de Seney porque sabia que eu viria te procurar se você escapasse perto da minha casa. Me pegou como refém porque quer que eu te leve para o Canadá e te deixe lá. — Claro que há o problema dos quatro pneus furados da minha picape, mas tenho certeza de que meu pai planejou alguma maneira de resolver isso.

Ele sorri. É o mesmo sorriso que costumava me dar quando estava me ensinando a seguir rastros. Não quando eu acertava. Quando eu errava.

— Quase. Você não vai me deixar na fronteira, Bangii-Agawaateyaa. Você vai comigo. Vamos ser uma família. Você. Eu. Suas filhas.

O tempo parece se arrastar enquanto as palavras se assentam. Meu pai tem que saber que eu jamais vou pegar minhas filhas e ir embora com ele de bom grado, mesmo que no momento eu não seja fisicamente capaz de formar palavras e frases para lhe dizer isso. Eu morro antes, e sem hesitação. Não consigo acreditar que eu tive vontade de vê-lo de novo. Que um dia amei esse homem. Um homem que mata com tanta facilidade quanto respira. Que acha que, quando quer alguma coisa, tem que ter. Minha mãe. Nossa cabana. *Minhas filhas.*

— Sim, suas filhas — ele diz, como se pudesse ver dentro da minha cabeça. — Você não achou que nós iríamos embora sem elas, não é?

Nós? Mas não há *nós*. Isso tem a ver apenas com ele, como sempre foi. Penso em como minha mãe e eu fazíamos tudo de acordo com as preferências do meu pai, sem nos dar conta de que era isso que estávamos fazendo: comendo o que e quando ele dizia que podíamos, vestindo o que ele mandava, levantando e indo para a cama nos horários que ele decretava. Jamais sujeitarei Mari e Iris a esse tipo de controle. E quanto a Stephen? Onde meu pai acha que meu marido vai ficar nisso tudo? Stephen iria até os confins da Terra atrás das filhas. Qualquer pai normal iria. Isso não pode acabar de outro jeito a não ser mal.

E há o fato de o meu pai saber que tenho duas filhas. Ele ficou na prisão por treze anos, e não tivemos contato durante esse tempo. Não sou uma dessas mães que expõem a vida dos filhos online, e, mesmo que fosse, os prisioneiros não têm acesso à internet. Sou sempre discreta, não faço nada que possa me pôr sob o olhar público, por razões que devem ser óbvias a esta altura para qualquer pessoa que conheça a minha história. Ganho a vida vendendo geleias e compotas feitas em casa, pelo amor de Deus. No entanto, de alguma maneira, meu pai sabe sobre a minha família.

Ou não?

— Por que você acha que eu tenho filhos?

Ele leva a mão ao bolso do casaco do homem morto e pega uma revista *Traverse* muito manuseada. Eu reconheço a capa. Meu coração para por um instante. Ele joga a revista aos meus pés. Ela cai aberta na fotografia em que estamos eu, Stephen e as meninas de pé na frente do velho bordo com as marcas da queda de um raio, ao lado do caminho de entrada da nossa casa. A árvore é inconfundível, especialmente estando ao lado da casa onde se foi criado. O artigo não menciona o nome das minhas meninas, mas nem precisa. A foto contou ao meu pai tudo o que ele precisava saber.

Stephen ficou tão orgulhoso quando a revista saiu. Ele arrumou a entrevista uns dois anos atrás, quando a economia desandou, os preços dos combustíveis subiram, o turismo caiu e as vendas de geleia estavam lentas. Ver meu nome e fotografia em uma revista era a última coisa que eu queria, mas não consegui pensar em uma razão para dizer não a Stephen sem lhe contar a verdade. Ele disse que a publicidade impulsionaria minhas vendas na internet, e estava certo. Depois que o artigo apareceu na revista, comecei a receber pedidos de pessoas do Michigan que estavam morando em lugares tão distantes quanto a Flórida e a Califórnia.

Eu achei, sinceramente, que houvesse coberto meus rastros tão bem que o artigo não seria um problema. Talvez pareça ingênuo, mas é mais fácil do que você imaginaria se reinventar na península Superior. As cidades podem estar a apenas cinquenta a oitenta quilômetros de distância entre si, mas cada uma é como um mundo à parte. As pessoas cuidam da própria vida, não só porque os habitantes da península Superior são naturalmente independentes e autossuficientes, mas porque é assim que tem que ser. Quando se precisa viajar oitenta quilômetros para ir a uma loja Kmart ou ao cinema, a gente aprende a se satisfazer com o que há em volta.

Todos conheciam a história do Rei do Pântano e sua filha. Mas, quando eu me mudei de Newberry para Grand Marais, não me parecia mais com a criança selvagem de doze anos nas fotografias dos jornais. Já tinha crescido, cortado e tingido o cabelo de loiro, mudado meu sobrenome. Até usava maquiagem em público para esconder as tatuagens. Pelo que as pessoas sabiam, eu era apenas a mulher que comprou a velha casa dos Holbrook, e para mim estava ótimo.

Se eu tivesse alguma ideia de que a revista um dia percorreria o caminho até a biblioteca da prisão e a cela do meu pai, nunca teria concordado em fazer a reportagem. Na foto, o rosto das minhas filhas está manchado. Quantas vezes meu pai passou os dedos sobre a imagem delas enquanto tramava e sonhava? A ideia de vê-lo fazendo o papel do avô amoroso com as minhas filhas... brincando com elas, fazendo cócegas, contando histórias... eu simplesmente não posso suportar.

— E então, suas meninas ajudam você a fazer geleias e compotas? — Ele se inclina para mais perto e pressiona a Magnum em meu peito. Sinto o cheiro do bacon que o homem cozinhava de café da manhã no hálito do meu pai. — Achou que podia se esconder de mim? Mudar de nome? Negar que eu sou seu pai? Você está morando nas *minhas terras*, Helena. Achou mesmo que eu não ia te encontrar?

— Não machuque ninguém. Eu faço o que você quiser, desde que não envolva a minha família.

— Você não está em posição de fazer exigências, Pequena Sombra.

Não há afeto quando ele diz meu apelido, nenhum brilho nos olhos. Talvez o encantamento de que me recordo da infância tenha se extinguido nos anos na prisão. Talvez nunca tenha existido. Lembranças podem ser enganosas, especialmente as de uma criança. Iris às vezes conta histórias com absoluta convicção sobre algo que ela acha que aconteceu, mas que eu sei que não é verdade. Talvez o homem de que eu me lembro nunca tenha existido. Talvez as coisas que eu penso que aconteceram nunca tenham ocorrido.

— Você não vai escapar dessa — não posso me impedir de dizer.

Ele ri. Não é um som agradável.

— A gente pode escapar de qualquer coisa. Você, entre todas as pessoas, deveria saber disso.

Meu pensamento volta em um lampejo para o meu último dia no pântano. Ele sabe do que está falando.

Ele agita a Magnum na direção da minha casa e se levanta.

— Hora de ir.

Eu me ergo com esforço, usando a árvore como apoio. Começo a andar. Pai e filha, juntos outra vez.

24

A CABANA

Mas havia um momento do dia que punha um freio em Helga. Era ao crepúsculo; quando essa hora chegava, ela ficava quieta e pensativa e se permitia ser aconselhada e orientada; era então, também, que um sentimento secreto parecia atraí-la para sua mãe.

A esposa do viking a tomava no colo e esquecia a feia forma, enquanto olhava para os olhos tristonhos. "Desejaria que te mantivesses sempre como minha irracional filha sapo, porque és terrível demais quando estás vestida em uma forma de beleza. Nem uma única vez uma palavra sequer passou-me pelos lábios para meu marido e senhor sobre o que tenho de sofrer por tua causa; meu coração é cheio de tristeza por ti."

Então a desafortunada forma tremeu; era como se essas palavras tivessem tocado uma ligação invisível entre corpo e alma, pois grandes lágrimas se formaram em seus olhos.

— *Hans Christian Andersen,*
A filha do Rei do Pântano

Pensei no homem no galpão de lenha pelo resto daquele dia. Fiquei imaginando o que ele ia me contar sobre meus pais que eu não sabia. Devia ser importante, porque meu pai espancou o homem por quase ter contado. Muitas vezes eu quis me esgueirar até o galpão para perguntar a ele, mas meu pai ficou perto da cabana, içando água, cortando lenha e afiando a motosserra, então não tive chance.

Passei o dia todo dentro de casa. Foi, sem dúvida, o dia mais longo, mais chato, menos divertido e mais entediante da minha vida. Pior que o dia em que meu pai me obrigou a ajudar minha mãe a fazer geleia. Eu não queria cuidar da minha mãe, por mais que lamentasse seu braço quebrado. Queria percorrer as armadilhas, conferir as linhas de pesca no gelo, andar atrás do meu pai quando ele fosse atirar no nosso veado de primavera, embora estivesse brava com ele por ter quebrado o braço da minha mãe. Qualquer coisa, menos ficar dentro de casa. Eu me sentia como se estivesse sendo castigada, e não havia feito nada de errado.

Mesmo assim, fiz tudo o que meu pai e minha mãe mandaram, de boa vontade e sem reclamar, na esperança de que isso deixasse todos felizes de novo e as coisas voltassem ao normal. Lavei os pratos, varri o chão, cortei um pedaço de carne de veado em pedaços com a machadinha e coloquei no fogão para ferver, como minha mãe instruiu. Levei-lhe uma xícara de chá de milefólio todas as vezes que ela pediu e uma tigela com um resto de sopa de coelho no almoço. Ajudei-a a se sentar para beber e comer, peguei uma panela na cozinha para ela fazer xixi e esvaziei-a no banheiro externo. Meu pai disse que o chá de milefólio ajudaria a parar o sangramento, mas não parecia estar funcionando. A tipoia que ele tinha feito para o braço quebrado com um dos nossos panos de prato estava manchada e dura. O mesmo com os lençóis. Eu os teria lavado se pudesse.

Eu não imaginava, sinceramente, quanto trabalho ela fazia até ter que fazer tudo eu mesma. Estava de pé em um banquinho, inclinada sobre o fogão a lenha, tentando decidir se a carne de veado que eu preparava para o jantar já estava pronta ("Espete um garfo na carne e imagine que é uma extensão dos seus dentes", minha mãe disse quando eu perguntei como ia saber se a carne estava cozida), quando meu pai abriu a porta dos fundos e enfiou a cabeça na cozinha.

— Venha — ele disse.

Movi a panela para o fundo do fogão e vesti minha roupa de inverno com entusiasmo. Estava quase escuro. O dia tinha sido ensolarado e luminoso, mas agora as nuvens se agrupavam, a temperatura caía e o vento açoitava como se fosse nevar. Respirei fundo o ar gelado. Eu me sentia como uma prisioneira que havia sido libertada da cela, ou um animal de zoológico solto na natureza depois de uma vida em cativeiro. Segui meu pai pelo pátio, me contendo para não pular de alegria.

Ele estava com sua faca favorita na mão, uma KA-BAR de dezoito centímetros com lâmina de aço-carbono e cabo revestido de couro, como os fuzileiros navais americanos usavam na Segunda Guerra Mundial, embora ele tivesse conseguido a dele quando esteve no exército. A KA-BAR é uma excelente faca de combate, útil para abrir latas, cavar trincheiras e cortar madeira, arame ou cabos, além de boa no combate corpo a corpo, ainda que eu preferisse minha Bowie.

Então eu vi que estávamos indo para o galpão de lenha. As cicatrizes em meu braço formigaram. Eu não sabia o que meu pai planejava fazer com o homem, mas podia imaginar.

O homem se arrastou para trás até onde as algemas permitiam quando entramos. Meu pai agachou sobre os calcanhares na frente dele e jogou a faca de uma mão para a outra, deixando que o homem olhasse bem enquanto ele sorria como se soubesse o que ia fazer, mas não conseguisse decidir por onde começar. Fitou o rosto do homem por um longo tempo, depois deixou o olhar deslizar devagar pelo peito dele, até a virilha. O homem parecia que ia vomitar. Até eu me senti nauseada.

De repente, meu pai agarrou a blusa do homem e enfiou a faca no tecido. Abriu a blusa do pescoço até a cintura, depois tocou a ponta da faca no peito dele. O homem guinchou de medo. Meu pai pressionou com mais força. A faca furou a pele. O homem ganiu. Quando meu pai começou a cortar letras no peito dele, o homem gritou.

Meu pai trabalhou nas tatuagens por um longo tempo. Foi assim que ele se referiu a elas, embora as palavras que cortou no peito do homem não parecessem muito tatuagens para mim.

Ele parou quando o homem desmaiou. Levantou, saiu e limpou as mãos e a faca na neve. Ao caminharmos de volta para a cabana, eu sentia a cabeça tonta e os joelhos fracos.

Quando contei à minha mãe sobre as tatuagens do homem, ela tirou a camisa e me mostrou as palavras que meu pai havia escrito nela: "Puta. Vadia". Eu não sabia o que as palavras significavam, mas ela me disse que eram ruins.

Na manhã seguinte, meu pai foi para o pântano caçar nosso veado de primavera sem primeiro torturar o homem no galpão de lenha. Disse que precisávamos mais do que nunca de carne, agora que tínhamos mais uma boca para alimentar. Mas ele não estava dando nada para o homem comer. Além disso, tínhamos verduras e legumes suficientes na despensa subterrânea para durar até os patos e gansos voltarem, sem contar as latas e outros suprimentos de comida no depósito.

Achei que meu pai estava só fingindo que ia caçar, que na verdade ia se esconder em algum lugar nas proximidades para ficar de olho em mim e ver se eu fazia o que ele mandava em sua ausência. Eu estava encarregada do homem enquanto ele estivesse fora. Devia lhe dar uma caneca de chicória de manhã e outra à noite, e só. Eu não entendia como ele poderia sobreviver apenas bebendo chicória. Meu pai disse que era essa a ideia.

Meu pai chamava o homem de Caçador, embora eu soubesse que o nome dele era John. Minha mãe me disse que o sobrenome do Caçador era escrito do mesmo jeito que se pronunciava, Lauk-ka-nen, com o mesmo acento em todas as sílabas. Tive que repetir duas vezes para acertar. Ela falou que sobrenomes finlandeses podiam parecer difíceis de pronunciar por causa de todas as consoantes duplas e vogais, mas na verdade não são. Ao contrário de línguas que têm algumas letras mudas, como o *h* em *homem*, o finlandês é escrito quase exatamente como é falado.

Minha mãe contou que ela e o Caçador haviam crescido na mesma cidadezinha, um lugar chamado Newberry, e que ela estudava com o irmão mais novo dele antes de o meu pai trazê-la para o pântano. Disse que era louca pelo irmão mais novo do Caçador, apesar de nunca ter contado a ele. Pensei no garoto com três nomes da revista *Teen*, Neil Patrick Harris, que também tinha enlouquecido minha mãe. Me parecia uma coisa muito estranha.

Minha mãe falou que o sobrenome dela era Harju, que também era finlandês, o que eu não sabia. Ela disse que seus avós se mudaram da Finlândia para o Michigan não muito tempo depois de se casarem, para trabalhar nas minas de cobre. Eu sabia pelos mapas nas *National Geographics* que a Finlândia às vezes era incluída como parte da Escandinávia, assim como Dinamarca, Suécia e Noruega, e que os escandinavos eram descendentes dos vikings. Isso significava que a minha mãe era uma viking, e eu também, o que me deixou muito feliz.

Não me lembrava de a minha mãe ter falado tanto assim alguma vez na vida. Agora eu sabia seu sobrenome, embora tenha me dado conta de repente de que não sabia o meu. Talvez eu não tivesse um e, nesse caso, decidi que gostaria de ser chamada de "Helena, a Valente". Sabia o nome da cidade em que a minha mãe tinha crescido. Sabia que ela era uma viking, e que eu era uma viking também. Gostaria de saber mais, mas minha mãe disse que estava cansada de falar e fechou os olhos.

Vesti o casaco e fui para o galpão de lenha. Esperava que o Caçador me contasse mais sobre a cidade em que ele e minha mãe cresceram. Imaginei se outros vikings moravam lá. Também me intrigava o que havia sobre a minha mãe e o meu pai que eu não sabia.

O galpão de lenha cheirava muito mal. Os cortes no peito do Caçador estavam inchados e vermelhos. Seu peito estava manchado de marrom, como se meu pai tivesse enchido as tatuagens com excremento em vez de fuligem.

— Me ajude — ele sussurrou. A princípio, pensei que estivesse sussurrando com medo de que meu pai ouvisse. Então vi o hematoma escuro em sua garganta. Entendia agora por que, na noite passada, o Caçador tinha parado de repente de gritar. — Por favor. Eu tenho que sair daqui. Pegue a chave das algemas. Me ajude.

Sacudi a cabeça. Eu não gostava do que meu pai estava fazendo com o Caçador, mas também sabia o que ele faria comigo se eu o ajudasse a fugir.

— Não posso. Meu pai está com a chave. Fica no chaveiro dele o tempo todo.

— Então arranque a argola da viga. Corte a viga com a motosserra do seu pai. Tem que ter alguma coisa que você possa fazer. *Por favor*. Você precisa me ajudar. Eu tenho família.

Sacudi a cabeça de novo. O Caçador não tinha ideia do que estava pedindo. Eu não conseguiria arrancar aquela argola nem que quisesse. A argola de ferro e o poste em que ela estava presa eram muito fortes. Meu pai disse que as pessoas que construíram a cabana fizeram a argola e o poste assim para poder acorrentar um touro dentro do galpão, o qual, naquela época, era cheio de feno em vez de lenha. Quando perguntei se, então, nosso galpão de lenha era um galpão de touro ou um galpão de feno, ele riu. E, embora tivesse visto meu pai usar a motosserra muitas vezes, eu mesma nunca a tinha usado.

— Helena, seu pai é um homem mau. Ele deveria estar na prisão pelo que fez.

— O que ele fez?

O Caçador deu uma olhada para a entrada do galpão e estremeceu, como se temesse que meu pai pudesse ouvir — o que era ridículo, porque havia grandes fendas entre as tábuas, e, se meu pai estivesse escondido do lado de fora escutando, nós já o teríamos visto. Ele olhou para mim por um longo tempo.

— Quando a sua mãe era menina — ele começou, por fim —, mais ou menos da sua idade, seu pai a levou. Ele a roubou da família e a trouxe para cá, mesmo ela não querendo vir. Ele raptou a sua mãe. Você entende o que quer dizer raptar?

Confirmei com a cabeça. Os ianomâmi muitas vezes raptavam meninas e mulheres de outras tribos para serem suas esposas.

— As pessoas procuraram por ela em toda parte. Ainda estão procurando. Sua mãe quer voltar para a família dela. E o seu pai deveria estar na prisão pelo que fez. Por favor. Você tem que me ajudar a sair daqui. Se fizer isso, eu prometo que levo você e sua mãe comigo na moto de neve.

Eu não sabia o que dizer. Não gostei de ouvir o Caçador dizer que meu pai deveria estar na prisão, como Alcatraz, ou a Bastilha, ou a ilha do Diabo, ou a Torre de Londres. Também não entendia por que ele achava que raptar era errado. De que outro modo um homem podia arrumar uma esposa?

— Pergunte à sua mãe se não acredita em mim — ele falou, quando levantei e me virei para voltar à cabana. — Ela vai lhe dizer que estou falando a verdade.

Preparei uma xícara de chá de milefólio para a minha mãe e a levei para seu quarto. Enquanto ela bebia, contei-lhe tudo o que o Caçador tinha dito. Quando terminei, ela ficou em silêncio por tanto tempo que pensei que tivesse adormecido. Por fim, confirmou com a cabeça.

— É verdade. Seu pai me raptou quando eu era menina. Eu estava brincando com uma amiga na casa vazia do chefe da estação, ao lado dos trilhos do trem, quando o seu pai nos encontrou. Disse que tinha perdido o cachorro dele e perguntou se tínhamos visto um pequeno poodle marrom correndo por ali. Quando dissemos que não, ele perguntou se a gente podia ajudar a procurar. Só que era uma armadilha. Seu pai me levou para o rio. Me pôs na canoa, me trouxe para a cabana e me acorrentou no galpão de lenha. Quando eu chorava, ele batia em mim. Quando eu implorava para ele me deixar ir embora, ele parava de me dar comida. Quanto mais eu lutava, pior ficava para mim, então depois de um tempo comecei a fazer tudo o que ele mandava. Não sabia o que mais eu podia fazer.

Ela puxou uma ponta do cobertor e enxugou as lágrimas.

— Seu pai é um homem mau, Helena. Ele tentou me afogar. Deixou você no poço. Quebrou o braço do John e o meu. Ele me *raptou*.

— Mas os ianomâmi pegam mulheres de outras tribos como esposas. Não entendo por que raptar é errado.

— O que você acharia se um homem entrasse na nossa cabana e levasse você embora, sem perguntar se você queria ir? E se isso significasse que você nunca mais ia poder caçar, ou pescar, ou andar pelo pântano? Se alguém fizesse isso com você, o que você faria?

— Eu mataria o homem — respondi sem hesitação. E entendi.

Quando meu pai voltou do pântano naquela tarde, tratei de me manter ocupada na cozinha para não ter que vê-lo espancar e torturar o Caçador. Mas ainda podia ouvi-lo berrar e gritar.

— Ele vai me matar — o Caçador disse muito mais tarde, quando levei sua chicória da noite. Seu rosto estava tão machucado e inchado que ele mal podia falar. — Pegue a moto de neve. Amanhã, assim que o seu pai sair. Leve a sua mãe. Mande alguém para me buscar.

— Não posso. Meu pai está com a chave da moto de neve.

— Tem uma chave extra em um compartimento na traseira da moto. Está em uma caixa de metal, presa no topo. Não é difícil de dirigir, eu te ensino. Por favor, vá buscar ajuda. Antes que seja tarde demais.

— Tá bom — respondi, não porque o Caçador queria que eu fizesse isso, ou porque eu acreditasse que meu pai era um homem mau que deveria estar na prisão, como minha mãe e o Caçador diziam, mas porque ele ia morrer se eu não fosse.

Sentei de pernas cruzadas na serragem e ouvi com atenção enquanto ele me explicava tudo o que eu precisava saber. Demorou muito tempo. O Caçador estava com muita dor. Acho que meu pai quebrou seu maxilar.

* * *

Os próximos dois dias seguiram um padrão. Eu cozinhava o café da manhã para mim e meu pai. Passava o restante do dia içando água e mantendo o fogo aceso e cozinhando e limpando enquanto ele ia para o pântano. Fingia que tudo estava como deveria estar. Que minha mãe e o Caçador não estavam morrendo, que meu pai não era um homem mau. Tentava me concentrar nas coisas boas de que me lembrava da minha infância, como quando meu pai me deu as tábuas e os pregos de que eu precisava para construir meu cercado para patos, mesmo que certamente soubesse que patos selvagens não podem ser mantidos em cativeiro como galinhas; ou quando me chamava de Helga, a Destemida, como lhe pedi depois de ter lido o artigo sobre os vikings; ou o jeito como ele me carregava sobre os ombros quando eu era pequena, enquanto caminhávamos pelo pântano.

Na terceira manhã, Cousteau e Calypso convocaram uma reunião. Minha mãe estava no quarto. O Caçador estava no galpão de lenha. Rambo estava no barracão. Meu pai estava no pântano. Nós três estávamos sentados na sala de pernas cruzadas, ao estilo indígena, sobre meu tapete de pele de urso.

— Você tem que ir embora — disse Cousteau.

— Agora — acrescentou Calypso. — Antes que o seu pai volte.

Eu não tinha tanta certeza. Se saísse sem a autorização do meu pai, nunca mais poderia voltar.

— E minha mãe? — Pensei em seu braço quebrado e em como eu tinha que ajudá-la a se sentar para comer e beber. — Ela não pode ir na moto de neve. Não vai conseguir se segurar.

— Sua mãe pode sentar na sua frente — respondeu Calypso. — Você pode pôr os braços em volta dela e segurá-la enquanto dirige.

— E o Caçador?

Cousteau e Calypso sacudiram a cabeça.

— Ele está muito fraco para sentar atrás de você — disse Cousteau.

— O braço dele está quebrado — acrescentou Calypso.

— Eu não quero deixar ele aqui. Vocês sabem o que o meu pai vai fazer se voltar e encontrar o Caçador, e a minha mãe e eu tivermos sumido.

— O Caçador quer que você vá — disse Calypso. — Ele mesmo falou isso. Se ele não quisesse, não teria lhe ensinado a dirigir a moto de neve.

— E o Rambo?

— O Rambo pode correr atrás. Mas você tem que ir. Agora. Hoje. Antes que o seu pai volte.

Mordi o lábio. Não entendia por que era tão difícil tomar a decisão. Eu sabia que minha mãe e o Caçador não viveriam por muito mais tempo. Já tinha visto muitos animais morrerem e conhecia os sinais. Se minha mãe e eu não saíssemos do pântano hoje, provavelmente ela nunca sairia.

Cousteau e Calypso disseram que conheciam uma história que me ajudaria a decidir. Falaram que, quando eu era muito pequena, minha mãe me contava essa história. Era chamada de conto de fadas. Isso significava que, mesmo não sendo real, ela continha uma lição, como as lendas indígenas do meu pai. Disseram que minha mãe adorava contos de fadas quando era menina e tinha um livro de histórias escritas por um homem chamado Hans Christian Andersen, e outro de dois homens conhecidos como Irmãos Grimm. Falaram que a minha mãe me contava essas fábulas quando eu era bebê. Sua favorita se chamava "A filha do Rei do Pântano", porque a lembrava de si própria.

A história era sobre uma linda princesa egípcia, um terrível ogro chamado Rei do Pântano e a filha deles, chamada Helga, que era eu. Quando Helga era bebê, uma cegonha a encontrou dormindo em uma vitória-régia e a levou para o castelo do viking, porque a esposa dele não tinha filhos e sempre quis ter um bebê. A esposa do viking amava a pequena Helga, embora, durante o dia, ela fosse uma criança selvagem e difícil. Helga amava o pai adotivo e a vida de viking. Ela sabia atirar com arco e flecha, andar a cavalo e era tão hábil com uma faca quanto qualquer homem.

— Como eu.

— Como você.

Durante o dia, Helga era bela como a mãe, mas tinha uma natureza bruta e cruel, como seu pai verdadeiro. À noite, porém, era doce e gentil como a mãe, ainda que seu corpo assumisse a forma de um sapo horrível.

— Eu não acho que sapos são horríveis — falei.

— Essa não é a questão — disse Cousteau. — Continue escutando.

Eles me contaram que a filha do Rei do Pântano tinha dificuldades com sua dupla natureza; que às vezes ela queria fazer o que era certo, e outras vezes não.

— Mas como ela pode saber qual é sua verdadeira natureza? — perguntei. — Como ela pode saber se seu coração é bom ou mau?

— Seu coração é bom — Calypso respondeu com convicção. — Ela prova isso quando liberta o padre que seu pai capturou.

— Como ela faz isso?

— Continue a ouvir. — Calypso fechou os olhos.

Isso queria dizer que ela ia contar uma longa história. Meu pai fazia o mesmo. Ele falava que fechar os olhos o ajudava a lembrar as palavras, porque conseguia ver a história em sua mente.

— Um dia, o viking voltou de uma longa viagem com um prisioneiro, um padre cristão — Calypso começou. — Ele pôs o padre na masmorra, para sacrificá-lo ao deus viking no dia seguinte na floresta. Naquela noite, o sapo enrugado ficou em um canto, sozinho. Em volta, reinava um silêncio profundo. A intervalos, um suspiro meio abafado era ouvido de sua alma mais interior: a alma de Helga. O sapo parecia sentir dor, como se uma nova vida estivesse irrompendo de seu coração. Deu um passo e parou para ouvir, depois deu outro passo e segurou com as mãos desajeitadas a pesada barra que atravessava a porta. Em silêncio e com muita dificuldade, removeu a tranca de ferro do porão e entrou onde estava o prisioneiro. Ele dormia. Ela o tocou com sua mão fria e úmida, e, quando ele acordou e se viu diante da forma horrenda, estremeceu, como se estivesse vendo uma aparição malévola. Ela pegou sua faca, cortou as amarras que prendiam as mãos e os pés dele e fez um sinal para que a seguisse.

A história parecia conhecida. Eles me disseram que eu já a tinha ouvido. Nesse caso, eu tinha esquecido.

— Não lembra mesmo? — Calypso indagou.

Sacudi a cabeça. Não entendia por que eles se lembravam da história da minha mãe e eu não.

— O sapo enrugado o conduziu por uma longa galeria oculta por tapeçarias penduradas, até chegarem aos estábulos, onde apontou para um cavalo. O padre montou, e ela pulou na frente dele e se agarrou com firmeza à crina do animal. Cavalgaram para fora da densa floresta, atravessaram a charneca e entraram novamente em um bosque sem trilhas. O prisioneiro se esqueceu da forma horrenda do sapo, sabendo que a compaixão de Deus trabalhava por intermédio dos espíritos da escuridão. Rezou e cantou hinos sagrados, que a fizeram estremecer. Ela se levantou e quis parar e sair do cavalo, mas o padre cristão a segurou com firmeza, usando toda a sua força, e entoou um canto piedoso, como se isso pudesse anular o encantamento maligno que a havia transformado na aparência de um sapo.

Calypso estava certa. Eu *tinha* ouvido essa história antes. Lembranças que eu nem sabia que tinha rodopiaram como ondulações em uma lagoa nas margens da minha consciência, até ganhar foco. Minha mãe cantando para mim quando eu era bebê, sussurrando para mim, me aninhando nos braços. Me beijando. Me abraçando. Me contando histórias.

— Deixe que eu conto a próxima parte — disse Cousteau. — A próxima parte é a minha favorita.

Calypso concordou.

Eu gostava do fato de Cousteau e Calypso nunca discordarem.

— O cavalo continuou galopando, mais rápido que antes — ele começou, agitando os braços com entusiasmo para indicar como o cavalo havia corrido.

Seus olhos brilhavam e dançavam. Eram olhos castanhos como os meus, embora seu cabelo fosse loiro como o da minha mãe, enquanto Calypso tinha cabelo castanho e olhos azuis.

— O céu tingiu-se de vermelho, o primeiro raio de sol perfurou as nuvens e, na branca claridade da luz solar, o sapo se transformou. Era Helga outra vez, jovem e bela, mas com um espírito malévolo, demoníaco. O padre tinha agora uma linda jovem nos braços e ficou horrorizado com a visão. Ele parou o cavalo e pulou no chão. Imaginou que alguma nova bruxaria estivesse em curso. Mas Helga também saltou do cavalo. A roupa curta da menina chegava apenas aos joelhos. Ela pegou a faca afiada no cinto e se lançou como um raio contra o padre atônito. "Deixa-me chegar a ti!", ela gritava. "Deixa-me chegar a ti, para que eu possa enfiar esta faca em teu corpo. És pálido como cinzas, escravo sem barba." Ela se jogou sobre ele. Os dois lutaram em um combate feroz, mas era como se um poder invisível tivesse sido dado ao cristão na luta. Ele a segurou firmemente e o velho carvalho sob o qual se encontravam pareceu ajudá-lo, pois as raízes livres do solo se enrolaram nos pés da donzela e a prenderam com força. Então o padre falou palavras gentis sobre os atos de amor que ela realizara por ele durante a noite, quando viera na forma de um sapo feio para soltá-lo das amarras e conduzi-lo para a vida e a luz; e lhe contou que ela estava presa com grilhões mais apertados que aqueles, e que também poderia recuperar a vida e a luz por meio dele. Ela baixou os braços e o olhou com as faces pálidas e uma expressão de espanto.

Eu também estava espantada. Aquela história não se parecia nem um pouco com as que meu pai contava.

— Helga e o padre cavalgaram para fora da densa floresta, atravessaram a charneca e entraram novamente em um bosque sem trilhas — Cousteau continuou. — Ali, quase ao anoitecer, encontraram-se com ladrões. "Onde roubaste essa bela donzela?", gritaram os ladrões, segurando o cavalo pela rédea e arrastando os dois viajantes de seu dorso. O padre não tinha nada com que se defender a não ser a faca que tirara de Helga, e com ela atacou à direita e à esquerda. Um dos ladrões levantou um machado contra ele, mas o jovem padre pulou para o lado e evitou o golpe, que caiu com grande força sobre o pescoço do cavalo, fazendo o sangue jorrar e o animal desabar ao chão. Foi então que Helga pareceu, de repente, despertar de seu longo e profundo sonho e se lançou rapidamente sobre o animal moribundo. O padre se colocou diante dela para defendê-la e abrigá-la, mas um dos ladrões girou o machado contra a cabeça do cristão com tanta força que a esmigalhou em pedaços. Sangue e miolos se espalharam em volta e ele caiu morto. Então os ladrões pegaram a bela Helga pelos braços claros e a cintura esguia, mas nesse momento o sol se pôs e, quando seus últimos raios desapareceram, ela se transmutou na forma de um sapo. Uma boca branca esverdeada se estendeu por metade de seu rosto, os braços se tornaram finos e pegajosos, e mãos largas com dedos espalmados se abriram como leques. Os ladrões a soltaram, aterrorizados, e ela ficou ali entre eles, um monstro horrível.

— Sapos não são...

Calypso pôs um dedo nos lábios, pedindo silêncio.

— A lua cheia já havia subido — Cousteau continuou — e brilhava em todo o seu radiante esplendor sobre a Terra, quando, do mato, na forma de um sapo, saiu rastejando a pobre Helga. Ela parou ao lado do corpo do padre cristão e da carcaça do cavalo morto. Fitou-os com olhos que pareciam chorar, e da cabeça do sapo saiu um som coaxado, como quando uma criança desaba em lágrimas.

— Então, como você vê, a natureza má dela é forte — disse Calypso —, mas a natureza boa é mais forte ainda. É isso que a história ensina. Você vai deixar sua natureza boa vencer? Vai levar sua mãe embora?

Concordei com a cabeça. Sentia as pernas duras de ficar sentada tanto tempo. Levantamos, nos alongamos e fomos para a cozinha pegar o casaco da minha mãe no gancho ao lado da porta, assim como suas botas, gorro e luvas.

— Nós vamos embora? — ela perguntou, quando pusemos suas roupas de inverno na cama.

— Vamos — eu lhe disse.

Calypso pôs o braço atrás dos ombros da minha mãe e a ajudou a se sentar. Cousteau virou suas pernas para o lado da cama. Eu ajoelhei no chão e calcei suas botas, depois enfiei o braço bom na manga do casaco e fechei o zíper por cima da tipoia.

— Você consegue levantar?

— Vou tentar. — Ela apoiou a mão direita na cama e empurrou. Nada aconteceu. Enrolei seu braço em meu pescoço e meu braço em volta da cintura dela e a levantei. Ela oscilou, mas ficou de pé.

— Temos que ir depressa — falei.

Meu pai ainda demoraria muitas horas se não conseguisse atirar em um veado hoje. Mas voltaria muito antes se conseguisse.

Amparei minha mãe até a cozinha. Ela estava tão fraca que eu não sabia como íamos fazê-la subir na moto de neve, mas não lhe disse isso.

— Desculpe, Helena — ela falou entre arfadas. Seu rosto estava branco. — Preciso sentar. Só um minuto.

Eu queria dizer que ela poderia descansar depois que chegássemos à moto de neve, que meu pai podia estar a caminho de casa naquele momento, que cada minuto que demorássemos poderia fazer toda a diferença, mas não queria assustá-la. Puxei uma cadeira.

— Fique aqui. Eu já volto. — Como se ela pudesse ir a qualquer lugar sem nós.

Cousteau, Calypso e eu paramos na varanda e olhamos para o pátio. Não havia nenhum sinal do meu pai.

— Você entendeu? — Cousteau perguntou, enquanto descíamos os degraus da varanda e atravessávamos o pátio para o galpão de lenha. — Você sabe o que tem que fazer? O padre se sacrificou para que Helga pudesse ser salva.

— Você precisa se salvar e salvar a sua mãe — disse Calypso. — Isso é o que o Caçador lhe diria se pudesse.

Paramos na entrada. O galpão de lenha cheirava tão mal quanto a respiração de um *wendigo*. Urina e fezes, morte e podridão. O braço quebrado do Caçador estava inchado e preto. A blusa estava rasgada e o peito tão coberto de sangue e pus que eu não conseguia mais ler as palavras que meu pai havia escrito. Sua cabeça pendia para o lado. Os olhos estavam fechados e a respiração era superficial e irregular.

Eu entrei. Queria agradecer ao Caçador pelo que ele fez por minha mãe e por mim. Por nos trazer a moto de neve para podermos sair do pântano, por me dar a oportunidade de devolver a minha mãe aos pais dela, por me contar a verdade sobre os meus pais.

Falei seu nome. Não o nome pelo qual meu pai o chamava, mas seu nome real.

Ele não respondeu.

Olhei para trás em direção à entrada do galpão. Cousteau e Calypso balançaram a cabeça em apoio. Calypso estava chorando.

Pensei de novo em todas as coisas que o meu pai faria com o Caçador quando voltasse e descobrisse que a minha mãe e eu tínhamos ido embora. Tirei minha faca da bainha.

Lembrei de sair para o lado.

25

A chuva parou. Estou tentando pensar se posso usar essa circunstância a meu favor. Entendo que parece desespero. Porque é. Meu pai matou quatro homens em vinte e quatro horas. Se eu não encontrar um meio de detê-lo, meu marido será o quinto.

Estamos a menos de um quilômetro e meio da minha casa. Logo à frente é a lagoa dos castores. Além dela, o brejo, a campina gramada que margeia nossa propriedade e a cerca de arame ao redor do nosso quintal, que tem o objetivo de manter minha família segura e os predadores do lado de fora.

Vou na frente. Meu pai me segue com a Magnum na mão. As pistolas que ele pegou dos guardas da prisão estão enfiadas na cintura de seu jeans. Ando tão devagar quanto posso. Não é nem de longe devagar o suficiente. Já avaliei minhas opções uma dezena de vezes, o que não foi muito demorado, porque não há muitas. Não posso errar o caminho e conduzir meu pai para longe da minha casa, porque ele sabe exatamente para onde ir. Não posso dominá-lo e pegar um dos três revólveres, porque estou algemada e ferida.

Há uma única opção que talvez possa funcionar. A trilha de veados que estamos seguindo contorna a beira de um penhasco alto. Na base está o riacho que deságua na lagoa dos castores. Assim que chegarmos a um lugar que tenha relativamente poucas árvores, vou me jogar. Tem que ser um lugar com uma encosta íngreme em que eu role até embaixo, para que, quando meu pai me vir caída, imóvel, no riacho no fundo, conclua que estou ferida demais para subir de volta, ou morta, e prossiga sem mim.

Mergulhar de um penhasco e rolar por uma encosta com o ombro machucado vai doer. Muito. Mas, se pretendo enganar meu pai, a queda tem que parecer real. Algo grande e dramático. Que envolva risco genuíno. Algo em que eu poderia realmente morrer. Meu pai jamais vai desconfiar de que é um truque, porque não consegue imaginar que alguém estaria disposto a se sacrificar por sua família.

A ideia de que ele continue em direção à minha casa enquanto eu me finjo de morta no fundo de um penhasco pode parecer contraintuitiva, mas é a única maneira que consigo pensar de me separar dele. A trilha de veados que estamos seguindo percorre um longo caminho em volta do brejo atrás da minha casa. No momento em que meu pai estiver fora de vista, vou atravessar o riacho e subir a encosta do lado oposto, cruzar o pântano abaixo da lagoa dos castores, circundar de volta para a trilha à frente do meu pai, montar minha emboscada e fazer o que tenho que fazer. Não quero machucá-lo, mas foi ele que decidiu assim. Ele mudou as regras do nosso jogo quando atirou em mim. Agora, não há mais regras.

Se meu pai não continuar andando em direção à minha casa, mas decidir descer a encosta com a intenção de me puxar do rio, me arrastar para cima de novo e me forçar a seguir em frente como sua prisioneira, estarei pronta. Vou fechar os braços em volta do pescoço dele e sufocá-lo com as algemas, puxá-lo para dentro do riacho comigo e me afogar com ele, se esse for o único jeito de detê-lo.

Mas estou apostando que não chegará a isso. Eu sei como meu pai pensa. Seu narcisismo vai trabalhar agora em meu favor. Um narcisista pode alterar seus planos para adequá-los às circunstâncias, mas não altera o objetivo final. Meu pai quer ter as minhas filhas mais ainda do que a mim. Quando eu saí do pântano, escolhi a minha mãe em vez dele. Ao escolhê-la, eu o decepcionei. Raptar as minhas filhas lhe dá outra chance. Ele pode moldá-las e transformá-las e coagi-las para criar versões novas e melhoradas da filha que o traiu. O que significa que ele vai atrás das minhas meninas comigo ou sem mim.

Espero.

Tropeço uma vez para montar o cenário. Caio de joelhos e estendo os braços para me apoiar, mesmo estando de algemas, porque isso é o que uma pessoa que age por instinto faria. A dor que explode em meu ombro quando as mãos atingem o solo me faz perder o ar. Eu grito, me encolho, me imobilizo. Poderia ter engolido a dor sem demonstrar se precisasse, porque o meu pai me treinou bem para suportá-la, mas quero que ele pense que cheguei ao limite e estou prestes a desmoronar.

Ele chuta minhas costelas e me rola de costas.

— Levante.

Eu não me movo.

— Levante. — Ele me segura pelas algemas e puxa para cima. Grito de novo. Desta vez, o grito é real. Lembro de todos os seus atos de crueldade passados: esmagar meu polegar para me ensinar a ser mais cuidadosa, torturar o Caçador pela mera razão de ter tido vontade, me algemar no galpão de lenha quando eu era pequena porque estava cansado de ter uma criança por perto seguindo-o ou fazendo perguntas. De jeito nenhum vou deixar esse homem chegar perto do meu marido ou das minhas filhas. — Agora ande.

Eu ando, examinando a trilha à frente em busca do melhor lugar para entrar em ação. Cada árvore e pedra trazem uma lembrança. O local alagadiço em que Iris colheu um buquê de trílios e malmequeres. O ponto em que Mari levantou uma pedra e encontrou uma salamandra. A formação rochosa onde Stephen e eu tomamos uma garrafa de vinho no nosso primeiro aniversário de casamento e ficamos olhando o sol se pôr sobre a lagoa dos castores.

Tropeço em uma raiz de árvore. Duas vezes é suficiente para estabelecer um padrão. Mais que isso e meu pai vai ficar desconfiado.

Uma brecha entre as árvores à frente parece promissora. A encosta é mais íngreme do que eu gostaria, uns trinta metros até a base e quase sessenta graus de inclinação, mas é coberta de samambaias e não de pinheiros. Duvido de que eu encontre algo melhor.

Tropeço no nada, depois cambaleio em direção à borda, como se estivesse tentando não cair, e me jogo. De cabeça, porque que pessoa em juízo perfeito faria isso?

Meu ombro ferido bate no chão. Mordo o lábio. Mantenho braços e pernas soltos enquanto vou rolando para baixo.

Levo mais tempo do que esperava para chegar ao fundo. Por fim, aterrisso em um amontoado de galhos que a corrente juntou, meu rosto a centímetros da água, e fico imóvel. Tento não pensar na dor enquanto procuro ouvir os sons do meu pai. Lembro a mim mesma que estou fazendo isso pela minha família.

Tudo continua quieto. Quando a intuição me diz que esperei o suficiente, levanto a cabeça só o bastante para ver o topo do penhasco.

Meu plano funcionou. Meu pai se foi.

Eu me sento. A dor que explode em meu ombro me faz arfar. Caio para trás, fecho os olhos, tento respirar, sento de novo, mais devagar desta vez. Abro o zíper do casaco e o deslizo para fora do ombro ferido. A boa notícia é que parece que a bala do meu pai só raspou a pele. A má notícia é que eu perdi *muito* sangue.

— Você está bem?

Calypso está sentada na margem do riacho, ao lado do irmão. São exatamente como eu me lembro. Cousteau ainda usa seu gorro vermelho. Os olhos de Calypso são azuis como um dia de verão. Eles estão de botas, macacão e camisa de flanela, porque, agora entendo, na época em que os criei esse era o único tipo de roupa que eu conhecia. Lembro de como eu inventava histórias sobre as nossas aventuras.

Cousteau se levanta e estende a mão.

— Venha. Você tem que se apressar. Seu pai está se afastando.

— Você consegue — diz Calypso. — Nós ajudamos.

Levanto com esforço e avalio os arredores. O riacho não é largo, não mais que seis metros, mas, a julgar pelo ângulo das encostas de ambos os lados, o meio é fundo, talvez acima da minha cabeça. Se não estivesse de algemas, eu poderia atravessar facilmente a nado, mas, nestas circunstâncias, não posso nem estender os braços para me equilibrar. "Helena se afoga porque não pode nadar usando algemas" não é uma história que eu gostaria de contar.

— Por aqui. — Cousteau me conduz riacho abaixo até um cedro caído entre as duas margens. É uma boa ideia. Entro na água no sentido da correnteza e me seguro no tronco para não ser arrastada. Galhos quebrados e folhas caídas cobrem o leito. Os galhos são escorregadios. Avanço sem pressa, posicionando os pés com cuidado. O tronco se move com meu peso quando me apoio nele. Tento não pensar no que vai acontecer se ele se soltar.

Uma lembrança súbita: meu pai e eu em sua canoa. Eu era muito pequena, talvez dois ou três anos. Quando fizemos uma curva no rio, eu me inclinei para o lado, para alcançar uma folha ou galho ou o que quer que fosse que atraiu minha atenção, e caí. Abri a boca para gritar e só entrou água. Lembro de olhar para cima, ver a luz do sol refratada pela água sobre a minha cabeça. Por instinto, bati os pés, mantendo a boca fechada, mas em questão de segundos senti que meus pulmões estavam a ponto de explodir.

Então meu pai segurou meu casaco. Ele me levantou e me puxou para dentro da canoa, depois remou depressa para um banco de areia. Parou a canoa, saiu e a puxou para a margem, então me despiu, tirou a camisa e me esfregou até me aquecer. Quando meus dentes pararam de bater, ele torceu a água das minhas roupas e as estendeu na areia, aí me pôs no colo e ficou contando histórias até as roupas secarem.

Desta vez, estou sozinha.

Continuo em frente, um passo cuidadoso após o outro, até que, por fim, chego ao outro lado. Quando subo à margem e olho para cima, a encosta que se ergue sobre a minha cabeça parece tão assustadora quanto o Everest. Começo a escalar, avançando na diagonal pelos pedregulhos de calcário soltos, enganchando as algemas em um toco de árvore ou um galho quando preciso descansar, me forçando apesar da exaustão e da dor, desejando que o meu corpo funcione independentemente do meu cérebro, procurando aquele estado de transe que corredores de longa distância usam para continuar em frente até muito depois de o corpo começar a gritar para que eles parem.

Durante todo o tempo, Cousteau e Calypso avançam à minha frente como macacos.

— Você consegue — eles me incentivam sempre que penso que não vou conseguir.

Por fim, chego ao topo. Jogo uma perna para cima da borda e rolo de costas, arfando. Recupero o fôlego e me levanto. Olho em volta, esperando que Cousteau e Calypso me parabenizem pelo esforço hercúleo, mas estou sozinha.

26
A CABANA

Helga ajoelhou ao lado do corpo do padre cristão e da carcaça do cavalo morto. Pensou na esposa do viking nos pântanos selvagens, nos olhos doces de sua mãe adotiva e nas lágrimas que ela havia derramado pela pobre criança-sapo.

Olhou para as estrelas cintilantes e pensou no resplendor que brilhara na testa do homem morto enquanto fugia com ele pelos bosques e a charneca.

Dizem que pingos de chuva podem cavar a pedra mais dura, e que as ondas do mar podem alisar e arredondar as arestas afiadas das rochas; o mesmo fez o orvalho da compaixão em Helga, suavizando o que era duro e alisando o que era áspero em seu caráter.

Esses efeitos não apareceram ainda; ela própria não estava consciente deles; nem a semente no leito da terra sabe, quando o orvalho refrescante e os cálidos raios de sol caem sobre ela, que contém dentro de si o poder que a fará brotar e florescer.

— Hans Christian Andersen,
A filha do Rei do Pântano

Saí do galpão de lenha e fui para a cabana. Minhas mãos tremiam. Eu não queria deixar o Caçador pendurado nas algemas. Um corpo devia ser lavado, arrumado, vestido com boas roupas e envolvido em casca de bétula antes de ser enterrado em uma cova rasa na floresta. Um padre ou um xamã deve falar com o morto para facilitar sua passagem deste mundo para o próximo e oferecer tabaco para os espíritos. Eu esperava que o meu pai cuidasse do Caçador de acordo com a tradição indígena e não jogasse seu corpo no fosso de lixo.

— Gasolina — disse Cousteau. — Você tem que encher o tanque da moto de neve com gasolina para ela não acabar.

— Ele tem razão — falou Calypso. — Você não sabe há quanto tempo o Caçador estava dirigindo antes de chegar aqui. O tanque pode estar quase vazio.

Achei que devia ter pensado nisso eu mesma, mas tudo acontecia tão depressa que era difícil saber o que fazer. Eu estava feliz por ter Cousteau e Calypso ali para me ajudar. Empurrei a moto de neve até nosso tanque de gasolina. Meu pai controlava quanta gasolina nós tínhamos mergulhando uma vareta comprida por um buraco no alto do tanque e desenhando uma linha do lado de fora para mostrar quanto ainda restava. Ele não ia ficar feliz por eu pegar um pouco sem autorização.

— Vocês acham que esta é do tipo certo? — Gostaria de ter pensado em perguntar ao Caçador enquanto tive a chance.

— A moto de neve faz um barulho parecido com a motosserra — respondeu Cousteau. — Use a mistura da motosserra.

Meu pai preparava a gasolina para a motosserra com meio litro de óleo para cada oito litros, então despejei o óleo na grande lata vermelha de metal e a enchi de gasolina até a borda, depois transferi essa mistura para a moto de neve, até completar o tanque.

— Encha a lata de novo — disse Calypso. — Amarre-a na traseira da moto, só por precaução. Nunca se sabe.

Corri para o barracão para pegar um pedaço de corda, voltei, amarrei a lata de gasolina e empurrei a moto de neve até o mais perto possível dos degraus da varanda dos fundos. Cousteau e Calypso ficaram esperando na varanda quando entrei. Minha mãe continuava sentada junto à mesa. Tinha a cabeça apoiada no braço e os olhos fechados. O cabelo estava desgrenhado e úmido. A princípio, pensei que ela estivesse morta. Então ela levantou a cabeça. Sua testa se enrugou de dor; o rosto estava muito pálido. Ela começou a levantar, oscilou e sentou outra vez. Levá-la até a moto de neve ia ser mais difícil do que eu imaginava.

Passei o braço bom dela sobre meu ombro e segurei seu pulso, depois deslizei meu braço esquerdo por sua cintura e a levantei. A julgar pelo ângulo do sol, era quase meio-dia. Nessa época do ano, já estava totalmente escuro na hora em que terminávamos o jantar. Eu esperava que seis horas fossem suficientes.

Dei uma última olhada para a nossa cozinha: a mesa, o fogão, a cueca do meu pai secando no varal acima dele, o armário de tortas onde guardávamos nossa louça, porque minha mãe nunca fez tortas, as prateleiras cheias de geleias e compotas. Pensei em arrumar uma mochila com comida para a viagem, mas Cousteau e Calypso sacudiram a cabeça.

Começamos a descer os degraus. Tive medo de que minha mãe caísse e eu nunca mais conseguisse levantá-la de novo, então Cousteau e Calypso ficaram um de cada lado para segurá-la se isso acontecesse. Demorou um longo tempo até eu colocá-la na moto de neve. Assim que a sentei, corri para o outro lado e passei sua perna sobre a moto para encaixá-la.

— Acham melhor eu amarrá-la? — Minha mãe estava tão mole que mal conseguia parar sentada.

— Não custa — concordou Calypso.

— Mas vá depressa — disse Cousteau.

Como se eu já não estivesse trabalhando o mais rápido que podia.

Corri até o barracão em busca de mais um pedaço de corda, voltei, passei a corda em torno da cintura da minha mãe e amarrei as pontas nos dois lados do guidão. Pus o capacete do Caçador. Era muito pesado. O vidro era tão escuro que eu mal podia enxergar. Tirei o capacete e o pus em minha mãe, depois dei a volta até a traseira da moto de neve, abri o compartimento e encontrei a chave extra. O Caçador disse que a moto tinha algo chamado motor de arranque e que eu só precisava virar a chave. Ele explicou que, se o motor não ligasse de imediato — o que poderia acontecer porque a moto estava parada havia vários dias, e os dias e noites tinham sido muito frios —, eu deveria soltar a chave depressa para não queimar o motor de arranque e continuar repetindo o processo até o motor pegar. Eu esperava que não fosse tão complicado quanto parecia.

Eu me espremi entre minha mãe e a lata de gasolina e estendi os braços pelos lados dela até o guidão. Depois de duas tentativas, o motor pegou. Inclinei-me para poder ver pela lateral da minha mãe, soltei devagar o freio e acionei o acelerador. A máquina deu um pulo para a frente. Diminuí a aceleração e a máquina reduziu a velocidade, como o Caçador dissera que aconteceria. Acelerei novamente e a moto de neve pulou para a frente outra vez. Dirigi devagar uma vez em torno do pátio para pegar o jeito, depois reduzi a aceleração e segui a trilha que o Caçador tinha deixado na lateral da nossa colina.

— Você está bem? — gritei quando entrei no pântano. Minha mãe não respondeu. Eu não sabia se ela não conseguia me ouvir por causa do capacete ou do barulho tão alto do motor. Havia outra possibilidade para a minha mãe não responder, mas eu não queria pensar nisso.

Forcei a aceleração até o máximo possível. O vento ferroava minhas faces, chicoteava meu cabelo. A velocidade extraordinária me fazia querer gritar. Dei uma olhada sobre o ombro. Rambo corria facilmente atrás de nós. O medidor que o Caçador disse que me informaria a velocidade em que estávamos apontava para o número vinte. Eu não imaginava que Rambo pudesse correr tão rápido.

Pensei em meus avós enquanto dirigia. Imaginei como seriam. O Caçador disse que eles nunca tinham parado de procurar a minha mãe e que ficariam muito felizes ao vê-la outra vez. Eu me perguntava se iria gostar deles. Imaginava o que pensariam de mim. Se tivessem um carro, como seria dar uma volta nele. Se algum dia eu faria uma viagem com eles de trem, ou ônibus, ou avião. Sempre quis visitar os ianomâmi no Brasil.

Então, algo passou zunindo sobre a minha cabeça. Ao mesmo tempo, um estampido agudo ecoou pelo pântano.

— Helena! — meu pai gritou. Sua voz era tão furiosa e ríspida que eu o ouvi claramente, mesmo com o barulho da máquina. — Volte aqui agora!

Reduzi a velocidade. Pensando em retrospecto, eu sei que deveria ter acelerado e nunca olhado para trás, mas eu não tinha o hábito de desobedecer ao meu pai.

— Continue — minha mãe disse, subitamente alerta. — Depressa! Não pare!

Parei e olhei para trás. Vi a silhueta do meu pai no alto da colina, com as pernas afastadas, como um colosso: a espingarda pronta, os longos cabelos pretos chicoteando em volta da cabeça, como as serpentes da Medusa. A espingarda estava apontada para mim.

Ele atirou uma segunda vez. Outro tiro de advertência, porque, se meu pai quisesse mesmo atirar em mim, teria acertado. Percebi, então, que parar tinha sido um erro. Mas eu não podia voltar. Se voltasse, ele certamente mataria a minha mãe, e talvez a mim também. E, se eu desobedecesse e continuasse, uma bala em minhas costas mataria nós duas.

Meu pai atirou uma terceira vez. Rambo ganiu. Pulei da moto e corri para onde Rambo desabara e uivava na neve. Passei as mãos por sua cabeça, flancos, peito. Vi que meu pai tinha atirado na pata do meu lindo cachorro.

Outro tiro soou. Minha mãe gritou e caiu sobre o guidão com um buraco de bala no ombro.

A espingarda comportava quatro cartuchos, mais um na câmara. Meu pai tinha mais um tiro antes de precisar recarregar.

Eu levantei. Lágrimas corriam pelo meu rosto. Meu pai odiava me ver chorar, mas não me importei.

Só que, em vez de zombar de mim pelas lágrimas, como eu esperava, meu pai sorriu. Até hoje, ainda posso ver sua expressão. Presunçoso. Frio. Insensível. Tão certo de que tinha vencido. Ele apontou a espingarda para mim, depois para Rambo, então para mim e de volta para Rambo, brincando comigo do jeito que tinha feito com a minha mãe e o Caçador, e eu percebi que não fazia diferença em qual de nós ele atirasse primeiro. De uma maneira ou de outra, meu pai ia matar todos nós.

Caí de joelhos. Peguei Rambo nos braços, enfiei a cabeça em seu pelo e esperei pelo tiro que encerraria a minha vida.

Rambo se agitou, grunhiu e se soltou de mim. Ergueu-se com esforço sobre as três patas que lhe restavam e começou a mancar em direção ao meu pai. Assobiei para ele voltar. Rambo seguiu em frente. Meu pai riu.

Levantei de um pulo e abri bem os braços.

— Canalha! — gritei. Eu não sabia o que isso significava, mas era o que meu pai tinha escrito à faca no peito do Caçador, então só podia ser ruim. — Imbecil! Filho da puta! — Vomitei todas as palavras de que consegui me lembrar. — O que está esperando? *Atire em mim!*

Meu pai riu de novo. Ele segurou a Remington apontada para o meu cachorro valente, que continuava a se aproximar com dificuldade. Rambo mostrou os dentes e rosnou. Pôs-se a mancar mais depressa, até estar avançando para o meu pai quase em uma corrida, latindo como se estivesse prestes a atacar um lobo ou um urso.

Eu entendi. Rambo estava distraindo o meu pai para que eu pudesse fugir. Ele me protegeria, ou morreria tentando.

Corri para a moto de neve, pulei no assento, alcancei o guidão pelos lados da minha mãe e acelerei ao máximo. Não sabia se ela estava viva, se conseguiríamos fugir, se o meu pai atiraria em mim e nela. Mas, como Rambo, eu tinha que tentar.

Enquanto seguíamos em velocidade pelo pântano congelado, o vento secava minhas lágrimas. De trás de nós, veio outro disparo.

Rambo ganiu uma vez e se calou.

* * *

O tiro reverberou na minha cabeça até muito depois que o eco real se dissipou. Dirigi o mais rápido que ousei, cega pelas lágrimas, a garganta tão apertada que eu mal conseguia respirar. Só o que eu via era meu cachorro caído aos pés do meu pai na neve. Cousteau, Calypso, o Caçador e minha mãe estavam certos. Meu pai era um homem mau. Não havia motivo para ele atirar no meu cachorro. Queria que tivesse atirado em mim. Queria ter esperado um pouco mais depois que ele foi para o pântano antes de ligar a moto de neve, dirigido mais rápido, não ter parado quando ele me chamou. Se tivesse feito essas coisas, meu cachorro estaria vivo e meu pai não teria atirado na minha mãe.

Minha mãe não tinha se movido ou falado desde que meu pai atirara nela. Eu sabia que estava viva porque meus braços estavam em volta dela e eu sentia seu corpo quente, mas não sabia por quanto tempo mais. Tudo o que eu podia fazer era continuar dirigindo. Para longe do pântano, para longe do meu pai.

Em direção a que, eu não sabia.

Estava seguindo a trilha que o Caçador tinha deixado, porque era o que ele havia me dito para fazer. O que eu realmente queria era encontrar Cousteau e Calypso. Os verdadeiros Cousteau e Calypso, não os que eu tinha inventado depois que vi aquela família. Sabia que eles moravam por perto. Tinha certeza de que seus pais iam ajudar.

Já tinha deixado o pântano havia muito tempo e agora dirigia entre árvores, as mesmas árvores que eu desejava tanto explorar quando olhava demoradamente para elas no horizonte. Estava muito escuro. Queria que o Caçador tivesse me ensinado a acender o farol da moto de neve. Ou talvez ele tenha ensinado e eu esqueci. Havia muita coisa para lembrar. *Mantenha a aceleração alta quando estiver passando por neve seca e funda. Se a moto de neve puxar para a direita, desloque seu peso para a esquerda. Se ela puxar para a esquerda, desloque seu peso para a direita. Quando estiver em uma subida, se incline para a frente e desloque seu peso para a parte de trás do assento, para a moto não virar. Ou você pode ficar com um joelho no assento e o outro pé no apoio lateral. Se incline para trás quando estiver em uma descida. Desloque o peso e se incline no sentido das curvas.* E muito mais.

248

A moto de neve era muito pesada. Dirigir era mais difícil do que o Caçador tinha feito parecer. Ele disse que, em sua terra, até crianças dirigiam motos de neve, mas, se isso era verdade, as crianças finlandesas deviam ser muito fortes. Uma vez eu saí da trilha e encalhei. Duas vezes, quase viramos.

Eu estava com muito medo. Não da floresta ou do escuro. Com isso eu estava acostumada. Era medo do desconhecido, de todas as coisas ruins que poderiam acontecer. Tinha medo de que acabasse a gasolina e tivéssemos que passar a noite na floresta, sem comida ou abrigo. Tinha medo de bater em uma árvore e quebrar o motor. Tinha medo de acabarmos tão perdidas e desesperadas quanto o Caçador.

Tinha medo de que minha mãe morresse.

Dirigi por um longo tempo. Por fim, a trilha acabou. Desci com cuidado por uma encosta íngreme para o meio de uma clareira longa e estreita e parei. Olhei para a esquerda e para a direita. Nada. Nenhuma pessoa, nenhuma cidade chamada Newberry, nenhum avô ou avó procurando minha mãe, como o Caçador prometeu que haveria.

Quatro rastros atravessavam toda a extensão da clareira, dois de um lado e dois do outro. Eu não tinha como saber quais eram do Caçador. Tive receio do que poderia acontecer se eu pegasse o caminho errado. Pensei no jogo de adivinhar que meu pai e eu costumávamos jogar, que tinha duas opções. Talvez não importasse qual caminho eu escolhesse. Talvez importasse.

Olhei para o céu. *Por favor, me ajude. Estou perdida. Não sei o que fazer.*

Fechei os olhos e rezei como nunca havia rezado antes. Quando abri os olhos, havia uma pequena luz amarela a distância. A luz era baixa no chão e muito brilhante. Uma moto de neve.

— Obrigada — murmurei. Houve momentos em que duvidei de que os deuses fossem reais, como quando meu pai me punha no poço e eles ficavam em silêncio, ou quando ele batia na minha mãe e no Caçador e os deuses não intervinham, mas agora eu sabia a verdade. Prometi que não duvidaria nunca mais.

Quando a moto de neve chegou mais perto, a luz se tornou duas. De repente ouvi um som de buzina terrível, como um ganso grasnando, só que mais alto, como um bando inteiro de gansos furiosos.

Fechei os olhos e tampei os ouvidos com as mãos até que, por fim, a buzina parou. Houve uma batida, como uma porta que se abre e fecha, depois vozes.

— Eu não vi! — um homem gritou. — Eu juro! Eles estavam no meio da estrada com o farol apagado!

— Você podia ter matado eles! — uma mulher exclamou.

— Estou dizendo, eu não vi! O que você está fazendo? — ele gritou para mim. — Por que parou?

Abri os olhos e sorri. Um homem e uma mulher. O pai e a mãe de Cousteau e Calypso. Eu os encontrei.

Quando a polícia seguiu minha trilha para resgatar o Caçador, meu pai havia sumido. O homem ainda estava pendurado nas algemas no galpão de lenha. Todos acharam que meu pai o havia matado. Por que não achariam? Ninguém pensaria por um segundo que uma criança de doze anos teria feito tal coisa. Ainda mais tendo um sequestrador e estuprador a quem atribuir o assassinato.

Quando a ideia de que meu pai matou o Caçador ficou estabelecida, achei melhor deixar assim. Eu podia não conhecer o funcionamento do mundo exterior, mas entendia o suficiente para saber que confessar o assassinato não mudaria nada e apenas arruinaria minha vida. Meu pai era um homem mau. Ele ia ficar na prisão por um longo tempo. Todos diziam isso. Eu tinha a vida inteira pela frente. Meu pai perdera o direito à dele.

Dito isso, garanto que paguei pelo meu crime. Matar uma pessoa muda a gente. Não importa quantos animais se tenha abatido a tiro, pegado em armadilhas, esfolado, estripado, comido. Matar uma pessoa é diferente. Depois que se tira a vida de um ser humano, nunca mais se é o mesmo. O Caçador estava vivo, depois não estava mais, e foi pelas minhas mãos. Penso nisso toda vez que penteio o cabelo de Iris, ou prendo o cinto de segurança de Mari na cadeirinha no carro, ou mexo a geleia em uma panela no fogão, ou deslizo as mãos pelo peito do meu marido. Olho para minhas mãos fazendo essas coisas normais e cotidianas e penso: *Estas são as mãos que fizeram aquilo. Estas mãos tiraram a vida de outra pessoa.* Odeio meu pai por ter me colocado em uma posição em que precisei fazer essa escolha.

Ainda não consigo entender como meu pai pode matar com tanta facilidade e sem remorso. Penso no Caçador todos os dias. Ele tinha esposa e três filhos. Sempre que olho para as minhas meninas, penso em como seria se elas tivessem que crescer sem o pai. Depois que saímos do pântano, eu quis dizer à viúva do Caçador que sentia muito pelo que havia acontecido com seu marido. Que não esqueceria o sacrifício que ele havia feito por mim e por minha mãe. Pensei que poderia falar com ela quando a visse no tribunal, no dia em que meu pai foi sentenciado, mas àquela altura ela havia entrado com um processo contra meus avós reivindicando uma parte do dinheiro que eles estavam ganhando dos tabloides com a nossa história, então meus avós não deixaram. Ela conseguiu um acordo bastante favorável no fim, e isso fez com que eu me sentisse melhor. Ainda que, como meu avô resmungava, nem todo o dinheiro do mundo fosse trazer seu marido de volta.

Ou meu cachorro. Às vezes começo a chorar — o que, como você já deve saber a esta altura, é algo que raramente faço —, e é porque penso em Rambo. Nunca vou perdoar meu pai por atirar nele. Já repassei os acontecimentos que levaram àquele dia mais vezes do que posso contar, tentando enxergar os pontos em que teria agido de modo diferente se soubesse como as coisas iriam terminar. O mais óbvio é quando o Caçador me pediu ajuda, na manhã depois que o meu pai o algemou no galpão de lenha. Se eu tivesse feito o que ele pediu antes de o meu pai espancá-lo e torturá-lo até ele ficar fraco demais para partir, provavelmente ele estaria vivo hoje.

Mas a morte do Caçador não foi minha culpa. Ele estava no lugar errado na hora errada, como qualquer pessoa que é morta em um acidente de trânsito, ou por um atirador em massa, ou por um suicida que detona uma bomba. Foi o Caçador que decidiu sair de moto de neve enquanto estava bêbado, não eu. Foi ele que se perdeu e depois tomou uma série de decisões que acabaram por levá-lo à nossa cabana: virar à esquerda e não à direita, contornar estas árvores e não aquelas, dirigir até o nosso pátio para pedir ajuda depois de ver a fumaça da nossa cabana. Com certeza, quando ele decidiu seguir pela trilha depois de ter bebido com os amigos, não tinha ideia de que pagaria por essa decisão com a vida. No entanto, foi decisão dele.

A mesma coisa quando minha mãe e sua amiga decidiram explorar a casa abandonada ao lado da ferrovia. Enquanto ela e a amiga corriam pelos aposentos vazios, tenho certeza de que ela não tinha a menor ideia de que, a partir do fim daquele dia, passaria catorze anos sem voltar a ver a família. Naturalmente, elas teriam brincado em outro lugar se soubessem. Mas não o fizeram.

Da mesma forma, duvido de que, quando o meu pai me levou para ver as cachoeiras do Tahquamenon, ele tivesse alguma ideia de que estava pondo em movimento os acontecimentos que levariam à perda de sua família. Assim como, quando decidi sair do pântano, eu não tinha ideia de que tudo acabaria tão mal para a minha mãe e para mim. Achava, sinceramente, que seria apenas ir embora. Não previ que meu pai atiraria na minha mãe e no meu cachorro. Que a última coisa que eu veria antes de partir para o meu futuro incerto seria Rambo caído na neve aos pés do meu pai.

Se eu pudesse saber de tudo isso antes de acontecer, teria feito diferente? Claro. Mas é preciso aceitar a responsabilidade por suas decisões, mesmo quando elas não têm o resultado que se esperava.

Coisas ruins acontecem. Aviões caem, trens descarrilam, pessoas morrem em enchentes, terremotos e tornados. Motos de neve se perdem. Cachorros levam tiros. E meninas são raptadas.

27

Começo a correr. O chão sólido dá lugar ao brejo. O brejo se torna pântano. Protejo os olhos da chuva e examino o lado oposto do lago. Não há sinal do meu pai. Se eu consegui tomar a dianteira ou se ele já está na minha casa, é impossível saber.

Viro a oeste para dentro do pântano, em direção a um bosque de amieiros perto do fim da trilha onde os veados gostam de se reunir. Eu me movo depressa, pulando de uma elevação gramada para outra, mantendo-me nas áreas de turfa seca que são fortes o bastante para suportar meu peso. Uma pessoa que não conheça o pântano tão bem quanto eu não conseguiria perceber os perigos que, para mim, são tão óbvios quanto placas de trânsito: áreas de limo fino que parecem sólidas para se andar sobre elas, mas são como areia movediça; poças de água profundas que podem engolir uma pessoa em um instante. "Grandes bolhas pretas subiram do lodo", diz o conto de fadas da minha mãe, "e, com elas, desapareceram todos os vestígios da princesa."

Quando chego aos amieiros, deito de bruços e rastejo o restante do caminho, usando os pés e um cotovelo. O chão está molhado, o barro, sulcado de rastros. Nenhum deles recente. Nenhum deles humano. É possível que meu pai tenha deixado a trilha quando ela ficou muito lamacenta e cortado pelos campos. É possível que já esteja na minha casa, se esgueirando pela porta dos fundos, que nunca fica trancada, avançando furtivamente pelo corredor, obrigando Stephen a entregar a chave do Cherokee para ele poder ir atrás das nossas filhas, atirando no meu marido quando Stephen se recusa a lhe dizer onde elas estão.

Estremeço. Afasto as imagens e deito no lugar mais enlameado que encontro. Rolo até cada centímetro de mim estar coberto, depois ando pela água funda até os joelhos ao longo da trilha para não deixar nenhuma pegada, enquanto procuro o melhor local para montar minha emboscada.

Um tronco coberto de musgo atravessado na trilha parece suficientemente grande para eu me esconder atrás. O modo como ele afunda no meio indica que está quase todo podre. Meu pai não vai pisar nele. Terá que passar por cima. Quando o fizer, estarei pronta.

Quebro um ramo afiado de pinheiro e me estico do outro lado do tronco, com o ouvido no chão, a lança improvisada junto de mim. Sinto os passos do meu pai antes de ouvi-los: leves vibrações no solo encharcado sob a trilha. Os tremores são tão sutis que outra pessoa poderia achar que fossem apenas as batidas do próprio coração, se chegasse a percebê-los. Abraço o tronco e seguro nele com mais força.

Os passos param. Eu espero. Se meu pai desconfiar de que está entrando em uma armadilha, vai dar meia-volta e me deixar deitada na lama, ou se inclinar sobre o tronco e atirar em mim. Prendo a respiração até que os passos recomeçam. Não sei dizer se estão se afastando ou vindo na minha direção.

E então uma bota aterrissa sobre o meu ombro. Eu rolo de baixo dela e me levanto depressa. Salto para a frente e uso toda a minha força para enfiar a lança na barriga do meu pai.

A lança quebra.

Ele arranca das minhas mãos o que resta da arma inútil e a joga para o lado. Ergue o braço e aponta a Magnum para mim. Mergulho em direção a suas pernas. Ele cambaleia e estende os braços para se equilibrar. A Magnum cai. Pulo para pegá-la. Meu pai a chuta para a água ao lado da trilha e pisa em minhas mãos algemadas. Sem hesitar, agarro a bota e levanto o pé dele do chão. Meu pai desaba ao meu lado. Rolamos, lutamos. Consigo passar os braços sobre sua cabeça. A corrente das algemas pressiona sua garganta. Puxo com toda a força que tenho. Ele ofega, tira minha faca da bainha em sua cintura e golpeia para trás, tentando esfaquear qualquer coisa que consiga acertar: meus braços, minhas pernas, meus rins, meu rosto.

mais força. Sinto as pistolas Glock atrás do jeans do meu
das em meu estômago. Se eu conseguisse pegar uma delas,
ar com isso em um instante, mas, com as mãos algemadas em
pescoço dele, não tenho como. Ao mesmo tempo, como o estou
nando por trás e sufocando-o com as algemas, ele não pode pegar
das pistolas e acabar comigo. Estamos tão presos quanto um par de
es com os chifres travados um no outro. Imagino minha família passando por esta trilha, daqui a dias ou semanas, e encontrando nossos cor-
pos em decomposição, congelados em um último abraço. Puxo com mais
força.

Então um cachorro late. Rambo está correndo pela trilha, vindo da direção da minha casa, patas vigorosas, orelhas abanando.

— Ataque! — grito.

Meu cachorro avança e fecha as mandíbulas em volta da perna do meu
pai, puxando e rosnando. Meu pai ruge e golpeia Rambo com a faca.

Rambo intensifica a mordida. Ele rasga, arranca, estraçalha. Meu pai
grita e rola. Eu rolo com ele. No momento em que meu pai fica de bruços, puxo os braços sobre sua cabeça, agarro uma das Glocks e a pressiono em suas costas.

— Parado! — ordeno a Rambo.

Ele se imobiliza. Continua segurando a perna do meu pai, mas há uma
mudança em sua atitude. Não é mais um animal destroçando a presa; é
um servo obedecendo ao mestre. É preciso uma raça especial e muito treinamento para que um cachorro pare assim, no calor da batalha. Vi cães
inferiores tão dominados pela sede de sangue enquanto estraçalham um
alce ou um urso que arruínam completamente a pele.

Meu pai não se move quando ajoelho sobre ele. Sabe bem que é melhor nem piscar.

— A faca — digo.

Ele joga minha faca na poça de água ao lado da trilha.

Eu me levanto.

— De pé — ordeno.

Meu pai se levanta, ergue as mãos sobre a cabeça e vira para mim.

— Sente. — Movo a pistola, indicando o tronco.

Meu pai faz o que eu mando. A expressão derrotada em
praticamente tudo o que eu tive de passar. Não disfarço o as

— Achou mesmo que eu ia embora com você? Que te deix
perto das minhas filhas?

Ele não responde.

— A chave das algemas. Jogue para mim.

Ele leva a mão ao bolso do casaco e joga a chave na água, como fez com
minha faca. Um ato inútil de desafio. Algemada ou não, ainda posso atirar.

— Tivemos uma vida boa, Bangii-Agawaateyaa — diz ele. — Aquele
dia em que fomos ver a cachoeira. A noite em que vimos o carcaju. Você
se lembra, Bangii-Agawaateyaa.

Quero que ele pare de dizer meu apelido. Sei que só está tentando controlar a situação, como sempre faz, embora esteja bem claro que ele perdeu. Só que... agora que ele reavivou a lembrança, não posso deixar de vê-
-la. Foi algum tempo depois que atirei no meu primeiro veado, mas antes
de Rambo aparecer na nossa colina, portanto eu devia ter uns sete ou oito
anos. Havia acordado de um sono profundo com o coração acelerado. Tinha ouvido um barulho lá fora. Parecia um bebê chorando — ou como eu
imaginava que fosse um choro de bebê —, só que mais alto. Era mais como
um grito. Como nada que eu já tivesse ouvido. Não tinha ideia do que fosse. Animais podem fazer sons terríveis, especialmente quando estão aca-
salando, mas, se aquilo era um animal, eu não sabia identificá-lo.

Então meu pai apareceu à porta. Ele veio até minha cama, enrolou o
cobertor em volta dos meus ombros e me levou para a janela. No pátio
abaixo, formando uma silhueta ao luar, eu vi uma sombra.

— O que é isso? — sussurrei.

— Gwiingwa'aage.

Carcaju.

Apertei o cobertor com mais força. Carcajus são extremamente ferozes,
meu pai sempre dizia, e comem de tudo: esquilos, castores, porcos-espinhos,
veados e alces doentes ou feridos. Talvez até uma menina pequena.

O Gwiingwa'aage avançou pelo pátio. Tinha pelos longos, desgrenha-
dos e pretos. Eu me encolhi. Ele levantou a cabeça, olhou para minha janela e guinchou.

Eu gritei e corri para a cama. Meu pai pegou meu cobertor, colocou-o sobre mim, então se deitou ao meu lado em cima da coberta, me abraçou e contou uma história divertida sobre Carcaju e seu irmão mais velho, Urso. Depois disso, o grito do carcaju deixou de ser assustador.

Eu sei hoje que visões de carcajus no Michigan são extremamente raras. Alguns dizem que esses animais nunca viveram no estado, apesar de o Michigan ser conhecido como o Estado do Carcaju. Mas lembranças não têm a ver com fatos. Às vezes, elas têm a ver com sentimentos. Meu pai deu um nome para o meu medo, e o meu medo acabou.

Baixo os olhos para o meu pai. Sei que ele fez coisas terríveis. Poderia passar cem vidas na prisão e a balança da justiça nunca ficaria equilibrada. Mas, naquela noite, ele era apenas um pai, e era meu.

— Está certo — diz ele. — Você venceu. Acabou. Eu vou embora agora. Prometo que não vou chegar perto de você ou da sua família.

Ele estende as mãos, com as palmas para cima, e se levanta. Mantenho a Glock apontada para seu peito. Eu poderia deixá-lo ir. Deus sabe que não quero machucá-lo. Eu o amo, apesar de tudo o que ele fez. Quando saí à sua procura esta manhã, eu achava que queria devolvê-lo à prisão, e quero. Mas também percebo agora que a minha ligação com meu pai é muito mais profunda do que eu poderia imaginar. Talvez a verdadeira razão de eu ter ido atrás dele seja porque queria vê-lo uma última vez antes de ele desaparecer. Agora que já vi, talvez seja suficiente. Ele está prometendo que vai embora. Ele diz que acabou. Talvez tenha acabado mesmo.

Só que suas promessas não significam nada. Penso que um *wendigo* nunca está satisfeito depois de matar e procura constantemente novas vítimas. Que, cada vez que come, ele fica maior, por isso nunca se satisfaz. Penso que, se as pessoas não o tivessem matado, toda a aldeia teria sido destruída.

Engatilho.

Meu pai ri.

— Você não vai atirar em mim, Bangii-Agawaateyaa. — Ele sorri e dá um passo em minha direção.

Bangii-Agawaateyaa. Pequena Sombra. Lembrando-me de que eu o seguia aonde quer que ele fosse. De que, como sua sombra, eu pertencia a ele. De que, sem ele, eu não existo.

Ele se vira e começa a se afastar. Leva a mão às costas, pega a segunda Glock na cintura e a enfia na frente do jeans. Caminha com um molejo presunçoso. Como se realmente acreditasse que eu vou deixá-lo ir embora.

Assobio duas notas graves. Rambo levanta os olhos e enrijece o corpo. Pronto para fazer o que eu mandar.

Estalo os dedos.

Rambo avança latindo atrás do meu pai. Ele vira, pega a Glock, atira. Erra. Rambo pula e crava os dentes no pulso do meu pai. A Glock cai.

Meu pai bate o punho na lateral do corpo de Rambo, que afrouxa a mordida. Ele o golpeia outra vez e corre na minha direção. Eu não me movo. No último segundo, levanto os braços no alto quando ele colide comigo. Passo as algemas sobre sua cabeça e desço até a cintura, prendendo seus braços ao lado do corpo quando caímos juntos. Viro a Glock nas mãos, aponto-a em minha direção e a pressiono contra as costas dele, tentando acertar o ângulo do cano de maneira que a bala mate só meu pai, e não a mim.

De repente ele amolece o corpo, como se soubesse que acabou e que só há uma maneira de isso terminar.

— *Manajiwin* — sussurra em meu ouvido.

Respeito. A segunda vez na minha vida que ele diz isso. Um sentimento de paz me invade. Não sou mais a sombra do meu pai. Sou igual a ele. Estou livre.

— Você tem que fazer — diz Cousteau.

— Está tudo bem — acrescenta Calypso. — Nós compreendemos.

Concordo com a cabeça. Matar meu pai é a coisa certa a fazer. É a única coisa que posso fazer. Tenho que matá-lo pela minha família, pela minha mãe. Porque eu sou a filha do Rei do Pântano.

— Eu também amo você — murmuro e aperto o gatilho.

28

A bala que matou meu pai entrou pelo mesmo ombro em que ele já havia me acertado antes, o que, considerando as alternativas, na verdade foi bom. Eu teria ficado muito pior nestes últimos meses se meus dois braços fossem afetados. Ainda assim, minha recuperação não foi divertida. Cirurgia, fisioterapia, mais cirurgia, mais fisioterapia. Parece que o ombro é um lugar ruim para levar um tiro. Os médicos dizem que não há razão para eu não recuperar o pleno movimento do braço esquerdo, com o tempo. Enquanto isso, Stephen e as meninas se acostumaram com abraços de um lado só.

Juntos, estamos sentados em um círculo em volta do túmulo da minha mãe. É um belo dia de primavera. Sol brilhando, nuvens passando rápidas, passarinhos cantando. Há um vaso de marigolds e íris-versicolores sobre a cabeceira do túmulo modesto. As netas, que receberam o nome das duas flores favoritas da minha mãe, sentam-se aos pés dela.

As flores foram ideia minha. Vir aqui foi ideia de Stephen. Ele diz que é hora de as meninas saberem mais sobre a avó, e que sentar em volta do túmulo dela enquanto eu lhes conto histórias sobre a minha mãe vai impressionar mais. Não tenho tanta certeza. Mas nosso terapeuta conjugal diz que ambas as partes precisam estar dispostas a ceder para que o casamento funcione, então aqui estamos.

Stephen alcança minha mão por cima do túmulo da minha mãe e a aperta.

— Pronta?

Confirmo com a cabeça. É difícil saber por onde começar. Penso em como foi para a minha mãe quando eu era criança. Em todas as coisas que ela fez por mim a que não dei valor na época. Tentar tornar meu aniversário de cinco anos especial. Me aquecer depois que o meu pai me pôs no poço. Como deve ter sido difícil para ela cuidar de uma criança que era um eco do homem que a havia raptado. Uma criança de quem ela, genuína e visceralmente, tinha medo.

Eu poderia contar para as minhas filhas sobre o dia em que atirei no meu primeiro veado, ou a vez em que meu pai me levou para ver a cachoeira, ou quando vi o lobo, mas essas histórias são mais sobre o meu pai do que sobre a minha mãe. E, quando olho para o rosto inocente em expectativa das minhas filhas, percebo que todas as histórias da minha infância que eu poderia contar têm também um lado sombrio.

Stephen move a cabeça, me incentivando.

— No meu aniversário de cinco anos — começo —, minha mãe me fez um bolo. Em algum lugar no meio das pilhas de latas e sacos de arroz e farinha no depósito, ela encontrou uma caixa de mistura de bolo. Chocolate com confeitos coloridos.

— Meu preferido! — exclama Iris.

— Pe-fi-do — Mari ecoa.

Conto a elas sobre o ovo de pato, a gordura de urso, a boneca que a minha mãe me fez como presente e encerro a história aí. Não conto o que fiz com a boneca. Não falo como a minha reação insensível ao presente extraordinário da minha mãe deve ter partido seu coração.

— Conte a elas o resto da história — diz Cousteau. — Sobre a faca e o coelho. — Ele e sua irmã estão sentados, quietos, atrás das minhas filhas. Desde que meu pai morreu, eles têm aparecido com cada vez mais frequência.

Sacudo a cabeça e sorrio quando lembro o restante daquele dia, que terminou com a primeira vez que o meu pai me dirigiu o *manajiwin*. Respeito.

Iris sorri de volta. Acha que estou sorrindo para ela.

— Mais! — ela e Mari exclamam.

Sacudo a cabeça e me levanto. Um dia vou contar às minhas filhas tudo sobre a minha infância, mas não hoje.

Recolhemos os cobertores e caminhamos de volta para o carro. Mari e Iris correm na frente. Stephen corre atrás delas. Desde a fuga do meu pai, ele raramente deixa as meninas fora de vista.

Eu me demoro um pouco mais. Cousteau e Calypso caminham ao meu lado. Calypso segura minha mão.

— Helga entendia tudo agora — ela sussurra, sua respiração tão suave quanto lanugem de taboas contra a minha orelha. — Ela se elevou acima da Terra em meio a um mar de som e pensamento, e, em volta e dentro dela, havia luz e cantos que palavras não podem expressar. O sol brilhava em toda a sua glória e, como em tempos antigos, a forma do sapo desapareceu em seus raios e a linda donzela surgiu em plena beleza. O corpo do sapo se esfarelou em grãos de terra e uma pálida flor de lótus surgiu no lugar em que Helga havia estado.

As palavras finais do conto de fadas da minha mãe. Penso em como o conto me disse o que eu precisava fazer. Como a história da minha mãe acabou por salvar a nós duas. Como o meu pai pode ser a razão de eu existir, mas a minha mãe é a razão de eu estar viva.

Penso em meu pai. Quando o médico-legista me perguntou o que eu queria que fosse feito com o corpo dele, meu primeiro pensamento foi o que ele gostaria. Depois pensei em como a vida inteira dele foi governada apenas por seus próprios desejos e vontades, e que talvez eu devesse fazer o oposto agora. No fim, optei pelo mais prático e menos dispendioso. Não vou dizer mais que isso. Há uma fanpage dedicada às peripécias do meu pai, que surgiu não muito tempo depois que ele morreu. Posso imaginar o que os "filhos do pântano" fariam se soubessem onde o meu pai foi enterrado. Tentei várias vezes excluir o site, mas o FBI diz que, desde que os fãs do meu pai não violem nenhuma lei, não há nada que possa ser feito.

Stephen cerca as meninas e espera que eu os alcance.

— Obrigado por fazer isso — ele diz e pega minha mão. — Sei que é difícil para você.

— Eu estou bem — minto.

Penso em como o terapeuta conjugal diz também que um bom casamento precisa ser construído sobre uma base de sinceridade e confiança. Estou trabalhando nisso.

Chegamos ao topo de uma pequena colina. Na base, há um carro parado bem na frente do nosso Cherokee. A van de um canal de televisão fecha o carro por trás. Uma repórter e um câmera esperam ao lado.

Stephen olha para mim e suspira. Encolho os ombros. Desde que se espalhou a notícia de que a filha do Rei do Pântano havia matado seu pai, os meios de comunicação foram implacáveis. Não demos nenhuma entrevista e orientamos as meninas a não dizer uma palavra a ninguém que esteja com um bloco de anotações ou microfone, mas isso não impede as pessoas de tirarem fotos.

Sacudo a cabeça quando começamos a descer e a repórter tira uma caneta do bolso e dá um passo em minha direção. Ela não sabe, mas já escrevi tudo que consigo lembrar sobre a minha infância em um diário que mantenho escondido sob a nossa cama de casal. Chamei minha história de "A Cabana" e dediquei o diário às minhas filhas na primeira página, como um livro. Um dia vou deixar que elas leiam. Elas precisam conhecer a própria história. De onde vêm. Quem são. Um dia vou deixar Stephen ler também.

Eu poderia vender o diário por muito dinheiro. A *People*, o *National Enquirer* e o *New York Times* se ofereceram muitas vezes para comprar a minha história. Todos dizem que, como meus pais morreram e agora eu sou a única pessoa que sabe o que aconteceu, devo à minha mãe e ao meu pai contar a história deles.

Mas eu nunca vou aceitar. Porque esta não é a história deles. É a nossa.

AGRADECIMENTOS

Uma romancista tem uma ideia. A ideia cresce e se torna uma história e, por fim, a história se transforma em livro — graças à ajuda destas pessoas criativas, talentosas, incrivelmente perspicazes e extraordinariamente dedicadas:

Ivan Held e Sally Kim, meu publisher e minha diretora editorial na Putnam. Vocês fizeram isto acontecer. Obrigada. Fortemente, sinceramente.

Mark Tavani, meu editor. Adorei trabalhar com você; seu olhar aguçado e ideias incríveis excederam minhas expectativas.

A equipe da Putnam: Alexis Welby, Ashley McClay, Helen Richard, a equipe de produção, o departamento de arte e todos em vendas e divulgação. Obrigada por fazerem um livro tão bonito!

Jeff Kleinman, meu agente maravilhoso. Nem tenho como lhe dizer o que os últimos dezessete anos significaram para mim e a minha carreira. Você fez de mim a escritora que sou hoje.

Molly Jaffa, minha talentosa e incansável agente de direitos internacionais.

Kelly Mustian, Sandra Kring e Todd Allen, meus primeiros leitores. Vocês aplaudiram quando o texto estava funcionando e torceram o nariz quando não estava. Eu não poderia ter feito isto sem vocês.

David Morrell. Seu olhar preciso e coração generoso fizeram toda a diferença.

Christopher e Shar Graham, Katie e John Masters, Lynette Ecklund, Steve Lehto, Kelly e Robert Meister, Linda e Gary Ciochetto, Kathleen

Bostick e Leith Gallaher (que se foi, mas não será esquecido), Dan Johnson, Rebecca Cantrell, Elizabeth Letts, Jon Clinch, Sachin Waikar, Tina Wald, Tim e Adele Woskobojnik e Christy, Darcy Chan, Keith Cronin, Jessica Keener, Renee Rosen, Julie Kramer, Carla Buckley, Mark Bastable, Tasha Alexander, Lauren Baratz-Logsted, Rachel Elizabeth Cole, Lynn Sinclair, Danielle Younge-Ullman, Dorothy McIntosh, Helen Dowdell, Melanie Benjamin, Sara Gruen, Harry Hunsicker, J. H. Bográn, Maggie Dana, Rebecca Drake, Mary Kennedy, Bryan Smith, Joe Moore, Susan Henderson e tantos e tantos outros amigos maravilhosos que me apoiam e me incentivam. É uma honra conhecer vocês.

Minha família, por seu amor e apoio, e, mais especialmente, um enorme e sincero agradecimento ao meu marido, Roger. Sua fé inabalável na minha capacidade para escrever este livro significa mais do que posso expressar.

Impresso no Brasil pelo Sistema Cameron da Divisão Gráfica da
DISTRIBUIDORA RECORD DE SERVIÇOS DE IMPRENSA S.A.